Why Liberalism Failed

Patrick J. Deneen

リベラリズムはなぜ失敗したのか

パトリック・J・デニーン

角敦子［訳］

リベラリズムはなぜ失敗したのか

インジに捧ぐ

中世時代を考察するときに陥りやすい落とし穴は、中世キリスト教の支配原理と実生活とのギャップである。イギリスの歴史学者エドワード・ギボンなどは、その歴史書のいたるところでこの問題を取り上げ、どこか悪意を感じさせる軽薄な態度で、人間本来の営みに反すると思われるキリスト教の偽善的理想をことごとくつつきまわしている……。

支配階級の行動と思想を支配した騎士道精神は、宗教と同じく理想と現実のあいだに大きなギャップをもたらした。理想というのは、秩序は武人階級によって維持されるとする考えで、円卓の騎士を意識して形成されている。円は自然界に存在する完璧な形で、アーサー王は騎士のあいだで序列を生じさせないために円卓を用いた。円卓につくことを許された伝説の騎士は、この権利を守るために危険を冒して竜や魔術師、悪人と戦い、無法の地で秩序を打ち立てた。したがって現実の世界でも騎士は、理屈では信仰の守護者であり、正義の味方、虐げられた人々の擁護者であるはずだった。ところが事実は大違いで、騎士みずからが迫害する側にまわり、一四世紀にはそうした不埒な剣士による蛮行が引き金になって世が乱れた。理想と現実の隔たりが大きくなりすぎると体制は崩壊する。伝説と物語も必ずこのパターンを踏襲している。アーサー王物語では、円卓の騎士は内部分裂を起こした。覇王の印である魔法の剣は、これを与えた湖の乙女のもとに返され、努力は繰り返されることになる。人は暴力的で破壊的で貪欲で、間違いをよく犯すかもしれないが、それでも秩序のあり方を考えて探求しつづけるものなのである。

バーバラ・タックマン

『遠い鏡　災厄の14世紀ヨーロッパ』［徳永守儀訳、朝日出版社、二〇一三年］の著者

目次

〔　〕内は著者による補足、［　］は訳者による

発刊のことば

本書を含むイェール大学出版局の「政治と文化シリーズ」が当初から前提としているのは、自律が病んでいるということである。自律を信証とし栄光としている国は、アメリカ合衆国や西側社会のみならず、世界じゅうで急増している。この病に気づいた者のあいだではその正体について意見が分かれており、ましてや対処法についてはまとまらずに、その溝は年月の経過とともに深まっている。だが実をいうと、それも病のひとつの症状なのである。多数決の原理と個人の権利を結びつけたリベラルデモクラシー（自由民主主義）は、二一世紀に入って間もなく「正当性の危機」に陥っている。ここ数十年間、国際的な整序の原理として実践される中で、その約束は果たされておらず、ますます多くの者が声をそろえて不満を表明しつつある。

この病の症状はすぐにでも目につく。富の分配の拡大する歪み、市民団体から労働組合、家庭にいたる伝統的制度の衰退、政治、宗教、科学、ジャーナリズムの権威、または市民間での信頼の喪失、万人の権利の平等が実現に近づかないことに対し深まる幻滅。なかでも顕著なのは、これまで以上に開放的で実験的な社会を望む者と、さまざまな伝統的な制度と慣習を守ろうとする者が、つねに激しく対立して亀裂が拡大していることだろう。分裂は常態化するだけでなく深まっている。社会的・政治的に新しく分類されるグループが登場するにつれて、専門家は選挙結果に混乱し二極化の拡大に警戒心を募らせている。アイルランドの詩人、W・B・イェイツの詩の一節「中心はみずからを保つことができ［ない］」は、一世紀前に書かれたときと同じくらい現代の分裂した社会にも当てはまる（『対訳 イェイツ詩集』、高松雄一編、岩波書店）。トランプが大統領になってからというものの、中央がある場所も、それを再発見して戻る方法もわかりにくくなっている。

パトリック・デニーンの『リベラリズムはなぜ失敗したのか』は、正当性の危機の根源がリベラリズムに内在することをあぶり出している。デニーンの考えるリベラリズムは、アメリカ人の議論によく出てくる、進歩的な大きな政府か思いやりのある政府かといった次元の、（それぞれの視点による）狭義のリベラリズムではない。むしろ政治哲学者に馴染みのあるより広い概念、つまり世界じゅうで構築されているリベラルデモクラシーが拠りどころとする原理を意味しているのだ。本書は今日のリベラリズムにかんする学界や政界、そして一般の議論の中に見出せる数々の不満をまとめ上げている。その結果導きだされるのは、リベラリズムの根の部分にある前提にまで当てはまる、大胆で遠大な批判である。この前提は啓蒙思想家イマヌエル・カントのいう「個人の自立」と関連がある。ここではあえて「根」という比喩を用いているが、デニーンはこの言葉に糾弾の意味を込めており、リベラリズムは改革の余地はなく降板させるべきだと論じている。問題はリベラリズムが何かに乗っ取られて変質したことにあるのではなく、最初に個人の自立をまつり上げた間違いにある。その過ちが数十年の時の経過とともに目立ってきただけなのだ。

学者のリベラリズムへの根本的批判は今に始まったことではない。左派で集中砲火を浴びせているのは、カール・マルクスとその後継者であるフランクフルト学派［一九三〇年以降フランクフルトの社会研究所に集まった思想家群］など、そしてフランスの哲学者ミシェル・フーコーといったポストモダニズム［二〇世紀のモダニズムを批判］の思想家である。右派で対決姿勢を示しているのは、フリードリヒ・ニーチェ、カール・シュミットといったドイツの哲学者、それにカトリック教会などの宗教組織の伝統主義者だ。左右の立場が鮮明でない神学者、イギリスのジョン・ミルバンクとアメリカのスタンリー・ハワーワスも猛攻をかけている。このような批判は、当然ながら意見を異にする学者や知識人から強い反発を招く。だがむしろ根本的批判はそれを目的にしているといえる。そうして主流の議論を覆して、型通りの批判の論点のすり替えに挑めば、既存の政治や社会、経済の制度と慣習についてこれまで以上に根底から考察できるようになるからだ。

さまざまな立場にある読者は、本書が、読者の見識だけでなく、政治と、われわれが政治秩序についてとくに大切にしているさまざまな前提についても、疑問を投げかけているのを知るだろう。デニーンの著書が混乱をもたらすのは、社会の弊害とリベラリズムの根本原理を結びつけるその手法のためだけではない。従来の右派から左派までのあいだの政治理念に、分類されにくいからでもあるのだ。ここに書かれている内容の大半に、社会民主主義者は喜び、自由市場の提唱者は立腹するだろう。それ以外の大部分に、伝統主義者は元気づけられ、社会改革主義者は反発するはずだ。それでもやはり批判をするのにも、そしておそらくはその否定をするのにも都合がよいので、この本を慣れ親しんだ分類のどこかに位置づけたくなる読者もいるかもしれない。そうした誘惑ははねのけるべきだ。その誘惑こそが現代の二極化という症状であり、そしておそらくそれが、まさしく今デニーンの議論に真摯に耳を傾けるべき主たる理由であると思われるからである。

シリーズ編集者
ジェームズ・デーヴィソン・ハンター、ジョン・M・オーエン四世

はしがき

本書を脱稿したのは、二〇一六年大統領選挙の三週間前だった。ここにある主要な議論は数十年を経て熟成したが、その当時は、まだイギリスのEU離脱やトランプの大統領就任など想像すらされていなかった。わたしが大前提としたのは、わたしたちが受け継いだ文明的な秩序の基盤――家庭や共同体の中で、あるいは宗教や精神的支柱となる文化をとおして学び取る基準――は、リベラルな社会と政治の影響を受けて否応なく価値を失っていくだろうということだった。それでもわたしは、正当性の危機が深刻になり、その擁護者が、反発を強める大衆にリベラリズムのイデオロギーを押しつけざるをえなくなったとしても、国家主義者が応急処置をすれば、リベラリズムは伝統文化の規範と慣習を執拗に押しのけつづけるだろうと見ていた。かくしてリベラリズムは、「普及」すると同時に真実の姿をさらして頓挫することになるのだ。

そうした見地からわたしが示唆したのは、このような政情は結局はもちこたえられず、抑圧を強めるリベラルな秩序に対して大衆が、権威主義的非リベラリズムの形で応えるのではないかということだった。権威主義的非リベラリズムは、もはや制御不能に思える政府や経済、社会規範の解体、生活様式の混乱の勢いを、市民の力で抑えつけられると約束する。リベラリストにとってはそうしたことこそが、リベラルな体制が強制を強めるべき証しとなるのだが、リベラリズム自体が正当性の危機を招く原因を作っているあいだにそのような原動力が生じると予想して、以上のような結論を示したのではない。わたしは自分が生きているあいだにそのような原動力が生じることには気づきそうもない。もしそうであれば最近の出来事を踏まえて、いくぶん毛色の違った本を書いたはずだ。とはいえわたしの独自の分析は、この瞬間でも基本的な概要を理解するとともに、新聞の大見出しに気をとられすぎて視野が狭くなることを防ぐのに役立つだろうとは考えている。

自律と自己統治に不可欠な文化規範と政治的慣習をリベラリズムが解体しはじめてから何十年も経った今になって、強いリーダーを切望する声が広がっている。リベラリズムの形をとった官僚的政府とグローバル化された経済の支配権を、国民の手に取り戻そうとする指導者が求められているのだ。家庭や共同体、宗教の規範や制度が、とりわけリベラリズムの発展から恩恵を受けていない者のあいだで破綻していても、リベラリズムへの不満からこうした規範を修復しようとする動きは起こっていない。行動を起こすためには努力と犠牲を要するだろうが、今時の文化ではもはやそうした泥臭いことの価値は軽んじられている。その代わり現在多くの者は、目下の支配階級に対抗するために、リベラリズムが生む国家主義者の権力を利用しようとしている。また一方ではとてつもないエネルギーが、自己立法［カントのいう道徳法則の自由な産出］や熟慮ではなく、集団での抗議運動に注がれている。しかもその前面に押しだされているのは、民主的ガヴァナンスの刷新の要求ではなく、政治への怒りや絶望なのだ。この状況をつくり出したのはリベラリズムと、そのひどい悪夢を昇華させるために用いられた手段である。だが自己理解が欠落しているので、内在する過失は認識されていない。

わたしたちは今身動きできない状況にある。近代になってリベラリズムを皮切りに、次々と登場した革命的なイデオロギーに、心をとらわれているのだ。本書の最後に、わたしはそうした状態から抜けだす方法を探すために、政治哲学者に助けを求めている。だが、それより賢明な道は政治革命などではなく、この非人格的な政治経済の秩序の中で避難場所となりえる、新しい形の共同体を忍耐強く育んでいくことなのである。『無力な者の力 *The Power of the Powerless*』は、チェコスロバキアのヴーツラフ・ハヴェルが反体制活動に身を投じていた当時にしたためた随筆である。この中でハヴェルはこう述べている。「体制の改善で無条件に生活の改善が保障されるわけではないだろう。むしろその逆が正しい。生活の改善が実現してはじめて、改善された体制が発展できるのである」[1]現代の不信や不和、敵意や憎しみと入れ替われる可能性があるのは、古代の都市国家、ポリスでの経験に根差した政治体制しかない。ポリスの市民が共通していだいていた目的意識や責任感、感謝の気持ちといったものは、世代を超えて生活の中で経験する悲しみや希望、喜びから生じていた。また市民はおしなべて相互に信頼する能力を養っていた。わたしの恩師で友人でもあるケアリー・マクウィリアムズは、ある洞察力に富む随筆をこう締めくくっている。「〔われわれが共有する〕民主的な生活の向上は、輝かしい偉業というより、犠牲と忍耐を要してたじろぎさえする難事業である」[2] 犠牲と忍耐は、国家主義的個人主義の時代の特徴ではない。だがリベラリズムが崩壊したあとの、前進はするがおそらくは非常に困難な時代の幕開けを告げるためには、そうしたものがたっぷり必要になるのにちがいないのだ。

序　リベラリズムの終焉

およそ五〇〇年前に考えられた政治哲学を、そのほぼ二五〇年後にアメリカ合衆国は建国とともに実践した。それは政治組織をもつ社会が、それまでと異なる基盤をもてるか否かの賭けだった。この政治哲学で個人としての人は、自分でよいと思う生活を追求し築く権利を有すると考えられた。自由の機会がもっとも拡大するのは小さな政府が「権利保障」に専念し、自由市場経済システムが個人の自発性と野心の入りこむ余地を与えたときになる。政治的正当性の基盤は、共通信念である独自の「社会契約」に置かれた。この契約は新参者にも適用され、有権者の声に敏感な候補者が公正な自由選挙で戦うたびに、是非を問われ承認されつづける。小さくても実効性のある政府、法の支配、独立した司法制度、民意を反映する官僚、公正な自由選挙は、この支配的秩序の信証であり、あらゆることが、有無をいわさぬ賭けの勝利を証明していた。

今日、アメリカでは国民の約七割がこの国は誤った方向に進んでいると考えており、半数がアメリカの全盛期は過ぎ去ったと感じている。そして大部分の国民が、子供は親以上の世代より裕福になれそうもなく、成功の機会も少ないだろうと思っている。どの政府機関に対する国民の信頼度も低下し、深刻な政治不信は政治的スペクトルのあらゆる立場で、政治と経済のエリートに対する反乱として表れている。選挙は、かつてはよく考えられた催し物とみなされて、リベラルデモクラシーに正当性をもたらすとされていたが、次第に体制がどうしようもなく不正と腐敗にまみれた証拠と見られつつある。なんといっても裕福な持てる者と取り残された持たざる者の格差が広がり、信仰を持つ者と持たない者のあいだの反発が互いを遠ざけ、アメリカが世界で果たす役割についての根深い意見の相違がいつまでも解消されないために、政治システムが崩壊し社会組織がボロボロになっているのは、だれの目にも明らかだ。

裕福なアメリカ人は、ハイソな都市の中や郊外にある、ゲートつきの高級住宅街に続々と引き寄せられている。一方、キリスト教徒のあいだでは現代をローマ帝国時代末期になぞらえて、広いアメリカ社会からベネディクト会修道院の共同体を今風にした場所に引きこもって、信仰の基本に立ち戻ろうと考える者が増えつつある。時代の動向を象徴するこうした事象は、アメリカがほとんどの部分で間違っていることを示している。まだ名もない体制が今まさに乗っ取りを実行しているところで、わたしたちは目の前でアメリカ合衆国の終焉を目撃しているのかもしれない、と警告する声まで高まりつつある。

リベラリズムを創案し構築した者が約束したことは、ほぼすべて打ち砕かれた。リベラルな国家は生活のほとんどあらゆる面をコントロールするほどまでに拡大したが、国民は政府を遠くて制御不能な権力とみなしている。政府がたえず「グローバリズム」を推進するので、その無力感は強まるばかりだ。今日唯一保障されていると感じられる権利は、十分な富をもちそれを守る立場にいる者のものである。しかもそういった自立性——財産権、選挙権とそれに付随する代表的機関の支配、宗教の自由、言論の自由、書類と住居の安全の保障といった権利——も、合法的な意図や技術力から生じる既成事実によってますます侵害されつつある。経済がひいきにする新たな「メリトクラシー」(実力主義)は、勝者と敗者を容赦なく振り分ける教育制度によって強化され、世代間の継承によって優位性を永続させている。リベラリズムの主張とその実情の距離が離れれば離れるほど、ギャップが縮まることへの信頼が生じるどころか、そうした主張への疑念が高まっている。

リベラリズムは失敗した。リベラリズムを実現できなかったからではなく、リベラリズムに忠実だったからである。成功したために失敗した。リベラリズムが「完成形に近づき」、秘められていた論理が明らかになり自己矛盾が目に見えてくると、リベラリズムのイデオロギーは実現されているが、その主張通りにならないという病弊が生じた。平等を促進し、さまざまな文化や信念が織りなす多元的タペストリーを擁護し、人間の尊厳を守り、そしてもちろん自由を拡大するために世に送りだされた政治哲学が、現実にはとてつもない格差を生み、画一化と均質化を押しつけて、物心両面での堕落を助長し自由をむしばんでいる。成功が、達成してくれると信じていたことの逆の成果によって評価されているのだ。ここで必要なのは積み重なる不幸な状況を、リベラリズムの理想に従って行動しなかった証しとして見るのではなく、リベラリズムがもたらした破滅はその成功の印であるときちんと理解することだ。病んでいるリベラリズムの治療を求めてさらにまたリベラルな方法を適用するのは、火に油を注ぐようなものだ。政治と社会、経済、モラルの危機を深めるばかりだろう。

もう制度にただ一時的な修復をくわえればよいという時期ではないのかもしれない。もし本当に「通常政治」［B・アッカーマンによる民主プロセスの分類。憲法上の変化のない政治をいう］より根源的で大きな変化をもたらす何かが起こっているなら、わたしたちはただ、老いぼれて息も絶え絶えの白人労働者階級と負債に苦しみ怒りをぶちまける若者の交代劇のような、政界再編のまっただ中にいるのではない。目撃しているのはむしろ、背後にある政治哲学の破綻のために、深刻化する政治システムの組織的失敗であろう。この政治システムをわたしたちはおおむね当たり前のものとしている。二五〇年ほど前に実験的なアメリカ憲法を誕生させた信念の基本構造は、死期を迎えつつあるのかもしれない。多くの建国の父が偶然発見したと信じた「政治の新科学」は、どの体制もいつかは衰退して滅びるという必然的傾向に打ち勝つはずで、憲法秩序はエントロピー［不可避な社会的衰退の原則］を拒む永久運動装置、すなわち「外力がなくても永久に運動しつづける機械」にも喩えられた。だがわたしたちは、アメリカは永遠の命の入り口にいるのではなく、人間の創造物の例にもれずに、寿命を定める腐敗と衰退の自然のサイクルの最後に近づいているのではないかと当然疑うべきだろう。

この政治哲学は近代のアメリカ人にとっては、魚にとっての水のようなものだった。周囲に広がる政治的生態系の中をわたしたちは、その存在にも気づかずに泳いでいたのだ。リベラリズムは近代世界で競合した三大イデオロギーの中でいちばん古く、ファシズムと共産主義が崩壊したために、唯一まだ実効性があると主張できるイデオロギーとなっている。リベラリズムはイデオロギーとしては初の政治的構築物といえるもので、前もって考えられた政治的計画に合わせるために、人間生活のあらゆる面を一変させることを提案した。わたしたちが暮らしている社会は、イデオロギーのイメージに沿って改造された世界になりつつある。アメリカは明確なリベラリズムの哲学を取り入れることによって建国した最初の国で、国民の思想を方向づけているのはほぼその誓約と理想像だけである。

ただし独裁的な体制がファシズムや共産主義のイデオロギーの推進のみを目的にして出現したときとは違い、リベラリズムのイデオロギーは見えにくく、世界をそのイメージに合わせてひそかに改造しているだけである。競合する冷酷なイデオロギーとは対照的に、リベラリズムは狡猾である。イデオロギーとしては中立性を装い、何がよいともいわず、支配下にある精神に影響を与える意図をすべて否定する。そして気楽な自由と気晴らしへの誘いや、勝手気ままさと楽しさ、富の魅力で歓心を買おうとする。黒子の役に徹しているのは、コンピュータのオペレーティング・システムがほぼ目に触れないまま動いているのによく似ている——ただしクラッシュするまでだが。リベラリズムが日増しに目につくようになっているのは、まさにその歪みが無視できないほど明白になってきているためだ。プラトンの『国家』の中でソクラテスが教えているように、たいていいついかなる場所でもほとんどの人間は洞窟に住んでいながら、それが完璧な現実だと思いこんでいる。住んでいる洞窟についてとりわけ見逃されているのは、その壁が昔の映画のセットの背景幕のようなもので、制約や限界がなくどこまでも景色が続いているように見せかけているということだ。そうなると自分が閉じこめられている事実には気づかないままになる。

政治の鉄則は少ないが、政治のイデオロギーは結局持続不可能であるという鉄則ほど、堅固なものはないように思える。イデオロギーが失敗する理由はふたつある。ひとつめは、人間の本性についての誤った考えに基づいているということ。そのため失敗は起こるべくして起こるのだ。ふたつめは、こうした誤った認識が顕著になるにつれて、イデオロギーの主張とその領域に該当する人間の実体験のギャップが広がって、体制が正当性を失うことだ。そうなると体制は必死になって守ろうとする嘘への順応を強制するか、主張と現実とのあいだのギャップのためについには国民からの信頼がガタ落ちになって崩壊するかのどちらかになる。たいていはどちらかのあとにもう一方が続く。

そうなると、リベラリズムが地球上のほぼすべての国に浸透しているとしても、その人間の自由に対する理想像は、約束というよりますます強烈な皮肉のように見えてくる。一九八九年に競合する最後のイデオロギーが崩壊したときには、「歴史の終わり The End of History」［アメリカの政治学者のフランシス・フクヤマが同名の著書で、西側の自由民主主義を究極の思想とした仮説］の理想郷的な自由を手中にしたかと思われた。ところが今日の人間はそれを謳歌するどころか、リベラリズムの完全な影響下に置かれ、その惨めな成功のために苦しめられている。あらゆる面で自分で作った罠に足をとられ、純然たる本物の自由をかなえてくれるはずだった、まさにその装置の中で身動きできなくなっているのだ。

現在それが顕著に表れているのが、一般生活の中でまったく異なってはいるが関連性のある四つの領域、政治と行政、経済、教育、科学技術である。これらのどの領域でもリベラリズムは、自由を拡大して人がみずからの運命を支配する力を強めるためという名目で、人間の制度を大きく変えてきた。そしていずれの場合においても、解放の手段が自分を捕らえる鉄の檻になっているという認識が広がり、多くの人が怒りを覚え不満を高めているのだ。

政治

リベラルデモクラシーが推進された結果、国民は政府や「エスタブリッシュメント」(支配層)、みずからの指導者もしくは代表として選んだ政治家に対して、いつ反乱を起こしてもおかしくない状態になっている。圧倒的多数の人々が、政府は冷淡で民意を反映せず金持ちにばかり関心を寄せており、利権のためだけに統治していると見ている。リベラリズムが実践されはじめた頃、約束されたのは自由の名のもとに古い貴族階級を廃することだった。ところが旧来の秩序のあらゆる痕跡が消し去られたというのに、貴族に敵対した先祖のあとを希望とともに受け継いだ者は、後釜に座った者を新種の、そしておそらくは前例よりはるかに質の悪い貴族階級と考えている。

リベラリズムの前提は、政府の規模・権限の縮小と恣意的な政治的支配からの個人の解放にあった。ところが、ますます多くの国民が政府を国民の意志と制御から離れた存在として見るようになっている。国民に隷属するものとも、リベラリズムの哲学によって約束された創造物とも考えていないのだ。今日のリベラリズムの「小さな政府」を見たら、昔の専制君主は羨み驚くだろう。何しろ市民運動や財政、国民の行動や思想まで監視しコントロールできるのだ。これほどまでに万能な権限は夢にすぎなかったはずだ。生活のあらゆる領域で政府活動が拡大しているので、リベラリズムが個人の良心、宗教、結社、言論、自己統治の権利を守るために誕生させた自由は、広範囲にわたって侵害されている。それでもこの拡大は止まらない。というのもその大部分は経済であれ何であれ、これほどまでに多くの異なる分野で人々が生きる道筋について無力感を覚えていることに対する反応であり、名目上はむしろ支配下に置いているはずのひとつの存在に人々がさらなる介入を求める結果になっているからだ。わたしたちの政府はそれに快く応じて、まるで歯車レンチ《ラチェット》のように必ず一定の方向に動く。国民の不満に拡大と拡張一辺倒の対応をするので、皮肉にも国民はそれまで以上に隔たりと無力感を覚えることになるのだ。

そのため人々は、世論を「改善したうえで拡大」することを仕事としている政治的代表とのつながりを希薄だと感じている。政治的代表者も同様に、政権交替に左右されないキャリア職員が配置されている官僚制に対して、ある程度無力感を表明している。官僚は、予算額と活動の水準を維持または拡大すればよいのである。ますます権力を強める行政機関は名目上は官僚を支配下に置いており、行政規則によって少なくとも扱いにくい行政組織に対応しているそぶりを示すことはできる。議会は理屈の上では正当性を国民から得ているがますます不人気になりつつあり、その政治支配の空白を行政官の指令と命令が埋めている。[1] しかもそうした職務は金を湯水のように注入することによって果たされている。リベラリズムは、民主的手続きを経て選出されない冷淡な指導者による恣意的な支配を、選挙で選ばれた公僕を通じ民意を反映する統治に変えると主張していた。だが現在の選挙の過程は、一八世紀のロシア帝国の軍人、グレゴリー・ポチョムキンが張りぼての景色を用意してエカチェリーナ二世に荒涼とした風景を見せまいとした逸話を彷彿させる。つまりなんとか取り繕って、国内政策や国際協定、そしてとくに戦争の遂行に、とてつもなく恣意的な権力を行使しそうな人物に対して、民衆の同意らしきものを与えているように思えるのだ。

このように強く感じられる隔たりと手に余る状況は、改善され完成に近づいたリベラリズムによって解決できるものではない。それどころかこの統治の危機は、リベラルな秩序の成果なのである。リベラリズムは、「適材」で構成される指導者階級からの登用には、時折同意すれば十分だろうと提案している。合衆国建国の父のひとりであるアレクサンダー・ハミルトンが秀逸な言葉で述べているように、いうなればそれは「商業、財政、交渉、戦争といった、情熱によって支配される心にとって魅力的に思われるすべてのもの」に関心をもつ者である。そうした政治システムの設計者は、一般市民が私事を重視するように仕向けようとした。このような個人（*res idiotica*）を優先する政体を彼らは「共和国」（リパブリック）と呼んだ［英語で the Republic は米国を表す］。共和国を「維持」するうえで難しさがあるとしたら、「公的（パブリック）なこと」なしでは存続できないことである。個人中心主義を助長することによって、リベラリズムが個と公の一時的妥協を達成できるという考えは、自分を高めながら公共の物事に関心をもつ市民（*cives*）を欠いたまま、支配階級と一般市民をほぼ完璧に分離するという結果を招いている。

経済

国民の不幸な状況は、経済的不満に表れている。国民はますます「消費者」と呼ぶほうがふさわしくなっているが、思いつくかぎりの消費財を好きなだけ購入できたとしても、蔓延する経済への懸念と増大する格差への不満は和らげられていない。それどころか財界の実力者は、安い商品をどんどん買えるようになれば、経済的保障がなくても、あるいは明確に分かれた勝者と敗者の立場が世襲されたとしても、埋め合わせになると考えているふしがある。経済格差はこれまで必ずあったし、これからもなくならないだろう。それでもこれほどの規模で勝者と敗者の分離を完成させて、成功しそうな者と失敗しそうな者をふるい分けるために大がかりな装置をつくり出した文明はないように思える。マルクスはかつて、経済的不満の最大の原因は必ずしも不平等ではなく疎外――生産物から労働者が分離され、それにともない目標や努力の対象との関連性が失われること――だと論じた。今日の経済は、この疎外を引き継ぎ増大させているだけでなく、まったく新しい形の地理的疎外をつけくわえている。それはすなわち、グローバル化した経済の恩恵を受ける者と落ちこぼれた者との物理的分離である。おかげで経済的勝者は、経済格差にかんする嘆きと、グローバリゼーションの方針に反感をもつ者が懐古的につぶやく非難とをない交ぜにすることができている。その一方で敗者は、どの時代のどんなに富裕な貴族もかなわないほど贅沢な暮らしをしていることを思って慰められている。物質的充足は不満をもった心を慰める特効薬なのだ。

イギリスのEU離脱を問う国民投票の結果や、ドナルド・J・トランプの大統領選への大都市部の住人の騒然とした反応が示すように、国の中枢にいる指導者は、社会契約の条件がウォルマート「米国のディスカウント・スーパー」の買い物客に受け入れられていない様子に衝撃を受けている。それでも結局は何もできることはない。というのもグローバリゼーションは必然的な過程で、個人や国家の力では止められないからだ。経済統合でも標準化、均質化でも何にしろ、代わりになるものを考えるのは無意味である。グローバリゼーションの支持者であるトーマス・フリードマンは、そうしたことをただ「必然」という言葉で定義している。

> 市場と既存の国家と技術の統合は必然なのである。おかげで既存の国家や企業、個人はこれまでになく遠く、速く、深く、安く、世界じゅうにアプローチできるようになった。また世界から逆に、既存の国家や企業、個人に到達する経路も開かれたのである。[2]

世界が国家や企業、個人に「アプローチ」することを人々が望んでいるかどうかは、議論するまでもない。なぜならその進行は止められないからだ。リベラリズムの補助役でエンジンでもある経済システムは、フランケンシュタインの怪物のように命を宿しており、歴史上もっとも自由を享受しているとされている人々も、もはやその進行と論理をコントロールすることはできない。自由の代償は、経済的必然性への隷属なのである。

教育

青年世代は、自分では明らかに恐れている政治・経済のシステムを信奉するよう教えこまれており、自分の将来や秩序の維持への参加に対して不信感でいっぱいになっている。どちらも避けては通れないが、よいことが待っているとは思えず信用もしていない。自分が歴史上かつてないほど解放されて自立した世代の一員だという感覚はまったくなく、若者は目の前の仕事の意義を感じられないでいる。ちょうど転げ落ちる大岩を山頂に押し上げることを繰り返す、ギリシャ神話のシーシュポスのように。年長者に求められればやるべきことはやるが、嬉しさや愛着はない。ただほかに選択肢がないという強い思いがあるだけだ。

みずからの運命について聞かれたときに圧倒的に多い答えは――自分の教育への期待や体験について、長年にわたってわたしが聞いてきた無数の見解によれば――情け容赦なく勝者と敗者を生みだす教育システムに懐疑的ながらも参加してみて、このシステムが「社会正義」の手段であると納得するよう求められてはいるものの、どうしてもはめられた、「出口がない」と感じられる、といったものである。当然といえば当然かもしれないが、「勝者」でさえも本音が出ると、自分はペテンにかける側とかけられる側の両方であると認めたりする。ある学生は自分の世代の宿命について、わたしに次のように説明した。

> わたしたちがエリートであるのは生存本能のおかげです。頂上を目指して競争しなければ、残る選択肢は奈落の底への転落しかありません。ただ一生懸命勉強してまずまずの成績をとっても、頂上かどん底かというふたつの道しかないと信じるかぎり、それでよいということはもはやなくなります。これは典型的な囚人のジレンマ［ゲーム理論の代表例で、個人の利益の追求は必ずしも全体の最適の選択にはならないことを示唆する］です。二、三時間ほど学食でただなんとなく油を売ることも、モラルや哲学の問題について知的な会話をして過ごすことも、あるいはデートに出かけることも、すべてトップになるために使えたはずの時間の浪費になります。だからそうした寄り道をすれば、ほかのみんなに後れをとってツケを払わされることになるでしょう……わたしたちは人間――とそれゆえにその制度――は堕落して利己的であると考えているので、自分以外に信用できる人間はいません。したがって失敗してがっかりしないように、そして最後にこの周囲の混沌とした世界に打ち負かされないようにするためには、自分自身だけを頼りにする（経済的安定のための）手段を身につけるしか方法はないのです。[3]

先進的リベラリズムは、教養教育をイデオロギー的にも経済的にも実用的でないと考えて、躍起になって抹殺しつつある。学生はたいてい人文科学と社会学の教授から、すべての人々に与えられている尊敬と尊厳に優劣がつけられないようにすることが、手元に残っている唯一の政治的課題であると教えられている。たとえそうした教育機関が経済的に成功の見込みがある者を残し、貿易や移民問題、国家の社会像、信仰にかんして時代に逆行する考えのために笑いものになりそうな者を振り落とす装置であるとしてもである。大学のキャンパスでほぼ異口同音に表明される政治的見解が反映しているのは、教育は経済的に見て実用的で、卒業後に同じような考えの大卒者が住む都会で高収入の仕事に就けるものでなければならない、というよくある信念である。ところがそうして高給取りになったとしても、惜しみなく戦利品を与えられる一方で、格差に対する激しい怒りをたえず募らせることになるのだ。大学はあわてて実用的な「学習成果」を出すべく、学生を即戦力にするための新講座を数多く導入している。また既存の研究にイメージチェンジや新たな方向づけをして、経済との関連性を売りこもうとしている。グローバル化し経済の競争が激化する世界では、ただ単にほかに**選択肢**がないのだ。先進的リベラリズムの世界では、このような言いまわしがかつてなくよく使われるが、そうした事実について意見を述べる者はいない。本来ならこの体制は、無限の自由選択を保障していたはずなのだ。

リベラリズムが絶頂にあるこのときに、リベラルアーツ（一般教養課程）は猛烈な勢いで撤退している。この科目は古くから、自由民でもとくに自律を望む市民にとって、不可欠な教育の形であると理解されてきた。重視されていた偉大な教科書は、古いというだけでなく、いや古いからでさえなく、人が自由になるために学ぶ技――それもとくに欲望をむき出しにする専制政治から自由になるための方法について、苦労して得られた教訓が記されているために偉大だったのだが、それでも切り捨てられてしまっている。その代わりに選択されたのは、かつて「奴隷教育」と考えられていたものである。もっぱら金儲けや働く者の生活をテーマにしていたので「市民」の称号を与えられなかった者のために取っておかれた教育だ。今日のリベラリストは、かつて自由民と農奴、主人と奴隷、市民と召し使いを分離していた体制を非難する。だが、わたしたちは万人の自由を宣言することによって、無知蒙昧の先祖を凌駕しモラル的にはこれ以上ないほどの優位にあるのにもかかわらず、自由を奪われた者のために取っておかれた教育を集中的に採用しているのである。しかも輝かしい自由のまっただ中にいて、リベラルアーツというその名は自由人の教養を支える基礎を意味するのにもかかわらず、そうした教育を受ける贅沢がなくなった理由を問おうともしない。

科学技術

今日の学生は、有益な学問の中でもとくにSTEM、すなわち科学（science）、技術（technology）、工学（engineering）、数学（mathematics）に関連する分野を重点的に学ぶよう奨励されている。リベラリズムがさまざまな束縛から人間を解放した手段は、何よりも政治の変化によって獲得された。つまり現在わたしたちの手に負えなくなっていると感じられている代表制である。次なる手段は経済であり、とくに市場資本主義のグローバル化の論理には抗えなくなっている。もうひとつの手段、科学技術はほぼ間違いなくこの時代の自由の最大の源であり、同時に環境の危機の原因にもなっている。またその技術によってわたしたちの人間性が歪められており、人間には革新的技術をコントロールできないのではないかという強い懸念も起こっている。過酷な自然から人間を解放するという現代科学のプロジェクトは、自然を「コントロール」または「飼いならす」努力、あるいは敵である自然を研究して人の手で征服する道具も作る「戦い」と捉えられてきた。イギリスの哲学者フランシス・ベーコンは、学問は英知や思慮分別、正義といった徳目を学ぶことを目的にしている、という古典的な主張を退けて、むしろ「知識は力なり」と説いた。また自然を囚人に喩えて、拷問を受ければ耐えかねて長らく隠していた秘密を明かすかもしれないとも論じている。

こうした言いまわしはもはや使われないかもしれないが、いまや有益で利益になると認められている研究の圧倒的多数を現代の科学プロジェクトが占めている。それでも自然はまだ征服されていないようだ。アメリカの著述家で農業人でもあるウェンデル・ベリーが書いているように、現代の科学技術が「自然との戦い」と捉えられるのなら、「それはあらゆる意味での戦いとなる――われわれは自然と戦っているが、自然も同様にわれわれと戦っている。しかも……負けそうなのはこちらのほうなのだ[4]」今日環境危機と呼ばれているものの多く――気候変動、資源の枯渇、地下水の汚染と減少、種の絶滅など――は、戦いに勝ったことを表しているが、負け戦の印でもある。現代人はつねに気候変動のような問題では科学に従うべきだという論調を展開し、現在の危機が長期にわたる科学技術の圧倒的勝利の結果であることを無視している。その際には「科学に従う」ことが文明の進歩と同じ意味をもっていた。この世界で過剰になった二酸化炭素は、一五〇年続いたパーティーのあとの二日酔いのようなものである。このパーティーの最後の最後まで、わたしたちは自然の制約からの解放という夢をかなえてきたと信じていたのだ。わたしたちは、科学プロジェクトに付随して生じた問題を解決しながらも、いまだに、科学が人間を限界から解放できるという矛盾した見解を捨てていない。

その一方で技術は場所や時間の限界はもとより、自己のアイデンティティの限界からの解放も約束するようになり、そうした技術からわたしたちが受ける影響は強まりつつある。わかってきたのは、だれもがポケットに携帯しているコンピュータが、人間の思考様式を変えて人を異なる生き物に変化させており、技術は本来真の自己表現を可能にするはずなのに、その必要性と性質にわたしたちのほうが合わせているということである。[5]はたしてどれほどの人が、携帯電話をちょっと触りたいという依存症的な衝動を感じずに、読書やただの思索、または瞑想のために一時間じっと座っていられるだろうか。そうした強い欲求のために人は、携帯を触るまで考えることも、集中や熟慮もままならなくなるだろう。これまで以上に多くの人を緊密につなぐはずだった同じ技術が、わたしたちを孤立させ引き離している。[6]職場で次第に人間の代わりに配置されつつある機械は、一見人に自由を与えているようだが、人を技術の被後見人もしくは協力者の立場に退けている。また自然を操る技術が進歩すれば、当然人間自体が改造される可能性が高くなる。するとバージョン2・0の人間が、更新する金銭的余裕がない、または更新を拒むバージョン1・0・7の人間と対立するようなこともあるかもしれないのだ。

わたしたちが世界を変えることを可能にするはずのものが、逆にわたしたちを変えていて、大半とはいわないまでも多くの者を、そうなってよいと「同意」したはずのない生き物に変化させつつある。そうしてますます近づけているのは、リベラリズムが人間本来の姿であると考えた、文明や法、政府が出現する前に存在していた「自然状態」の生き物である。皮肉なことに、いやおそらくは偶然ではないのだろうが、リベラリズムの政治的プロジェクトは、人を有史以前の空想の世界の生き物に変えつつある。とはいえ実際には、そのために近代国家や経済、教育システム、科学技術といった大がかりな装置を組み合わせる必要があったのだが。そうしてわたしたちを、ますます孤立し自立し結びつきを失った自己、多くの権利を有して自由であると特徴づけられるが、自信がもてず無力で、不安で孤独な自己に変えているのである。

今日のリベラリズムの成功を顕著に表しているのは、蓄積しつつあるその失敗の兆候である。リベラリズムは、とくに政治、経済、教育、科学、技術の領域を通じて、世界をそのイメージに合わせて作り替えてきた。どの領域においても、個人を特定の場所、人間関係、組織への帰属から、そしてアイデンティティからさえも解放することによって、完全で究極の自由を達成しようとしたのだ――もっともそうしたものを選択していて重圧になっておらず、意のままに修正したり放棄したりすることができる場合は別だが。したがって自立した自己は、今日解放の道具とみなされている、まさにその力の絶対的な方針に従うことになる。だがその解放がわたしたちをこうした決定的な力に逆らえなくしている。自由の約束は、選択肢がなく服従するしかないという、必然性への隷属に行き着くのだ。

こうした道具は個人を「与えられたもの」から解放するために活用された。とくに「非人格化」と「抽象化」によって、リベラリズムが自由の理想像とする、特定の義務や責任、負債、人間関係からの解放が試みられた。その目標は主に国家と市場というふたつの構造体によって推進され、非人格化と抽象化によって達成されてきた。だがこの両者の示し合わせた挟み打ちによって、わたしたちが個人としてよりいっそう無防備な状態になっているとしても、政治討論においては、こうした力のいずれかに献身すればもう一方からの略奪から救われるという主張のために、両者の協力関係は覆い隠されている。すると主要な政治的選択は、どちらの非人格化された機構が自由と安全を推進してくれそうか、というところに絞られる。市場の空間は、膨大な数の人々が選択したものを集めて、わたしたちの望むものと必要なものを提供するが、他の人々の望むものや必要なものについてわたしたちに特定の考えや態度をしろと要求はしない。かたやリベラルな国家は、市場の取り組みが不十分になっている、他の者の望むものや必要なもののために、非人格的な手順と機構を確立する。そのいずれかの選択だ。

こうして個人の自由の保護と国家活動の拡大のどちらかの選択を執拗に問われつづけるために、国家と市場の真の関係が覆い隠されている。つまりこの両者はいついかなるときも、持ちつもたれつの関係で成長しつづけるということだ。国家に統制を集中させる国家主義は個人主義を可能にし、個人主義は国家主義を求める。「希望と変革」、「アメリカをもう一度偉大にする」といった、選挙で変革を訴える主張は必ず、うんざりするほどわかりきった事実を語っている。現代のリベラリズムは、国民をよりいっそう個人主義と国家主義に傾けて前進していくということだ。その理由は、ある党は国家主義を抑えずに個人主義を推進するが、他の党はその逆を行く、といったことにあるのではない。どちらの党もむしろ、国民のもっとも深い哲学的前提に合わせた方向に同時に動いているということなのだ。

リベラリズムは深く埋めこまれた文化や伝統、場所、人間関係から個人を解放するという主張をしながら、世界をそのイメージに合うように均質化している。皮肉なことに、それに勢いをつけているのは、多くの場合「多文化主義」、すなわち今風にいう「多様性」の主張である。かつてわたしたちは人間関係のために苦労していたが、同時にそうした関係から自己についての概念や、同じ運命を分かち合う市民として、そして共通の世界を分かち合う経済主体としての自覚をもつことができた。そうした人間関係からリベラリズムがわたしたちをうまく離脱させたために、個人は解放の道具にじかに接するようになった。おかげでわたしたちは、解放の対象とされた生活の領域を自分ではまったく制御も統治もできないお手上げの状況になっている。つまり、個人は最初からずっとリベラリズムのシステムの「道具」だったのに、わたしたちはその逆を信じていたのである。

きわめて困難だが踏みだすべき一歩は、リベラルな社会の病はリベラリズムの実現によって治せるという信念を捨てることである。リベラリズムから押しつけられている必然性と統治不能な力から解放される唯一の道は、リベラリズムそのものからの解放なのだ。この時代の主要な政治的選択はいずれも、同じ偽のコインの表裏であると理解すべきである。リベラリズムの約束の達成に向かったらリベラリズムが実現するという革新派の確信も、憲法の統治哲学を取り戻したらアメリカの偉大さが戻るという保守派の話も、現実的にリベラリズムの進歩の代わりになれるものを提示していない。

過去から学ぶことはできるが、戻れるわけはなく「取り戻す」こともできない。リベラリズムは、蓄積されてきた物質的、精神的な資源を情け容赦なく消耗してきたが、それを補充することはできない。その成功はいつも、修復できると信じて未来に対して切られた、白紙小切手のようなものだった。革新派の行方は袋小路だという保守派の見方は正しく、保守派の取り戻せない時代へのノスタルジアに対する革新派の非難も正しい。保守派も革新派も足並みをそろえてリベラリズムのプロジェクトを進めてきたのであり、今日のような体質では、いずれも轍から外れないと見つからない新しい方向性を示すことはできない。

またリベラリズムの自滅後に何が続くのかを考えるときに、ただその反対のことを考案したり、リベラリズムの功績の中で偉大で不朽の価値のあるものを否定したりすればよいというものではない。リベラリズムの魅力は、西洋の政治が伝統的に深く関与してきたものを受け継いでいることにある。その代表例が、専制政治や恣意的な支配、不当な権力の行使を抑制することによって、人間の自由と尊厳を保障しようとする努力である。この点においてリベラリズムはまちがいなく、何世紀もかけて古代ギリシャ・ローマの古典古代やキリスト教の思想と実践の中で発達を遂げてきた、きわめて重要な政治的誓約を土台にしていると考えられる。ところがリベラリズムの革新的技術——発案者が人間の自由と尊厳を強固に保障すると信じていたもの——でも、とくに自由の理想の再定義と人間の本性の再考によって成立しているものが、この誓約の実現を阻んでいる。リベラリズムを超えて進むといっても、リベラリズムの重要な誓約、なかんずく西洋が心の奥底から希求する政治的自由と人間の尊厳を放棄する、というのはではない。むしろそれは、誤った人類学のイメージに合わせてイデオロギーによる世界の改造を強いる中で行なわれた、間違った方向転換を拒むということなのである。

世界で最初に生まれ最後まで残ったイデオロギーを拒絶するのに、新しくて、おそらくはほぼ代わり映えのしないイデオロギーとすげ替えるのはお門違いである。革新的な秩序を転覆させる政治革命は、ただ無秩序と悲惨さを呼ぶだけだろう。それにまさる道は、規模を抑えた地域型の抵抗運動に見出せる。たとえば理論より慣習に重きを置いて、リベラリズムのアンチカルチャーに対抗して復元力のある新たな文化を築くのである。

一九世紀の初期にフランスからアメリカを訪れたアレクシス・ド・トクヴィルは、アメリカ人は個人主義的で利己的なイデオロギーを信奉しているにしても、それとは違った、好ましいふるまいをする傾向があることに気がついていた。トクヴィルは「彼らは自分自身より哲学に敬意を払っている」と書き残している。今のこの時代に必要なのは、わたしたちの哲学をさらに極めることではなく、もう一度自分自身に今以上の敬意を払うことである。よりよい自己をあらたに養い、共同体の文化の育成や弱者へのケア、自己犠牲、小規模な民主主義の促進などをとおして、他の者の自己の運命に惜しみなく投資することからよりよい慣習が生まれる。そしてそういった中から、いつしかリベラリズムの破綻しかけたプロジェクトよりすぐれた理論が現れるはずなのである。

第1章　持続不可能なリベラリズム

リベラリズム（liberalism）がもっとも深く関与しているものは、その名に表れている。自由（liberty）である。リベラリズムがこれほどまでに魅力と復元力を示せているのは、人間の自由への希求に中心的な関与をしているためである。この希求は人間の精神に深く埋めこまれている。リベラリズムが歴史の中で台頭して世界の人々を引きつけたのは、けっして偶然ではない。とくに魅了したのは、恣意的な支配や不当な格差、蔓延する貧困に苦しむ人々だった。これ以外の政治哲学で、行き当たりばったりではない予測可能性をもって、繁栄の促進や相対的な政治的安定の達成、個人の自由の促進が可能であることを実証してみせた例はなかった。一九八九年にアメリカの政治学者フランシス・フクヤマが、理想的な体制についての長い議論は終わった、リベラリズムは歴史の終着駅だと宣言できたことには、それなりの根拠はあったのだ。

もちろんリベラリズムは、人間の自由への希求を発見したのでも発明したのでもない。リベルタス（*libertas*、「自由の女神」の意）という言葉の起源は古代にあり、古代ギリシャ・ローマの政治哲学にはじめて出現したときから、その擁護と実現は第一の目標として掲げられてきた。西洋の政治的伝統の基礎をなす文献がとくに焦点を当てたのは、専制政治への衝動とその主張を抑制するためにはどうしたらよいかという問いで、専制的にふるまいたくなる衝動を正すカギは徳性の修養と自律である、という結論に落ち着くのが特徴的だった。ギリシャ人はとくに個人の自律と政体の自律には連続性があると見ており、どちらの実現も節制、分別、中庸、公正といった徳目がともに支え合って促進された場合のみ可能だとした。都市の自律は、市民の精神が自律の徳性に支配されたときのみ成立した。また都市での個人の自律は、市民性とは法と慣習によって徳性が継続的に習慣化されたものと理解されたときに、はじめて実現することになる。ギリシャの哲人は専制政治の成立を未然に防いで、市民の自由を守る第一の道として、パイデイア(*paideia*)、つまり徳育を強調した。だがこうした結論は、不平等の正当化とともに共存していた(少なくともときには危なっかしげであったとしても)。そういった例は、統治者階級出身の賢明な統治者による治世が求められたことだけでなく、奴隷制度の普及に見出せる。

ローマ人とそれに続く中世キリスト教の哲学は、ギリシャ人の伝統を受け継いで、専制政治に対する守りの要として徳性を養うことを強調した。が、その他にも、政治支配に対する民衆の意見を(程度の差はあれ)非公式もしくはときには公式に表明する道を開くと同時に、制度的な形態を作りあげて指導者の権力を抑制しようとした。今日リベラリズムと関連づけられるこうした行政の制度的形態の多くは、考案され開発されてから少なくとも数百年の年月を経て近代に受け継がれている。たとえば立憲政治、三権分立、政教分離、恣意的な支配に対抗する権利と保護、連邦主義、法の支配、小さな政府などがそうである。[1] 個人の権利の擁護と人間の尊厳を不可侵とする信念は、つねに一貫して認められ実践されたのではないにしても、近代以前の中世ヨーロッパの哲学が生んだ功績だった。学者の中にはリベラリズムはただ自然に発達したもの、つまりこの長い期間をかけた発達から典型的なリベラルな思考と実績がまさしく積み重なったもので、近代以前に急激に起こった変化の類いではないと考える者もいる。[2]

このような主張は敬意をもって考慮する価値がある。しかし、継続性について考えるとすぐわかるとおり、それでも近代とそれ以前とのあいだに重要で急激な変化が起こっているという反論——とくに近代以前と一線を画する、革新的な政治哲学が出現しているとする主張——には有力な論拠がある。たしかに近代以前の古典古代およびキリスト教時代と、リベラリズムの勃興に帰着する近代が、まさしく制度的に、そして意味論的にも継続しているという見方は一見真実をとらえているかのように思われる。リベラリズムの功績は先例をただむやみに拒絶したりせずに、多くの場合において共通する言葉や概念を再定義し、またそうした再定義を通して既存の制度に根本的に異なる人類学上の仮定を移植することによって、目的を達成したことにあるからだ。

自由という言葉はそのまま保持されたが、その概念はまったく新しい発想から根本的に見直された。長いあいだ自由は、専制政治を未然に防ぐ自己統治の状態で、政体の中にも個人の精神の中にも宿ると信じられていた。そのため自由に必要と考えられたのは、個人の欲望の自制の修養や訓練にとどまらない。それに呼応するものとして、社会的・政治的な仕組みが欲望の自制という徳性を植えつけ、それにより自律の技芸を身につけさせようとすることも必要とされたのである。古典古代やキリスト教時代の政治思想は、みずからも認めているように「学術」というより「技芸」だった。その発達を決定づけたのは、カリスマ的な始祖や政治家の幸運な出現である。こうした人物は政治的、社会的な徳性の自己強化プロセスを繰り返す術を知っており、人間の作った制度の不可避の特徴である腐敗や衰退が起こりえることも認めていた。

近代の示差的な特徴は、この長いあいだ変わっていない政治観の拒絶だった。社会や政治の仕組みは、無力であると同時に望ましくないものとみなされるようになった。リベラリズムの原点は、多様な人類学的な仮定と社会規範を覆す努力にある。そうしたものは病弊の根源、つまり争いのもとでもあり個人の自由の障害物でもあると考えられるようになった。リベラリズムの基盤を築いた思想家が主眼としたのは、宗教や社会の規範で不合理であると結論づけたものを解体することだった。追い求めたのは、そうしたものに代わって安定と繁栄、そしていずれは個人の判断と行動の自由をも促進するであろう市民社会の平和である。

この思想と実践の大変革は主に三つの努力によって支えられた。ひとつめは、政治を「上」への願望ではなく「下」への信頼に根差すものにしようとしたこと。古典古代とキリスト教時代の徳性を養おうとする努力は、家父長的にして干渉的なうえに無益で、悪用されやすく信頼性に欠けるとして拒絶された。古典古代とキリスト教時代の徳育によって専制的にふるまいたくなる衝動を和らげるという願望を見限ったのは、イタリアのニッコロ・マキアヴェッリである。この政治思想家は、近代以前の哲学の伝統を「見た例《ためし》もなく真に存在すると知っていたわけでもない共和政体や君主政体のことを、想像し論じてきた。なぜならば、いかに人が今生きているのかと、いかに人が生きるべきなのかとのあいだには、非常な隔たりがあるので、なすべきことを重んずるあまりに、今なされていることを軽んずる者は、みずからの存続よりも、むしろ破滅を学んでいるのだから」と、どこをとっても非現実的で信用できない絵空事に終始していると非難した[3]（『君主論』、河島英昭訳、岩波書店）。マキアヴェッリが提案したのは、不誠実に達成されるのがせいぜいの非現実的な行動規範――とくに自制――を促進する代わりに、政治哲学を高慢、利己性、貪欲さ、栄光の追求といった、すぐにでも観察できる人間の行動を踏まえたものにすることである。彼はさらに、自由と政治・安全保障を達成するためには、「公益」と政治的調和を求める高尚な訴えをするより、国内の異なる階層に各々の特定の利害を守ろうとする「激烈な争い」をさせて、それぞれが他を抑えるように仕向けたほうがよい、と論じている。人間の根深い利己性と物欲を認めれば、そうした欲望を和らげたり抑えつけたりしようとするのではなく、利用する方法を思いつくかもしれない。

古典古代とキリスト教時代の徳性の強調および自制と自己統治の修養は、規範と社会の組織による強化に頼っており、そうしたものは政治や社会、宗教、経済の分野から家族生活にいたる広範囲にくまなく配されていた。ふたつめの努力は、徳性の修養を支えるのに必要不可欠であると考えられ、そしてそれゆえに専制政治からの解放のための前提条件とされていたものを、抑圧や恣意性、制約の源と見るよう仕向けたことである。フランスの哲学者ルネ・デカルトとイギリスの哲学者トマス・ホッブズは、相次いで次のように論じている。不合理な習慣と検証されていない伝統による支配は――なかでも宗教的な信念と慣習は――恣意的な統治や非生産的な共倒れの戦いの原因であり、そのために政治体制の安定と成功を妨げていると。そして両者とも、人間を本来の本質的な姿にする「思考実験」の導入によって、習慣と伝統のありようを改善するよう提案している。この思考実験では、概念的に人間から本質的でない属性をはぎ取り、わたしたちの目にみずからの本性をさらす。それにより哲学と政治は、道理にもとづき実情を反映した基盤をもてるようになるのだ。どちらの哲学者も、長らく行動の指針だった社会規範と慣習の代わりになりえるものとして、個人主義的傾向を強めた理性への信頼を表明していた。またいずれも理性から逸脱するようなことが起こっても、中央集権化した政治国家の法律による禁止と処罰で修正することが可能であると信じていた。

三つめは、安定性と予測可能性を確立するため、そして（最終的に）個人の自由の領域を拡大するために、政治基盤と社会規範に修正が必要であるなら、人間を支配・抑制する自然も克服するということである。「政治の新科学」がともなうべきなのは新しい**自然**科学、しかもとくに自然との戦いで人間の可能性を広げることを目的に実用化を探求する科学だ。ホッブズを助手にしていたフランシス・ベーコンは、人間の知識を有効利用していくことで「人間である状態からの解放」を果たして、人間の帝国を自然界に拡張するという、新しい形の自然哲学の発達を促した。[4] それゆえに近代科学における変革がさらに必要としたのは、「受容」を強調するストア哲学やキリスト教のような哲学の伝統を覆したうえで、環境をコントロールし世界に望むままの影響をおよぼす人間の能力は、拡張し潜在的に限界がない、という信念を浸透させることだったのである。

こうした思想家がいずれも民衆による統治について懐疑的だったことを考えると、リベラリストはひとりもいなかったようだが、それでもその政治、社会、科学、自然にかんする革新的再考は、近代リベラリズムの礎となった。その後数十年、数百年のあいだ彼らに続いた思想家は、基本的にこの三つの革新的思想を踏まえていた。すなわち再定義にあたり自由を、確立された権威からの人間の解放として、あるいは恣意的な文化と伝統からの解放、さらには進歩しつつある科学の発見や経済的繁栄による人間の力の拡張と自然の支配として捉えたのである。リベラリズムが勃興し勝利を収めるためには、古典古代とキリスト教時代の自由についての理解をないがしろにしつづける努力にくわえて、ひろく受け入れられている規範や伝統、慣習の解体が必要だった。また、おそらくは何よりも、国家を個人の権利と自由の主要な擁護者としながら、誕生した環境という恣意的な偶然から個人を切り離して定義し、そうしたことの最重要性を再概念化することを必要としたのである。

こうした思想と慣習の変革をリベラリズムが取りこむのは、途方もない賭けに等しかった。自由のまったく新しい理解の追求と実現は、それ以前の哲学の伝統や宗教、社会規範を覆し、さらには人間と自然の新たな関係を導入することによって可能になったからである。文字通り「ホイッグ」（革新派）［米国の党で専制的政治に対抗し近代化を推進した］的な政治史の解釈では、おおむねこの賭けは文句なしの勝ちだったとされる。リベラリズムの到来とともに歴史には、未開時代の終わり、人間の無知からの解放、抑制や恣意的な不平等の克服、君主政治と貴族政治の没落、繁栄と近代技術の進歩、そしてほぼ途切れることのない進歩の時代の始まりが刻まれた。さらにリベラリズムは次のようなものに功績をあげている。宗教戦争の終結、寛容と平等の時代の幕開け、最終的には今日のグローバリゼーションに帰結する個人の可能性と社会的交流の領域の拡大、そして今まさに進行中の性差別、人種差別、植民地主義、異性愛規範性をはじめとする、人を分裂させ、品位を傷つけ、差別する、受け入れがたい偏見の数々に対する勝利。

一九八九年、リベラリズムと競合する最後のイデオロギーが崩壊した直後に、フランシス・フクヤマは画期的な論文「歴史の終わり」の中で、リベラリズムの勝利は絶対的で完全だと断言した。[5] フクヤマは、リベラリズムがあらゆる試練に耐えすべての競合するイデオロギーを打ち負かしたことを根拠に、リベラリズムが唯一の正当な体制であることはおのずと証明されたとしたうえで、うまく「機能」したのは人間の本性に適合したからであると考えた。発想からおよそ五〇〇年間の歴史をもち、フクヤマの大胆な主張のちょうど二〇〇年前にアメリカのリベラルな共和国の建国者によって、初の政治的実験の実例とされた賭けは、しばしば論争の場になり収拾がつかなくなる政治の哲学と実践の領域において、前例のない明快さで成功したのである。リベラリズムの圧倒的勝利は完璧で他にかなう者がいないという見方――実際、競合者の主張はもはや考慮に値しないとみなされている――の拡大が主たる要因となって、次のような結論が導きだされている。すなわちリベラルな秩序の中で、政治体〔国家〕のみならず市民と私的な領域を侵しているさまざまな病は、リベラリズムの実現がまだ不十分な部分か、リベラリズムの地平で偶然出現して、政策や技術的解決策を適用しなくてはならない問題であるということである。リベラリズムにとって目下の最大の脅威が、リベラリズムの領域を超えたところにあるのではなく内在している可能性を、リベラリズム自体の成功があだになり、みずからに照らして考慮するのが難しくなっている。この脅威の影響力は、リベラリズムのまさに長所とされている基本的性質から生じている。最大の弱点とみずからが招いてさえいる衰退に気づいたとしても、とりわけその自己修正能力や発展、そしてとどまることのない進歩への信頼があるために、おおむね平然としていられる心理が生じる。現代の病弊がどのようなものであれ、リベラルな解決策を徹底して適用すれば、解決できない難題などないのだ。

こうした病弊は、利己心という点でも社会と市民に破滅的な影響をおよぼしている。利己心はもともとは古代の徳性への依存を乗り越える治療から生じた病である。それが次第にあらゆる社会の交流と制度の中で顕在化してきただけでなく、リベラルな政治にも浸透している。公益についての訴えがあればことごとく陰で足を引っ張りながら、ゼロ・サム的な心理を生じさせて、私事以外ではほぼ物質的な関心事にますます動機づけられている市民を、全国規模で対立させている。権威主義的な文化から個人を解放するはずだった「治療」も同様に、社会の無規範《アノミー》になった状態を招いており、そのために法的な救済の拡大、警察による超法規的措置、監視の拡大が求められている。その証拠に社会規範と良識が失われてきて、品性を重視する考えは家父長的で押しつけがましいとして受け入れられなくなっているために、いまやこの国では学校内に監視カメラを設置して、この目立たない監視装置を事後の処罰の参考にする例が増えている。自然を支配するための治療は、このような支配が、せいぜい一時的で結局はまやかしであることを示す結果を生みつつある。化石燃料の燃焼による生態学的コスト、無制限の抗生物質の使用による薬効の限界、技術による労働力の置き換えが政治におよぼす後遺症……。進歩を生き残る能力が、人類に立ちはだかる最大級の試練となっているのだ。

おそらくは何よりも、リベラリズムはそれ以前の遺産と資源を食いつぶすと同時にみずからをそれで維持してきたのだろうが、そうしたものは補充できない。生活のほぼすべての面で——家族や近隣社会、共同体、宗教、そして国家においてさえも——社会の絆が失われつつあることは、リベラリズムの進歩の論理を反映しており、この上なく不安定な状態の原因になっている。国内はもとより国際社会においても中央集権化した政府の役割に注目が集まり、その主導権をめぐる政治的争いが激化しているのは、リベラリズムが同質化を促した結果であると同時にその脆弱さの表れでもある。世界市場はさまざまな経済的サブカルチャーを押しのけながら、人情のない無慈悲な取引の論理を強化しているが、この論理が結果的に資本主義の危機とリベラリズムの破綻への不安を招いてもいる。教育や医療などの政策分野での――国または市場による解決が提案されている場合の――論争は、過去に地域中心の取り組みと献身に頼っていた形態が弱体化していることを反映しており、国と市場のいずれにしても、それに似た形を再現したり代わりになったりすることは望めない。社会と自然の資源はリベラリズムの産物ではなく補充もできない。リベラリズムは勝利の進軍をしながらそうしたものを着々と食いつぶしたが、その前進によって認識されていない基盤が侵食されていたとしても、この資源はリベラリズムを支えていたのである。

リベラリズムの賭けは、蓄積する代償より多くのメリットを出せるかどうかの勝負だったが、その賭けのあいだずっと、多くのリベラルな人間は、メリットであると吹聴されていたものの所産が実は増大する代償であることに無感覚になるよう仕向けられていた。そのため現在ほとんどの者がこの賭けは決着済みで、もはや結果を問わなくてもよい問題だと見ている。

厳密には近代の立憲政治主義の法と政治の仕組みが、そっくりそのままリベラルな体制を構成しているのではないが、こうした仕組みはふたつの基本的信念によって命を吹きこまれている。リベラリズムの制度に特定の方向性と鋳型も与えている、その見えにくい人類学的な仮定とは、①人類学的な個人主義と選択にかんする主意主義的概念、そして②人間の自然からの分離もしくは対立である。これらのふたつの人間の本性と社会についての理解の変革が、「リベラリズム」を構成するだけでなく、斬新な「自由」の定義も創出しているのである。

リベラルな主意主義

リベラリズムのもっとも根本的で示差的な面でもある最初の変革は、政治の基礎を主意主義の考え方に置くことである。主意主義とは、個人が束縛を受けずに自立した選択をすることをいう。このことが最初に明確な議論になったのは、トマス・ホッブズが典型的なリベラルの論調で君主制を擁護したときだった。ホッブズによれば、人間は生来、完全に独立して自立した状態で存在している。このような状態の人生が「悪意に満ちて不合理で、短く」もろいことを知った人間は、生き延びるために合理的利己主義を発揮して、自然権［人が生まれながらに持っている権利］のほとんどを犠牲にしてまでも主権者の庇護と保障を確保しようとする。正当性は同意によって与えられるのだ。

すると個人の対外的行動を制限する国家が作られて、他から根本的に孤立した人間の、破滅に結びつきかねない行動を法的に規制するようになる。法は、利己的な個人に課せられる実践的な規制なのだ。ホッブズは、相互理解から生まれる自制が存在するとはしていない。著書『リヴァイアサン』（水田洋訳、岩波書店、一九八二年）の中で書いているように、法は垣根のようなもので「旅人をとめるためにではなく、道をあるきつづけさせるために」あるのである。つまり、法は「無茶な欲求や性急さや無分別」にもとづいて行動する人間の自然の傾向を抑制し、それゆえつねに人の自然的自由［あらゆる社会的義務から解放されている状態のこと］の外部的制約として働くことになる。[6] それとは対照的に、自由は「法の沈黙」があるところでも存続し、制限されるのは国家に「権威づけられ」た規定が明白に述べられているかぎりにおいてのみである[7]［引用部分は水田訳］。人の自然的自由を制限できるのは国家だけなのだ。国家は実定法［自然法とは対照的に人間によって作られる法］の唯一の制定者で施行者であり、宗教的信念の表現の適不適までをも決定する。国家は社会の安定を維持して自然の無政府状態に戻らないようにする責任を負っており、そうすることで国民の自然権を「保障」する。

　つまり人間は生来、他との関わりをもたない生き物で、孤立して自立しているのである。リベラリズムが手をつけるプロジェクトでは、あらゆる人間関係――最初は政治的な結びつきだが、それに終始することはない――の正当性がますます、その人間関係が選択されているか、それも合理的な自己の利益に役立つことを基準に選択されているかによって判断されるようになる。

　イギリスのジョン・ロックはホッブズ哲学の後継者である。そのロックが理解したように、主意主義者の論理は結局、家族関係を含めてあらゆる人間関係に影響をおよぼすことになる。リベラリズム哲学の祖であるロックは、一方では著書の『統治二論』（加藤節訳、岩波書店、二〇一〇年）の中で、親が子供を育てる義務とそれと関連して子供が「あなたの父母を敬え」（『聖書』、新共同訳、日本聖書協会）という命令に従う義務が生じることを認めながらも、子供は最終的には同意の論理に照らして「遺産」を相続しなければならないとしている。つまりロックは（原初の人間社会を引き合いに出しながら）、人が自立し、選択する個人として行動する「自然状態」のようなものを始点とすべきだと主張しているのだ。「なぜなら**すべての人間の子供たち**は、彼自身やその祖先たちと同様に生来的に**自由**であるのだから、自由な状態にあるあいだは、どんな社会にくわわり、いかなる政治的共同体に服するかを自ら選択してよいからである。しかし、彼らが、もし、父祖たちの遺産を享受したいと思うのであれば、彼らは、それを、父祖たちと同じ条件で受け取らなければならず、その所有物に付随している一切の条件に服さなければならない[8]」（加藤訳）。親の遺産を全面的に受け入れる者であっても、たとえ口に出さなくても、必ず同意の論理に照らして受け入れるべきだというのである。

ロックによれば、結婚でさえもつき詰めれば配偶者間の契約として理解される。その条件は一時的なもので、とりわけ子育ての義務が完了したときなどに見直されたりする。もしこの網羅的な選択の論理が家族というごく基本的な人間関係に当てはまるなら、人と制度もしくは団体という、それほど緊密でないつながりにはなおさら適合することになる。そうした場合は、各々の構成員が、他の構成員の個人の権利の利益になっているか、あるいは不当な負担になっていないかが、つねに監視・評価されることになる。

だからといって、リベラリズム以前の時代に個人の選択の自由という考えが受け入れられていなかったわけではない。リベラリズム以前のキリスト教が人間の選択の拡大に貢献した重大な例のひとつに、結婚に対する考え方を、家族や財産の考慮にもとづく制度から、神聖な愛を基盤に個人の同意のもとに行なわれる選択に変化させたことがある。ここで新しかったのは、制度や社会、所属、組織への参加、そして個人的なつき合いにいたるまでを評価するデフォルトの基準において、自己利益の計算にもとづく個人の選択の考慮が支配的になったことだ。個人の選択が共同体におよぼす影響や、神によって創造された秩序、そして最終的には神への義務にも届く配慮は抜け落ちたのである。

リベラリズムはただ政治や社会、個人にかんする意思決定について説明するだけだ、と明言するところから始まっている。ところがこのことはさりげなく、規範確立計画として組みこまれていたのだ。したがって実際には、人間の主意主義の説明として示されたものが、必然的にそれとは大きく異なる人間の自己理解や経験と入れ替わる流れになった。つまりリベラリズム論は、人々に自分と人間関係について異なる考えを教えこもうとしたのである。リベラリズムはよく、リベラルな社会で人々が行なう選択に対して中立的であると主張する。リベラリズムは「正しいもの」の守護者で、特定の「よいもの」の概念の守護者ではないと。

だがリベラリズムは人々が意思決定をする基準については中立ではない。そうしたことにかんしては大学の経済学の講座も似たようなものだ。経済学は人間を、効用を最大化する個々の主体として説明しているだけだと主張するが、現実にはその説明に学生が影響を受けて利己主義を強めている。となればリベラリズムは国民に深入りを避けて柔軟な人間関係と絆を選ぶように教えていることになる。政治的・経済的な関係は例外なく交換可能でたえず再定義されると考えられるだけでなく、場所、近隣社会、国家、家族、宗教など、あらゆる対象との関係も同様とされる。リベラリズムは緩いつながりを促進するのだ。

自然との戦い

第二の変革は、リベラリズムを構成する二番目の人類学的な仮説であり、第一の変革ほど政治との関連性があるようには見えない。近代以前の政治思想の中でも、アリストテレスの自然科学の理解に影響を受けた系統はとくに、生物としての人間は包括的な自然秩序の一部であると解釈していた。人間には、自然によって与えられ不変の目的因［アリストテレスの説いた四原因のひとつ。存在や行動を理由づける目的］があると考えられていた。人間の本性は自然界の秩序とつながっているので、人間は自分自身の本性と、自分が属している広い意味での自然の秩序の両方に従う必要がある。自分の本性と自然の秩序に対して好き勝手にふるまうことも可能だが、このような行動はみずからを歪ませて、人間と世界の善を傷つけることになる。アリストテレスの『倫理学 *Ηθικών*』とイタリアの神学者トマス・アクィナスの『神学大全』（高田三郎・山田晶他訳、創文社、一九六〇〜二〇一二年）は、共通点の多い労作で、自然法、つまり自然が人間に設けた限界を明快に叙述している。そしてどちらも同様に、こうした限界の中で人が最良の生き方をするために、また人間の繁栄を実現するために、どのように徳を実践したらよいかを教えようとしている。

リベラリズムの哲学は人間が自制する必要性を否定した。そしてまずは、自然の秩序に人間が服従するという考えを放逐し、後に人間の本性自体の概念も一新した。自然科学と人間科学、さらには人間の自然界との関係の変質はリベラリズムに端を発している。この変革の第一波はルネサンスにまでさかのぼる近代初期の思想家から始まっており、人が自然を支配するために、自然科学および変容した経済システムを取り入れることを強く主張した。第二波は主に一九世紀のさまざまな歴史主義派の思想家を中心に発展しており、人間の本性は不変であるという信念を退けて、人間の「可塑性」とモラルを向上させる能力への信念を表明した。リベラリズムのこうしたふたつの波――しばしば「保守派」と「革新派」と呼ばれる――は今日にいたっても優位を競い合っているが、わたしたちは両者が根の部分でつながっているのを理解すべきだろう。

リベラリズム変革の第一波を牽引した典型的なリベラリズムの思想家は、フランシス・ベーコンである。（ベーコンの秘書だった）ホッブズと同じように、彼は古代のアリストテレスやアクィナスの自然と自然法にかんする理解を痛烈に批判して――アダムとイブのために人間が負っている原罪の結果を覆しさえして［知識の獲得は罪ではないとした］、人間の死すべき運命を克服する可能性まで含めながら――人間は自然を「支配」または「抑制」できるという議論を支持した。[9]

リベラリズムはこの自然科学の新しい方向性と密接につながると、経済システムをも取りこみ発達させた。その結果市場基盤の自由企業が、それにならって人間による自然界の利用や征服、支配を推進したのである。近代初期のリベラリズムは、人間の本性は変えられないという見解をもっていた。人間は生まれつき利己的な生き物で、自分本位の衝動を利用することは可能でも根本的には変わらないとしたのだ。だがこの利己的で所有欲にとらわれた人間の本性の一面も、役に立つように仕向ければ、経済や科学のシステムを牽引し、自然現象への支配力を行使する人間の能力を通じて、自由を拡大できるかもしれない。

変革の第二波は、この人間観への明確な批判として始まっている。フランスのジャン＝ジャック・ルソーからドイツのカール・マルクス、イギリスのジェームズ・ミルからアメリカのジョン・デューイ、そしてアメリカのリチャード・ローティから現代の「トランスヒューマニスト」［新しい科学技術で人間の体と認知能力を向上させようとする超人間主義者］にいたる思想家は、人間の本性は不変であるという考えに異を唱えている。彼らが第一波の理論家に共鳴したのは、自然は人間に征服されるもので人間の本性もその例外ではない、という考えである。

第一波のリベラリストは今日「保守派」と称される。科学と経済が自然を支配する必要性を強調するが、その計画を人間の本性にまで拡張することはしない。経済的目的のために世界を功利的に利用することにはほぼ賛意を表するが、バイオテクノロジーで「増強」する類いの開発にはたいてい反対の立場をとっている。第二波のリベラリストは、わたしたちの体の生物学的性質から人間を解放する技術手段を、ほとんどすべて認める傾向を強めている。今日の政策論争は、ほぼ例外なくこのふたつに集約されるリベラリズムのあいだで起こっている。リベラリズム以前の伝統が擁護した、人間の本性もしくは人間と自然の関係への理解と抜本的に代わるものは、どちらの側からも突きつけられていない。

したがってリベラリズムはよく表現されるような、狭義でいう立憲政治と権利を擁護する司法の政治的プロジェクトにとどまらない。それどころか、人間の生活と世界の一切を様変わりさせようとしているのである。このふたつの変革――人類学的な個人主義と選択にかんする主意主義的概念、および一貫して人間と自然との分離と対立を訴える主張――は、人間の自立的な行動の範囲をどこまでも広げる可能性としての自由という、特有の新しい理解を生みだしている。

古い概念での自由は、利己的で快楽主義的な欲望にとらわれた追求から抜けだすために、人間が習得した能力とされた。だが、リベラリズムはそうした考え方を否定している。こうした類いの自由は都市と精神が自律した状態であり、個人の徳性の修養と実践、および共同で行なう自己立法の行為を緊密に結びつける。このような社会における中心的な関心事は、自己統治の技と徳性を重視した、個人および市民の総合的形成と教育となる。

ところがリベラリズムは自由を、人が実定法の制約を受けない範囲内で自由に行動できる状態であると解釈する。こうした考え方は事実上、架空の自然状態の中の仮説にすぎなかったものを実在させ、人間にとって自然な個人主義の理論がそれまで以上に現実になる世界を形成する。この場合世界を守るのは、法や政治、経済、社会の組織である。リベラリズムのもとで人はますます自立して生きるようになり、このような状況下で、人間本来の状態といわれて恐れられている無秩序も、法治とそれにともなう国家の成長によって抑制・抑圧される。人間が構成的「A・デシャリットのいう、自我を構成する側面をもつ」共同体から（緩いつながりだけを残して）解放され、自然が手なずけられて抑制された結果、構築される自由な自立の領域は、どこまでも拡大していくように見える。

皮肉なことに、自立の領域の守りが徹底すればするほど、国家が関与する範囲は広がらざるをえなくなる。自由は定義されたように、家族から教会、学校、村、共同体にいたるまで、あらゆる形の団体や人間関係からの解放を求める。そうしたものは仲間うちで習慣化した期待や規範によって、行動への支配力を行使するが、その支配はほとんど文化的なもので政治的ではない――法の適用範囲はそこまでは届かず、ほぼ文化規範の延長線上に位置づけられる。文化規範とは家族や教会、共同体で学ばれる内輪での行動への期待である。こうした人の輪から個人が解放されると、今度は実定法を課すことによって行動を規制する必要性が高まってくる。同時に社会規範は権威を喪失していき、それにつれて次第に形骸化し根拠を失い抑圧的に感じられるようになるので、国に対し社会規範を根絶する方向に積極的に動くことを求める声があがるようになる。

ゆえにリベラリズムは存在論［存在の意味を問う学問］的な二点、すなわち解放された個人と抑制する国家に集約されることになる。ホッブズの『リヴァイアサン』はこの現実を完璧に描きだしている。つまり国家が自立した個人のみで構成されると、そうした個人は国家に「抑制」されるということである。個人と国家は存在論的先行性のふたつの重要ポイントであるのだ。

この世界では、過去への感謝と未来への義務は姿を消し、目の前の満足を追求することが一般的風潮になっている。文化は、自制や礼儀といった徳性を養うために昔の知恵や経験を分け与えるどころか、快楽の刺激、本能丸出しの下品さ、気晴らしと同義語になっている。そのどれもが消費や欲求、無関心の促進を志向している。その結果、浅薄にも自己最大化を目的とする、社会的に有害な行動が社会で幅を利かせはじめているのである。

学校には、謙虚さと品行、学業への誠実な取り組みの規範はもはやなく、代わって法の軽視と不正がまかり通っている（若者の監視の強化とともに）。その一方で成人になる不安定な年齢層では交際の規範は形骸化し、「ナンパ」、つまり功利主義的な性的出会いが大流行りになっている。添い遂げる結婚の規範は過去のものとなり、既婚未婚のいずれの場合も、個人の自立を約束するさまざまな方法が採られている。子供はますます個人の自由を束縛するものとして見られるようになっているため、リベラリズムは要求されるままに堕胎に肩入れしており、同時に先進国では全般的に出生率が下がっている。経済的領域ではしばしば、目先の利益を求める絶え間ない欲求に突き動かされて手っ取り早く金儲けに走る傾向が、投資と受託責任を回避させている。また自然界との関係においては、たとえ子孫が飲料水の水資源や土壌資源といったものの不足に対処せざるをえなくなるとしても、地球の豊かな恵みを短期間で搾取することがわたしたちの生得権となっている。こうした活動の制限は、文化規範から生じて育まれる自律からもたらされるのではなく、国が実定法を適用する領域であると理解されている（理解されているとしたら）。

ホッブズは人生の基本的行動を「つぎからつぎへ力をもとめ、死によってのみ消滅する、永久不滅の意慾」（水田訳）と呼び、後にアレクシス・ド・トクヴィルは「動揺」もしくは「焦燥感」と形容したものの追求であるとした。そうした前提にもとづくなら、渇望を満たそうとする自己達成とより大きな力の際限のない追求のために、経済成長と消費の広がりは加速しつづける必要がある。リベラルな社会がこのような成長の減速にもちこたえられるはずはなく、短期間でも経済成長が停滞するかマイナスに向かえば崩壊する運命にある。人間には「よい」ものより「正しい」ものを重視するという目的がある。それでも自己成型する表出的な個人をリベラルな人間像として信奉すれば、そうしたことを顧みないでいられるたったひとつの目的もしくは免罪符となる［「表出的」とは、カナダの政治学者チャールズ・テイラーのいう、一九六〇年代の個人主義の特徴。「自己実現する」の意］。この大望達成のために難しい選択をする必要はまったくない。ただ、異なるライフスタイルを選択すればよいのだ。

リベラリズムの創始者はおしなべて社会規範が存続することを前提にしていたが、それでもそうした規範を自制を通じて支えていた構成的団体と教育から、個人を切り離そうとしていた。そのごく初期の段階では、家族や学校、共同体の安定と継続は当たり前のこととされながらも、根本にあるものが哲学によって徐々に切り崩されていった。この切り崩しが進むと、リベラリズムの発展とともに規範を形成する権威ある制度が根拠を失ったために、今度は現実のこうした価値あるものも徐々に弱体化した。その先の段階になると、消極的な衰退が積極的な破壊に転じる。歴史的に規範の強化を担ってきた団体の名残が、次第に自立した自由の障害物と見られるようになり、国家機構がこのようなしがらみから個人を解放する作業に充てられている。

物質と経済の領域で自然を征服しようとするリベラリズムは、太古に起源をもつ資源の宝庫を食いつぶしつつある。今日では指導者がどんな政策を掲げようと、**より多く**を目指す計画が文句なしの支持を得る。リベラリズムが機能するためには、利用と消費が可能な有形物をつねに増加させなければならない。したがって、自然の征服と支配もたえず拡張させる必要がある。制限と自制を求める人物は、政治的指導者の地位など望めないのだ。

したがってリベラリズムはのるか反るかの大勝負だったのである。古くからの行動規範を新しい形の自由の名のもとに撤廃できるかどうか、そして自然の征服によって燃料を供給してどこまでも選択肢を増やせるかどうかの賭けである。そうして労力を傾けた結果が、モラル的な自制と物的資源の低減だったために、リベラリズムの後に何が来るのかを考えざるをえなくなっている。

リベラリズムのプロジェクトが、つまるところ自己矛盾していて、それまで頼りにしてきたモラルと物質の貯蓄のいずれの低減にも行き着くというわたしの論が正しければ、その次は選択を迫られることになる。みずから進んで今以上に地域に密着した自律の形態を追求するのもよし、何もせずに、深刻さを増す無秩序状態と、絶望を深めた国がますます無理強いしてくる秩序の押しつけの、振幅の大きさに苦しむのもよし。リベラリズムの論理に導かれて結論を出すと、その終局はあらゆる点で持続不可能になっている。リベラリズムは自立してますます構成的社会規範を奪われた個人の集まりに対して永遠に秩序を強制することはできないし、限界のある世界でいつまでも物質的な成長をもたらすこともできない。わたしたちは地元の共同体で、自律の実践と経験から生まれる自制の未来を選ぶことができる。あるいは究極の自由が究極の抑圧と共存する未来に向かって、ひたすら後退することもできる。

古の人々は、人間は政治的な動物であり、共同体で学んだ徳性の行使と実践によって、地域と共同社会のひとつの自制の形——自由として理解するのが適切な状態——を達成しなければならない、と主張した。こうしたことを永遠に否定しつづければ必ず報いがあるはずだ。現時点でわたしたちはリベラリズムの自由から生じた無数の社会的、経済的、政治的な症状の手当てをしようとしているが、そうした症状の奥に眠る原因、つまりリベラリズムが哲学的な部分でかかわっている病理には手をつけていない。評論家の大半は現在の危機を——道義的あるいは経済的な観点から——政策の練り直しによって解決すべき技術的問題であるとしているが、思慮深い国民はこうした危機は、今後体制全体を揺るがすことになる地震の前震なのではないかと考えているにちがいない。永遠の都ローマに自信をもっていて、ローマ崩壊後の状況を想像できなかった古代ローマ人とは違い、今わたしたちは都市で横行している野蛮な行為のために、よりよい道があるのではないかと考えざるをえないところに来ているのだ。

第2章　個人主義と国家主義の結合

フランス革命以来の近代政治の基本的な区分である左派と右派は、フランス国民議会で革命派が左に、王党派が右に分かれて座ったことに由来する。この用語が現在まで使われているのは、ふたつの相反する基本的世界観をよく表しているからだ。左派の特徴は変化と変革を好むこと、自由と平等への傾倒、進歩と未来への志向にあり、一方の右派は秩序と伝統、ヒエラルキー（階層制）の党で、過去の価値観を大事にする性格をもつ。左対右であろうが、青対赤、リベラル対保守と呼ばれようが、この基本区別は水と油のような人間のふたつの基本的な気質を表すと同時に、互いに相容れないが補完し合う、政治的選択肢としてのふたつの世界観をうまく表現しているのだろう。子供が誕生した直後に聞かれるのが男だったか女だったかという質問なら、青年期以降にその人物を定義するのは、政治的に右か左かという自問なのかもしれない。

現代生活はこの基本区分を避けて通れないといっても過言ではない。このことはリベラル派、保守派のあり余る評論家、メディア、コンサルタント、世論調査機関、そしてこのレッテルによって仕分けされた政治家などを総称する政治機構はもとより、近隣社会、職業、学校にも、そしてその人が選ぶ宗教にも当てはまる。[1] 人は同じ政治的見解をもつ相手とは、たとえ異なる地方の出身者でも（もしくは外国人であっても）、民族や人種が違っていても、そして――宗教戦争の歴史を考えると驚くべきことだが――異なる宗教を信じていても、親近感をもちやすい。今日、保守的なプロテスタントの福音主義者は、リベラルなルター派教徒より、正統派ユダヤ教徒や伝統的なカトリック教徒を味方と見て信用する傾向がある。リベラルな白人の南部人は、近くに住む白人の保守主義者より北部の黒人民主党員のほうに、安心して政治的見解を明かせるだろう。進歩的な同性愛者とリベラルなキリスト教徒は、すぐさま共通点を見出すはずだ。今は大学のキャンパスで性別を表す代名詞の使用を差し控えるようにいわれ、この国の単一化した文化のシチューの中で地方色が消失する時代になりつつある。だからこそ今まで以上に政治的連帯感が、アイデンティティの核心部分を定義するのに、不可避で普遍性があり、自然で必然でさえある指標として、たったひとつ残ったのだろう。

今日先進的リベラリズムの社会で政治に関心のある人のほぼ全員の考えが、この基本区分によって方向づけられていることを考えると、こう告げるのは無謀のように思える。つまり、この区分は思っているほど大したものではないし、ふたつの側を隔てる食い違いを埋めるのは不可能に思えるかもしれないが、実をいうと、両者が根の部分で世界観を共有していることを覆い隠しているのにすぎない、ということである。リベラルな秩序を推進するプロジェクトは、表面上は頑固な敵同士の戦いの形をとるが、そうした争いの激しさや辛辣さが、発展するリベラリズムを結局はひとつにまとめている、深奥の協力関係を覆い隠しているのである。

現代アメリカの政治的風景には、果てしない戦いに終始する二党ばかりが登場する。「保守派」とみなされる一方は、もっぱら自由で規制を受けない市場の保護によって、個人に自由と平等の機会をもたらすプロジェクトを推進する。リベラルとみなされる他方は、多方面にわたり中央政府の規制権限と司法権に頼ることで、経済的・社会的な平等の拡大を保障しようとする。個人の自由の擁護者を競わせているのは、権威ある政治説話——それを明確に表現したのは、古典的リベラリストであるジョン・ロックなどの著述家と合衆国建国の父——であり、その宿敵である国家主義の「革新的」リベラリストを感化したのは、ジョン・ステュアート・ミルやジョン・デューイといった人物である。このふたつの世界観は、真逆で相容れないと考えられている。

毎度のことながら古典的リベラリズムを受け継ぐ保守派が国家主義を糾弾し、革新主義を受け継ぐリベラリストが個人主義を非難する、という両者の対立に見える立場は、現代アメリカ政治を気楽に眺めている人にとっても馴染みのある絵図だ。両陣営は、経済・貿易政策や医療、福祉、環境など、熱い議論の対象になっている今日的な諸問題に触れながらも、必ずこの基本区分から離れずに論争を展開している。こうした戦いが根本的な議論に行き着くことも珍しくない。すなわちその政策の目的を十二分に達成するためには、国があまり介入せずに市場原理にまかせたほうがよいか、市場より公平に利益を分配し支援できる政府計画を推し進めたほうがよいか、という議論である。

したがって古典的リベラリストは土台となるのは個人であると主張し、契約と同意という行為を通じて小さな政府を誕生させようとする。革新的リベラリストは、個人がすべてを自己解決するのは無理なので、むしろ人間という大きな集団の一員という、本質に迫る定義から自己を理解すべきだと主張する。両陣営の争点は大きく分かれた政策の違いだけでなく、異なる人類学的な前提にもあるように見えるので、表面下にひそかなつながりがあることには気づかれにくい。

個人主義と国家主義は手をつないで発展する。つねに助け合いながら、そして自立した個人の単純明快さと国家の一員であるという抽象概念のどちらともつねに対照的な、かけがえのない血の通った人間関係を犠牲にして。右派と左派は、異なる視点から異なる手段を用いて、異なる政策を掲げている。ところがまったく違ってはいるが関連性のある方法で協力して、国家主義と個人主義をともに拡大しているのである。この表面下の協力関係から説明がつきやすくなることがある。それは、ヨーロッパでもアメリカでも現代のリベラルな国家が、これまで以上に権力と活動を中央権力に付与して国家主義を強めているのと並行して、人々が人と人の仲立ちをする、たとえばボランティア団体、政党、教会、共同体、そして家族に対しても結びつきや関与を弱めて、個人主義に陥りその傾向を強めている理由である。「リベラル」にとっても「保守」にとっても国家は個人主義の主要な推進役となり、その一方で個人主義は国家の権力と権威を拡大するための主要な源となっているのだ。

この表面下の右派と左派の連携は、主にふたつの根源から生じている。ひとつめは哲学的な根源で、古典的リベラリズム、革新的リベラリズムのいずれの伝統も、最終的には国家が中心となって個人主義の成立と拡大に賛成していること、そしてふたつめは現実的、政治的な根源で、この合同哲学プロジェクトが国家権力と個人主義の両方の拡大を強化していることである。第1章ではこのふたつの「側」のリベラリズムが、激しい論争に終始しているかのように見えて、ともにリベラリズムのプロジェクトの大きな目的を推し進めている方法について少し説明した。本章では、リベラリズムの伝統の中の哲学的根源と、アメリカの環境へのその応用にとくに注目しながら、この表面下の協力的な試みをさらに詳しく探っていく。

「古典的」、「革新的」リベラリズムのいずれも、場所や伝統、文化、さらには自分で選択していない人間関係といった制限から、個人を解放することをリベラリズムの進歩の基礎としている。どちらの伝統も手段についての食い違いがあるのにもかかわらず、リベラリズムとして認められているのは、個人の解放と——国家を後ろ盾にした、自然の制約からの現実的な解放を達成する主要な手段としての——自然科学の応用に、そうした根源的な関与をしているためである。したがって国家主義と個人主義はともに発展するが、地域的な制度は衰退し自然の限界への配慮は薄れる。相違点は多々あるが、この大望に刺激を受けた思想家の顔ぶれは、ジョン・ロックからジョン・デューイ、フランシス・ベーコンからフランシス・ベラミー［アメリカの作家］、アダム・スミスからリチャード・ローティまでと幅広い。

哲学的根源と現実的な影響——古典的リベラリズム

これから述べる主張は意外かもしれない。というのも古典的リベラリズムの哲学はその正反対を示唆しているように見えるからだ。つまり国家が個人主義の誕生を助けるのではなく、むしろ——社会契約説によれば——本来自由で平等な個人が同意することによって、小さな国家を誕生させるということである。ホッブズとロックはどちらも、多少の違いはあるにせよ、人間はもともと全体の一部ではなく、完結してバラバラに存在しているとする考えに立脚している。わたしたちは生まれながらにして「自由で自立」しており、生来抑制されておらず互いに無関係でさえあるのだ。フランスの政治学者ベルトラン・ド・ジュヴネルが社会契約主義を当てこすっているように、それは「子どもがおらず自分の幼少期も忘れてしまったに相違ない人びと」によって考えられた哲学だった[2]（『純粋政治理論』、中金聡・関口佐紀訳、風行社）。

自由とは政府も法もまったくない状態で、そうした自由な世界では「すべてが正しい」。つまり個人が望んだことは何をしても許されるのだ。このような状況は継続できないとされているが、それでも「自然状態」の中で仮定される自然的自由の定義は規制的理念となっている。理想では自由は行為者が何でも好きにできる能力なのである。古の理論——自律の徳性の実践によってのみ達成されると解釈されていた自由——とは対照的に、近代の理論は、自由を最大限の可能性を追求して欲求を満たすことと定義する。すると政府はそうした追求への因習的で自然に反した制約となる。

ホッブズとロックにとって、人が社会契約を結ぶのは確実に生き残るためだけではなく、自由をより確実に行使するためである。このふたりとも——とはいえロックがとくに——前政治的な状態で自由を制限するのは、他の個人の法に縛られない競争だけでなく、人間の反抗的で敵対的な性格であると理解していた。ロックの哲学が主眼とするのは、自由の実現の可能性——欲求を満たす能力と定義されている——を国家の援助によって拡大することである。法は自律のための規律ではなく、むしろ個人の自由を拡大する手段になる。「**法の目的**は、自由を廃止したり制限したりすることではなく、**自由を保全し拡大する**ことにある」[3]（加藤訳）。わたしたちが社会契約の条件を受け入れるのは、それにより、個人の自由を制限していると思われる慣習にくわえて法ですらも排除されると同時に、人間が自然界をコントロールする可能性まで拡大して、個人の自由が現実に増大する見込みがあるからだ。ロックは、法律は自由を増大するために働くと書いている。それはつまり自然界の制約からの解放なのである。

したがってリベラリズム論からすると、個人は社会契約によって国家を「つくり出す」のだが、実際的な意味においては、リベラルな国家が自由を拡大する状況を与えることによって個人を「つくり出している」のである。またこの自由の拡大は次第に、人間の能力で環境の支配を拡大することとして定義されていく。現代の政治報道がよく指摘するような個人と国家の宿命の争いとはまったく違い、リベラリズムは深くて核心的な関係を確立する。つまりその自由の理想は強い国家の力を利用しなければ実現しないのである。自由の拡大が法によって保障されるなら、現実にはその逆も真となる。自由の増大は法の拡大を必要とするのだ。国家はただ戦う人間同士のレフェリー役を務めるのではない。わたしたちの生産的活動でも、とくに商業に従事する能力を保障する際に、理論の中の自然的自由でしか存在しない状態、つまり自立した個人が業績を上げつづける条件を現実に確立しているのである。

ゆえにリベラルな国家の主要な役割は、個人をあらゆる制約的な条件から積極的に解放することになる。リベラリズム論の最前線にあるのは、人間の欲望の実現を阻む、自然の制約からの解放である。これはロックによれば、人生の中心的な目的のひとつの「身体の怠惰」になる。そうした解放の主要な担い手である商業は、機会と物質の流通量を増大し、それにより今ある欲望を実現するだけでなく、人が自覚していなかった新たな欲望までつくり出す。国家は商業の分野、とくに貿易の範囲と生産量、モビリティ（移動性）を拡大する役割を担っている。[4] その拡大に必要な市場とインフラストラクチャーの拡張は、「自生的秩序」［オーストリアの経済学者ハイエクのいう、人間の活動の中で自然発生的に進化した秩序］から生じているのではない。むしろ、広範囲におよび巨大化する国家機構を必要とするのである。この国家機構は折に触れて配下の非協力的、または反抗的な参加者の服従を引きださなければならない。

この努力を国内経済に向けた当初、国は非人格的な近代的市場の押しつけと合理化を強化する必要があった。ところがいつの間にかこのプロジェクトはリベラル帝国主義の中心的な推進役となっている。とくにジョン・ステュアート・ミルは、このプロジェクトを著書『代議制統治論』

（関口正司訳、岩波書店、二〇一九年）の中で急務として正当化した。「未開」種族に経済的に生産的な生活を送らせるためには、たとえ「しばらくのあいだ、勤労を強制すること」になるとしても「奴隷制」を導入する方法を含めて、強制が必要だとしたのである[5]（関口訳）。

商業の拡大の主要な目的には、伝統的な絆や人間関係のために身動きができなくなっている個人を解放することも含まれる。リベラルな国家は受動的なレフェリー役や個人の自由の守護者を務めるだけではない。国家の観点から、リベラルな行為者であるはずの個人が完全に自由な選択を妨げられている場合、その個人を「解放」する積極的な役割も引き受けているのである。リベラリズム論の核心にあるのは、個人は人間存在の基本単位であり、存在する唯一の自然な人間の実体であるという仮定である。そこで実践に移されたリベラリズムは、この個人を現実に出現させるべく条件を拡大しようとする。個人は、リベラルな国家が出現する前からあった、不公平で制約的なあらゆる所属から解放されることになる。力ずくでなければ、出口の防壁をつねに下げつづけるのだ。国は社会の中の全集団を統治下に置くことを主張する。国は合法・非合法の集団の究極の権威者であり、その観点から個人とリベラルな国との関係から余分なものを取り除いているのである。

すると科学的手法とは逆に、哲学的議論として発展したものが現実的な具体例として生みだされることになる。しがらみから離脱した利己的な経済主体としての個人は、現実のいかなる自然状態にも存在していなかったが、リベラルな秩序が出現した近代化の当初に、建国間もない国家の細部にまでおよぶ介入によって誕生したのである。リベラルな秩序が強制されると同時に、そうした形態は邪魔なものを取り払われた個人の自由意志で選択された、という神話が正当化された。それが国の大々的な介入の結果であることは、ひと握りの学者以外には無視されている。オーストリアの歴史学者で社会学者のカール・ポランニーの古典的研究論文『大転換』(野口建彦・栖原学訳、東洋経済新報社、二〇〇九年)ほど、この介入を明確に分析した著作はない。[6] 特定の文化的・宗教的な背景において経済的仕組みは、モラルに沿った目的をかなえるものと理解されていた。ポランニーはそうした背景から、いかにして経済的仕組みが切り離されたかを説明している。またそのような伝統的要素のために、経済行為が制限されただけでなく、経済行為を適切に行なえば個人の利益と優位性を向上できるという理解が妨げられてもいたと結論づけた。ポランニーによれば、そのように規定された経済交換は、社会的、政治的、宗教的な生活の主要な目的を優先させている。つまり共同体の秩序の維持とその秩序内の家族の繁栄である。[7] 自己の利益を最大化する個人の集積を土台に理解された経済は、正確にいえば、市場ではなかった。市**場**は、現実の物理的スペースで社会秩序の中にあり、抽象的な行為者が有用性を最大化するために取引を行なう、独立した理論上のスペースであるとは考えられていなかったのだ。

ポランニーの論によれば、このような経済の置き換えには、計画的でしばしば力ずくの地域経済の再形成が必要だった。その際はほとんどの場合、経済と国のエリートの行為者が伝統的な共同体と慣習を崩壊させて消滅させている。人々の「個人主義」が必要としたのは、市場を社会的・

宗教的な背景から切り離すことだけではない。自分たちの労働と生産物が、価格メカニズムに支配される商品にすぎないということの受容、つまり、新たな功利的で個人主義的な観点から人間と自然を同列に見るような考え方の転換も必要としたのである。しかも市場リベラリズムも、市場をモラルから切り離して、個人と自然は互いに分離していると考えるよう人々を「再訓練」するために、労働者と天然資源をこうした「擬制商品」――産業的工程で使用する材料――として扱うことを求めた。ポランニーがこの変革の本質を端的に突いているように、「自由競争主義は仕組まれていた」のである。[8]

このプロセスは、近代の政治経済史の中で数えきれないほど繰り返された。中世のギルドを根絶しようとする中で、囲い込み論争において、国家による「ラッダイト」「産業革命時のイギリスで機械の打ちこわしをした手工業労働者集団」への弾圧、組合労働者を支配する雇い主への国家の支援、そして機械化・工業化された農業によって国の農地から人の影をなくそうとする政府の努力において。それは複雑な形でアメリカの南北戦争の隠れた動機となっていた。この戦争は奴隷制の廃止を大義にしているが、国を後ろ盾にした経済システムの拡大を徹底させてもいる。それに抵抗した者は南部の奴隷制にかこつけて永遠の罪を着せられた。[9]今日その伝統を継承しているのが、自由貿易協定によって拡大しつづけている世界市場である。それを熱心に支持しているいわゆる保守派は、多くの場合固有の文化を崩壊させ、最終的には消滅させる意図をもっている。これはイギリスの政治家エドマンド・バークのような保守派にも、非情なグローバリゼーションに批判的なマルクス主義に傾いた者にも懸念されるところだろう。[10] 近年では、国レベルで定められたさまざまな環境基準を後退させる努力によって、国が国内市場の存続を強化している。皮肉なことに、そうした動きを積極的に、そして熱烈に信奉したのは、他の場合なら「州」権を声高に擁護する「保守派」の共和党だった。[11]

近代の夜明けから現代の新聞の大見出しにいたるまで、古典的リベラリズムの継承者と支持者――今日のいわゆる「保守派」――は、「伝統的価値観」を大事にすると口先だけで言うのがせいぜいだ。そのかたわらで指導者層は、この現代世界で個人主義を実践する主要な手段である世界的「自由市場」を異口同音に支持している。この市場は――市場ならすべてそうだが――「自由競争」の名のもとに正当化されていながら、実際には徹頭徹尾、国のエネルギーや介入、支援に依存していて、つねに古典的リベラリストに支えられている。古典的リベラリストは、昔ながらの人間関係や文化規範、世代を超えた考え方、慣習や習わしといった、市場の思惑より人と人とのつながりや思いやりから生じた配慮を重視するものに対し、溶剤として働いている。リベラリズム論で考えられた極端な個人像を「既定の事実」であると主張しながらも、リベラリズムを実践するにあたっては、個人主義をものともせず、というよりむしろその実現のために、国を絶え間なく拡張し急速に発展させつづけることによって、この規範的理念を推し進めているのである。

哲学的根源と現実的な影響――革新的リベラリズム

政治、社会、経済の活力が古典的リベラリズムによって解放された結果、人間が変化する能力を過小評価していたという印象も広がった。ジョン・デューイなどは、小著『古い個人主義と新しい個人主義 *Individualism, Old and New*』の中で「古い」リベラリズムを称え、その理由として、封建時代に広がっていた類いの「静的な性質を液化した」成功にくわえて、経済と政治のシステムの比重をますます国に移し「相互依存」を促進して、それとともに地方の社会生活の基盤を消滅させたことをあげている。デューイはアメリカ人を自主独立の信念に駆り立てていた「ロマンチック」な個人主義を否定し（ここでアメリカの歴史学者、フレデリック・ジャクソン・ターナーのアメリカのフロンティア時代は終わったという見解を繰り返して）、むしろアメリカ人はいまや「社会全体」の一部であり、そこから離れて個人が存在できるとは考えにくい、という実証済みの真実を認めるべきだと訴えている。[12]

「古い個人主義」は貴族社会やトマス・ジェファーソン的な農本主義の名残をじわじわと弱体化することに成功したが、国自体はいまだに個人と社会があらたに「有機的」な調和をした形には飛躍していなかった。「過去のリベラリズム」は、もはやみずから道を譲るべき状況を作りだしていた。いまや視界に入っている新しいリベラリズムが、人間の自己変革能力を開花させるためには、哲学と社会に敏感な感受性をもつ、デューイのような思想家の後押しが必要だったのである。

アメリカのジャーナリスト、ハーバート・クローリーも同様に、国の商業システムや文化、アイデンティティにいちじるしい変化が起こっていると見ていた。ところがこうした国のシステムは、たとえその時点で実際に新しい形の相互依存を反映していても、依然としてジェファーソンの自主独立の信念を精神的原動力にしていた。クローリーは「ジェファーソン的な目的をハミルトン的な方法」で達成する「ニュー・リパブリック」（「新しい共和国」の意。共同創始した雑誌名でもある）をつくろうと呼びかける。民主主義はもはや、望むままに行動する個人の自由にもとづいた、個人の自主独立を意味するものではなかった。むしろ人々に「同胞である人類」の一員であることに気づかせるような社会の関与はもとより、宗教の関与も植えつけなければならない。この大望の成就はそれまで、個人の自己決定についての時代遅れの信念によって妨げられていた。だがそのような信念がないがしろにした、重大で深まりつつあった相互依存がいまや、「よりすぐれた個人とよりすぐれた生活を徐々につくり出す」可能性を生んでいたのである。[13] アメリカのバプテスト派の神学者ウォルター・ラウシェンブッシュは、この心情を地上での「神の国」の樹立への呼びかけの中で反映することになる。「神の国」とは社会的な性格を強めた新しい形の民主主義で「ありのままの人間の本性を受け入れるのではなく、それを改善の方向にもっていく」ものである。ラウシェンブッシュは、伝統的なキリスト教の神学の特徴は利己性にあるとさえ見ており――その目的は昔から個人の救済だった――デューイやクローリーと同じく、民主主義の「到達点」は個人主義的な利己性の克服によって「人間の本性を完成」することと思い描いていた。[14]

このような思想家は実質的に、集産主義的な経済の仕組みを勧めていると思われるかもしれない。たとえばデューイは「公共的社会主義」を求め、クローリーは「極端な社会主義」を支持すると書いている。ただし、個人の不可侵性と尊厳を保証していないと結論づけるのは早計だろう。どちらの人物の思想にも貫かれているテーマは、窮屈で制約的な「古いリベラリズム」の個人主義を排除しないかぎり、真実に近づき改善した形の「個性」は生まれないということである。不自由のくびき――とくに経済的な退廃と格差という手かせといったもの――から完全に解放されてはじめて、新しくよりすぐれた個性が出現できるのである。ふたりの論によれば、この民主主義の理想像は「多」と「個」を調和させ、わたしたちの社会性と個性を調和させる。たとえばジョン・デューイは『古い個人主義と新しい個人主義』の中で次のように述べている。「**個性**の安定した回復は、古い経済的、政治的な**個人主義**が消滅した結果はじめて可能になる。この消滅で想像力が解放されれば、企業社会を構成員の自由な文化に貢献させるという目的に向けて、真剣な努力がなされるようになるだろう」

「個性」と「企業社会」の調和がどのように達成されるかを十分理解するためには、古いリベラリズムが完全に消滅するまで待たねばならないが、こうした革新的リベラリズムの伝統を形成した核心的な議論で明らかなことは、古典的リベラリズムを乗り越えてはじめて真のリベラリズムが出現するということである。なおも継続中の議論は、このことがリベラリズムのプロジェクトとの根本的な決別を表すのか、根本的な実現なのかについて戦わされている。

この個人を「作る」革新的な国家の役割を、象徴するのにふさわしい最近の例がある。それは二〇一二年のオバマ大統領再選の選挙運動で話題を呼んだ、架空の女性である。この女性は歌手のシェールやマドンナのように、ただジュリアとしか呼ばれない。ジュリアはオバマの選挙運動開始に向けた短い期間中に、インターネットのスライド・シリーズに登場していた。その中でアピールされたのは、ジュリアが生涯をとおして種々の政府計画のおかげで夢を実現し、さまざまな重要な節目を祝福できるということである。共和党の「女性との戦い」［産むか産まないかを決める権利を中心に、女性の権利を否認しようとする政治的な動き］に注意を喚起する意図もあったが、この「ジュリアの一生」宣伝キャンペーンは、女性の有権者によりよい生活を実現する政府計画を支援するのは、革新的リベラリズムだけであると思わせるように作られていた。[15]

したがって「ジュリアの一生」キャンペーンは一般的に、経済的な機会と平等を促進する政府計画を支持するリベラリストに向けて作られたようだが、ジュリアはそれでも、人間の自由の規範的理念どおりの自立した個人という、保守的リベラリストが価値付与をする境遇を訴えなければ、賞賛の対象になれないようなキャラクターではなかった。政府の援助に対するジュリアの全幅の信頼を肯定的に捉えると、広告の根底にあるリベラリズムの自立性の理想がどうしても死角になってしまうというなら、この援助の目的が、ホッブズとロックが「自然的自由」の概念を打ち出して以来、もっとも完璧に自立した個人をつくり出すことであるのに左派［この広告を作った民主党］はほとんど気づいていないのである。ジュリアの世界にはジュリアと政府しか存在しない。例外は一枚のスライドにほんの一瞬だけ出てくる小さな子供だ。父親がいるかどうかはわからない。そしてあっという間に政府が差し向けた黄色いバスに乗っていなくなり、その後は登場しない。それ以外のジュリアは、完璧に自立した生活を実現している。巨大でときに押しつけがましく、つねにそばにいて気遣ってくれる政府の厚意によって。「ジュリアの一生」が描いた世界は、ホッブズの『リヴァイアサン』の口絵の更新バージョンなのである。そこに存在しているのは個人と主権国家のみだ。前者が後者の正当性を生みだして付与し、後者がみずからを誕生させた個人に対し、安全で安定した生活を保障する。主だった違いは、ホッブズの構想が思考実験として意図されたのに対し、「ジュリアの一生」が今日の現実を描くものとして意図されたことである。だがこの広告は、その物語がホッブズの構想と正反対だったことを次第に明らかにしていく。個人を創出しているのはリベラルな国家なのである。巨大な影をあらゆるものにますますのしかからせるリヴァイアサンによって、わたしたちはいつしか束縛し合わなくなってしまう。

リベラリズムのプロジェクトを推進する保守派と革新派は、このようにして際限のない争いを夢中になって繰り広げている。争点となっているのはその手段、つまり人を緊密に結びつけている人間関係から、あるいは押しつけられた伝統から、抑圧的な習慣から、個人を解放するための理想的な道筋は何かということである。だがその後方では両者とも一貫して解放の領域を拡大しようとしてきた。そうした場に置かれた個人は望むライフスタイルを理想的な形で追求できるので、代わりに自立した個人が存在するうえで欠かせない環境として、国家の拡大を支えるようになる。「保守的」リベラリストは国家の拡大に対し執念深い敵意を示すが、共同体生活で市場の役割を制限するかもしれない、いかなる形の地域的な統治にも伝統的規範にも打ち勝つ手立てとして、その能力を首尾一貫して国内外の市場の確保に向けている。[16] また「革新的」リベラリストは、拡張的な国家は個人の自由の究極の擁護者だとして熱弁をふるいながらも、「風俗習慣とモラル」の強化となると、性的行動やはなはだしく流動的な性的アイデンティティ、家族の定義、個人の人生の終わり方にかんしてはとくに、個人の「売り手と買い手」による公開市場に任せるほうが好ましいので、国家の干渉を抑えるべきだと主張している。現代のリベラルな国家は着々と拡張して、わたしたちの「消費者」――今日ではリベラルな国家の「denizen」（居住者）を表すのに「citizen」（国民）より多く使われるようになった言葉――としての自己定義の拡大を進めているが、その一方で両陣営による激烈な戦いでわたしたちを楽しませている。ところが多くの者が、双方の違いは結局さほどないのではないかと気づきはじめているのだ。

個人の創出

リベラリズムの理論と実践の核心には、個人主義をもたらす国家の突出した役割がある。何よりもリベラリズムの自己強化循環は個人の解放自体から生じている。つまりますますしがらみから離脱した個人が結局はみずからを創出した国家を強化する、という循環である。リベラリズムの観点からすればこれは善循環なのだが、人間の繁栄の見地に立つと、リベラリズムの深奥にある病弊の源でもある。

ひと世代前の哲学者と社会学者は、混乱と孤立を深めた自己が基本的なアイデンティティを国に求める心理状態になることに気づいていた。アメリカの政治学者ハンナ・アーレントの『全体主義の起源』（仲正昌樹訳、NHK出版、二〇一七年）、ドイツの社会心理学者エーリッヒ・フロムの『自由からの逃走』（日高六郎訳、東京創元社、一九五二年）、アメリカの社会学者ロバート・ニスベットの『共同体の探求』（安江孝司他訳、梓出版社、一九八六年）といった画期的な研究の中で、こうした識者はさまざまな観点と学問分野から、近代の全体主義の大きな特徴は、不満をいだいた人々の孤独感と疎外感を癒す対象として存在感を増し、権力を握るようになったことにあると分析している。地域的な組織への所属意識や人づき合いが希薄になった結果、生じた隙間を埋めようとする人々は、遠方の抽象的な国家と完全に一体化したいと熱狂的に望む傾向がある。この分析はナチズムが崩壊し共産主義が台頭したあとしばらく信奉者を集めたが、それ以降はスポットライトから遠ざかっている。ということは、現代の思想家の多くはリベラリズムの理念には当てはまらないと考えているのだろう。[17] それでも今日、この基本的な政治心理が異なる動きをすると判断する根拠は見当たらない。

ニスベットが有益な案内役であることに変わりはない。一九五三年に近代イデオロギーの出現を分析した『共同体の探求』の中で、ニスベットは伝統的な共同体や制度を積極的に解体した結果、基本的欲求――「共同体の探求」――が、もはや満たされなくなる状態が生じたと論じている。国家主義は、この原子化［微細な存在に粉砕されること］の感覚への激烈な反応として出現した。生まれつき政治的・社会的な生き物である人は、人間の完全体として機能するために、人と人とを緊密につなど何重もの絆を必要とする。家族（核家族でも大家族でも）、土地、共同体、地域、宗教、文化との深い絆を奪われ、こうした形のつながりは自立を制限するものだとすっかり思いこまされて隔絶された人間は、残った正当な組織で唯一対応可能な国家に、所属と自己認識を求めるようになる。ニスベットは、リベラリズムが小規模な団体や共同体を攻撃した結果として、ファシズムと共産主義の出現は予想できたと見ている。こうしたイデオロギーは、みずからが放逐した人づき合いの連想とイメージを取り入れることによって、新しい形の所属先を提供した。なかでもとくに教会に見立てた国家を、宗教に似た新しい所属先として差し出したのである。わたしたちの「共同体」はいまや数えきれないほどの仲間で構成されることになる。その仲間は孤独感や疎外感、孤立感をすっかり和らげてくれる政体に対し漠然とした忠誠心を分かちあっている。この新たな所属先は、わたしたちの望みや欲求をかなえてくれるはずである。その見返りに要求されるのは、ただ国家に完全なる献身を捧げて、国家とのあいだに入る別の組織への忠誠心を一切捨て去ることだ。大衆の暮らしを支えるために、中央権力へのさらなる権力の集中が求められて了承された。ゆえにニスベットは次のように結論づける。「一九世紀全般にわたって、個人主義と国家権力とのあいだにはひろく緊密な関係があったが、そのどちらについても、人と国家の仲立ちをする領域の制度との関係は一様に弱体化している。このことに気がつかなければ、一見逆説的でそのようにも見られてもいた現象、すなわち経済とモラルにおける個人主義が出現してからちょうど一世紀半後にあたる二〇世紀になって、大規模な政治権力の集中が起こった訳を理解するのは不可能である」[18]

心理的渇望もそうだが、忠誠の対象への国家の昇格化はそれ以上に、リベラリズムの実践の影響から来る当然の帰結なのである。国家との中間の領域には人を支える制度の巨大なネットワークがあったが、そのネットとの絆を個人主義が人々から奪いながら拡大するために、昔からの頼みの綱だった援助と支援の場は奪われてしまった。政治が個人の個別化を進めるにつれて、個人の集合体は当然ながら困るとすぐに国に頼る傾向を強めている。トクヴィル以来そのように観測する者は、個人主義は国家主義に代わるものではなく、まさしくその原因であると指摘する。トクヴィルは、その著書を手にする現代の保守派、革新派の人々とはたいてい違って、個人主義はますます拡大し中央集権化する国家の問題への解決策ではなく、その権力を増大させる原因となっているると理解していた。彼は『アメリカのデモクラシー』（松本礼二訳、岩波書店）で次のように述べている。

したがって……民主的な世紀には、何人《なんぴと》も仲間に手を貸す義務を課されず、仲間から大きな助力を期待する権利もないので、だれもが独立にして弱体である。独立と無力というこの二つの状態は別々に考えても混同してもならないが、デモクラシーの市民にまったく相反する本能を与える。独立は彼の心を同等者の中での自信と誇りで満たすが、時々、彼は自らの弱さのために他人の援けを得る必要を感じる。だが周囲の同等者はみな無力で冷淡なので、だれからも助力を期待できない。これが極端になると、彼は当然のことながら万人が小さくなる中で一人聳《そび》え立つあの巨大な存在に視線を向ける。必要ととりわけ欲求によって彼はたえずこの存在に向かい、最後にはこれを無力な個人を支える唯一不可欠の支えとみなすにいたる[19]（松本訳）。

リベラリズムの哲学と実践から生じた個人主義は、基本的に中央集権化を進める国家とは敵対関係にはまったくなく、国家を求めているし、むしろ同時にその権力を増大させてもいる。それどころか個人主義と国家主義は強力に手を組んで、国家主義的個人主義とはまったく違う哲学や実践に触発されているリベラリズム以前、もしくはしばしば非リベラリズム的な共同体の名残をひたすら打ち負かしてきたのである。今日の古典的リベラリストと革新的リベラリストは、好みのゲームの終わり方——つまりこれまで以上に完璧に解放されて自立した個人の社会にするべきか、それともこれまで以上に平等主義的な世界的「共同体」にくわわるべきか——をめぐる戦いに終始している。だがそうした方法論にかんする議論をたたみかけてわたしたちの注意を引きつけているものの、両陣営は結論については一致を見ており、どちらも嫌悪する古典的な慣習と徳性の名残を粉砕すべく、連携して挟み撃ちをかけているのである。

リベラリズムの拡大の根本にあるのは、国家が拡張して個人の分裂という目的を達成すると、次には共有された規範や慣習、信念を失った社会を支配するために、さらなる国家の拡張が必要となるという、負が負を呼ぶ悪循環である。したがってリベラリズムにとっての急務は、人間の繁栄を支える非リベラル的なあらゆる形態（学校、医療機関、慈善団体など）と入れ替わることと、市民のあいだに深く根づいている将来や運命についての共通の意識を形骸化することであり、そうした切迫感に突き動かされて、さらなる法的・行政的な制度を必要としているのである。公的でない人間関係が行政指導や政治政策、法的規制にとって代わられて、自発的な市民の関わりが阻まれるなか、拡大しつづける国家機関が社会的協働を受け合うよう求められている。市民間の信頼と相互の関与が弱まりつつある一方で、市民の規範が脅かされ衰退しつつある兆しが表れているために、そのようなリベラリズムの成功の結果を抑えこむために、集中監視や警察の存在の誇示、刑罰国家が必要となっている。

古典的リベラリズムの個人主義の哲学と革新的リベラリズムの国家主義の哲学が、結局互いに補強し合っている手管はたいてい気づかれていない。保守的リベラリストは、自由市場だけでなく家族の価値と連邦主義を擁護していると主張するが、最近政権を取ったときに継続的に実施して成功している保守的な政策は、規制緩和、グローバリゼーション、巨大な経済格差の擁護といった経済的リベラリズムだけである。そして革新的リベラリストは、個人主義的経済の勢いを緩めて所得格差を縮小させるべきだという、国家の運命と団結にかんする共通の意識を高めると主張するが、これまで左派が成功を収めた政策は、性の自己決定にかんするプロジェクトに代表される、個人についての事例にかぎられていた。共和党も民主党も政治の場で首を絞め合っていると主張しているが、互いにリベラリズムによる自立と格差の原因となるものを推進しているのは、単なる偶然だろうか？

第3章　アンチカルチャーとしてのリベラリズム

国家ならびに個人の自立の拡大に大きくかかわってくるのは、特定の文化の弱体化と最終的な解体、そしてその代わりとして特定のリベラルな文化ではなく、包括的な**アンチカルチャー**を普及させることである。文化《カルチャー》という語は、よく形容詞によって修飾される。たとえば「ポップカルチャー」、「メディア文化」、「多元文化主義」といった具合だ。実のところ一般的に「文化」と呼ばれているものは、地域や特定の環境に根差した何世代もの習慣や慣習、儀式の組み合わせが形骸化した、文化の名残である。ペルーの小説家マリオ・バルガス＝リョサが書いているように、「だれもこうまではっきり口にしようとする者はいないが、文化という概念は広がりすぎたあまりに消えてしまっている。種々雑多で捉えどころがない、幽霊のようなものになっているのだ」[1]。唯一残って共有されている文化的な「典礼」の形式は、リベラルな国家とリベラルな市場の祝典である。国民の祝日は買い物をする機会になり、「ブラック・フライデー」［感謝祭で祝日になる一一月第四木曜日の翌日。クリスマスの買い物客が殺到する］のような買い物の聖日が国民の休日になっている。こうした形の抽象的な帰属関係は、大衆が特定の所属先や信仰から切り離されていることを示している。その代わりに帰属先となったのは――二〇一二年民主党全国大会で披露されたビデオにもあったように――「わたしたち**みんな**が所属している唯一のもの」、つまりリベラルな国家である。この野心的な主張で言及されなかったのは、わたしたちみんなが所属している唯一のものは世界市場という包括的な存在であるということだ。世界市場にはあらゆる政治組織と、いまや消費者と再定義されているその国民が含まれる。国家と市場の典礼は互いに緊密に織りこまれており（そのクライマックスがスーパーボウル放映時のコマーシャルという祝典）、帰属先から分離された者が参加する国家主義と消費至上主義の祝典にもなる。この祝典では同時に、非人格化された関与によってつなぎ合わされている、個別化された自己［ある社会的文脈の中での個人的アイデンティティ］が具象化される。政治的国家主義者と経済的グローバリストがそろった環境では、こうした典礼がしばしば二分間の愛国心を示す儀式という形で無数に行なわれている。たとえばスポーツイベントの休憩時間に、軍人が観衆の前に現れて尊敬の拍手を浴びるのだ。その後はみんな気晴らしの消費行動という重要な仕事に戻ることになる。直接の関係者がほとんどいない軍へのおざなりの感謝のショーは、そこから来る余韻で、国軍は突き詰めると世界市場を守ることによって、分離されて孤立し消費行動に走る自己の構築を助ける役割をしているのではないか、という厳しい問いから目をそらしている。

リベラルなアンチカルチャーの三つの柱

リベラルなアンチカルチャーは三つの柱に支えられている。ひとつめは自然の大規模な征服で、その結果自然は人間から独立した対象になり、その救済のためには非現実的な人間の消滅が必要になる。ふたつめは、過去をもたない現在という新しい時間の体験で、未来は見知らぬ土地となる。そして三つめは、土地を代替え可能にしてその定義的意味を奪う秩序である。こうした人間の経験の礎石となる三つのもの——自然、時間、場所——は、文化の基礎を成しており、リベラリズムの成功はその根絶とともに、同じ名前の複製とのすり替えを前提にしている。

このアンチカルチャーは主としてふたつのパターンで進展する。まずは体制が法による標準化を進め、ひろく認められる非公式な規範が抑圧的なものとして放棄されて、法がそれと入れ替わった結果アンチカルチャーが生じるパターン。そしてもうひとつは同時に、世界に均質的な市場が広がった結果として、アンチカルチャーが生じるパターンである。それによってもたらされるモノカルチャー［「単作」の意もある］は、農業の単作のようにコロニーを作って居座り、経験や歴史、土地に根を下ろした実在の文化を破壊する。つまりこのようなリベラルなアンチカルチャーのふたつの顔は、わたしたちを特定の人々や抜き差しならない人間関係から自由にし、慣習の代わりとなる抽象的で非人格的な法を導入し、わたしたちを個人的な義務や直接的な借金から解放し、個人が自立する自由の重荷になっていると感じられてきているものの代わりに、あらゆる場面で睨みをきかせる法を取り入れローンなどで負債をかかえる状態を一般化しているのである。個人の極端な自立を保障する試みの中で、リベラリズムの手段となる法と市場が、現実の文化を払いのけて包括的なアンチカルチャーを押しつけているのだ。

わたしたちの自由はこのアンチカルチャーにある——だが次第に、それがしがらみの元凶、もしくはわたしたちの存在の継続への脅威でさえあるのがわかってきている。解放された人間は、埋めこまれた文化の特徴である伝統と遺産のコンパスを奪われている。そうした人間が同時に感じる強烈な喜びと激しい不安は、リベラリズムの成功が拡大するかたわらで失敗が累積していることを示している。そのジレンマは、まさしく自由をもたらしてくれるもの——一般化した合法的な監視と人々の抑圧、それと並行する自然の技術的支配——の奴隷になっている、という意識が強まっていることにある。自由の帝国が拡大すればそれだけ現実の自由は後退する。解放を実現するとされるリベラリズムのアンチカルチャーは、リベラリズムの成功と終焉を加速しているのだ。

アンチカルチャーと自然の征服

リベラリズムのもたらした大きな変革は、狭い政治の領域にとどまらない。自然を文化から分離したことも含まれるのだ。リベラリズムが根本的な前提としているのは、人間の自然な状態を何よりも文化がないことと定義づけること、それとは対照的に文化がある場合は、計略と因習、つまり自然を変えはするが同時に適合しようとする努力の存在を顕示することである。リベラリズムの黎明期のリベラルな人類学者は、「自然人」は文化を知らない生き物で「自然状態」の中に存在しており、人間のめぐらす計略がまったくないのが大きな特徴だとしていた。典型的リベラリストのホッブズが、自然状態において明白に文化がありえないとしたのは、安定と継続、文化の伝達、記憶が存在しなかったからである。思想的にホッブズの対極にあったジャン＝ジャック・ルソーは、自然状態とは比較的平和で安定した環境だと考えていたが、それでもやはり文化的形態のない状態についてはホッブズとかなりよく似た考え方をしており、ルソーの着想した原始状態の人間の極端な自立は、ホッブズと基本的に一致していた。ホッブズの示した冷たくて合理主義的で功利主義的な人間像を、ロマン派のルソーは拒絶したが、それでもそれに代わる原始主義的で自然を文化から分離した取り組みは、基本線ではリベラリズムで数限りなく反復されている同種の考えとの連続性を示している。

今日のわたしたちはそれでも「nature」（先天的素質）と「nurture」（環境）の違いについて語れるが、リベラリズム以前の人間は、このふたつのあいだに隔たりがある可能性さえ理解できていなかっただろう。リベラリズムによってもたらされたその断裂の画期的な性質は、「culture」という言葉自体からも見分けられる。「culture」は自然の形態や手順と深い関わりのある言葉で、それがよく表れている言葉に「agriculture」（農業）、「cultivate」（養う）などがある。植物や動物の潜在能力が育成なしでは発現しないように、生き物である人間の最大の潜在能力もただ単によい文化がなければ開花しないという考えは、抵抗なく受け入れられていた。このことは古代の思想家にとっては自明の理だったので、プラトンの『国家』の最初の数章などは政治の形態についての議論ではなく、子供にでもふさわしいような物語に終始している。アリストテレスは『政治学』の序章を締めくくる含蓄に富む言葉の中で、最初の立法者はとくに「食と性行動」の統制に手をつけたために、賞賛に値すると断言している。このふたつは、人間の欲望の中でもっとも修養と教養を必要とする要素といえる。食にかんしては、適度な食欲と洗練された食べ方を世に広める作法の考案によって、そして性行動にかんしては、求愛の風習と習慣の洗練、両性の礼儀をわきまえた交際、そして最後に、他の方法では対立に発展しやすく悲惨になる性行動の領域の「容器」としての結婚によって、それは達成される。アリストテレスの見方によれば、「無教養」な人々は、食と性行動のどちらの欲望の達成においても堕落の極におり、文字通り他の人間を食い物にして自分の利己的で野放しの欲求を満たしている。慣習と礼儀は人間の本性と対立していると理解されるどころか、人間の本性の実現によって生じたもの、あるいは実現したからこそ統制されるもの、実現に必要なものと考えられていたのだ。

リベラリズムの野心の核心にあるのは、このような欲求を文化の人為的な制約から解放することである――完全に自由な状態として解放するため、またはどうしても制約が必要な場合は、さまざまな文化の一貫していない押しつけと気まぐれではなく、公布された法律の一定で均質化した統制下に置くためである。リベラリズムはみずからを主に政府を抑制し制限するための取り組みと説明しているが、その初期の建築者でも、強大でしばしば恣意的な――「特権」にもとづいて行動する――政府は、自由の基本的条件とそれに不可欠な安定を確保するためには必要であるとあっさり認めている。そもそもリベラリズムの提唱者は承知していたのである。かつての悪徳（貪欲さなど）の解放を経済活力の原動力として前提にした社会を実現しようとすれば、欲求の表現と追求に対する文化の制約が障害になるということ、そしてそのような欲求を抑制する責任を担う文化的制度を国家権力が瓦解させる必要があるだろうということを。[2]今日、経済領域でのリベラリズムのプロジェクトの成功とともに、リベラルな国家が力をますます注いでいるのは、いまだに存続し消費行動と性欲に睨みをきかせるこうした文化的制度を立ち退かせることだ――自由と平等という名目を謳ってはいるが、それは何よりもリベラリズム流の自由の基本的条件として、文化的形態を放逐するための広範な努力の一部なのである。そうなると最終的に受け入れられるのは、リベラルな国家によって承認された抑制のみになる。前提とされるのは、妥当と認められる自由への制約は、同意にもとづいたリベラルな国家の権威以外からは生じえない、ということである。

自立した個人を解放するためには、拡張する国家機関だけでなく、自然征服の大規模プロジェクトが必要になる。この目的もまた、ごく基本的な部分では机上論だったが、やがて現実に運用されて、文化の排除に依拠するようになっている。文化という「因習」があるから人は自然に責任をもって接し、自然の限界と範囲の中で人間の発明の才と発明品を投入しつつもその支配に従っている。

健全な文化は健全な農業に似ている――農業は人間の計略のひとつの形であるのは間違いない

が、その土地の状況（場所）を考慮して、肥沃さを何世代（時間）も維持しようとすれば、そのために、ありのままの自然の現実に取り組まなくてはならない。自分の無制限の欲求を満たす障害として自然に接するのではないのだ。現代の工業化された農業が取り組んでいるリベラルなモデルは、目に見えている自然の限界は短期的な解決策によって克服すべきだ、その解決策から生じた結果の始末は未来の世代に先送りすればよい、としている。こうした解決策のひとつ、石油系肥料の導入は作物の生産高を増やすが、湖沼や海洋の低酸素域を拡大させる。遺伝子組み換えで除草剤や農薬に耐性のある野菜ができたために、かえって作物を避けずに大量の除草剤や農薬が散布されるようになっており、そうした作物の遺伝の変異は抑制も予測もできない。ひろく行なわれている植物の単作は、その土地固有の変種と農法を駆逐する。牛への抗生物質の使用で細菌の突然変異が加速されて、そのために人間用の抗生物質の耐性菌が発生する結果となっている。このような工業的プロセスはその土地の文化や農法が明白に必要とするものを無視しており、基本的に現存する農業文化をひたすら排除することを農業のあるべき姿としている。未来志向といわれているものの、この取り組みは完全に現在主義的で没場所化している。

文化は何よりも自然の限界や自然からもたらされるもので、自然の要求を意識しながら発展する。この意識は「理論化」されていないが命ある現実であり、多くの場合存在しなくなるまで言葉で表現されることはない[3]。それとは対照的に、リベラリズムはつねに自然から文化的形態を切り離そうとしてきた。その結果、人間は自然には制約があるという認識を手放した。と同時に文化における信念と実践は完全に相対主義的になり、普遍性や永続性のあるものとの関わりを失っている。自然を制御して最終的に人間をその制約から解放するという目的——フランシス・ベーコンの思想に端を発するプロジェクト——は、同時に自然とともに発展してきた文化規範と慣習への攻撃でもあったのだ。

自然を制御するプロジェクトの一環として文化を打破する責務を、臆面もない率直さで述べているのはリベラリズムの偉大なる英雄、ジョン・デューイである。デューイは、解放が進むかどうかはとくに自然の積極的な抑制にかかっていると強調し、そのために伝統的な考えと文化の排除を求めた。このことは過去への低い評価を表している。デューイは、人間の自然に対する向き合い方には「文明人」と「未開人」のふた通りがあると書いている。砂漠の未開人は、みずからが自然環境の制約に順応することによってなんとか暮らしている。したがって「その順応は、あるがままの事態を受け入れ、我慢し、耐え忍ぶことを最大限に、つまり、受動的黙従を最大限に含み、能動的制御、征服して利用することを最小限に含むのである」。同じ砂漠にいる「文明人」も順応する。しかし「彼らは灌漑を導入し、そのような条件の下で繁殖するような植物や動物を世界に探し求め、注意深い選択によって、そこに成長しているものを改良する。その結果として、荒野は、薔薇のように花開くのである。未開人はただ慣れるだけであるが、文明人は環境を変える習慣をもっているのである」[4]（『民主主義と教育』、松野安男訳、岩波書店）

デューイは、『哲学の改造』（清水幾太郎・清水禮子訳、岩波書店、一九七九年）の中で、歴史上もっとも重要な思想家と仰ぐフランシス・ベーコンに思いを馳せて、次のような教えを引用している。「科学的な原理や法則は、自然の表面に出てこない。それは隠れている。それゆえ、原理や法則は、積極的な精密な探求技術を用いて自然から奪い取らねばならない」科学者は「自然の表面的な事実を、見慣れた形式とは違う形式に押しこめなければならない。こうして、拷問が厭がる証人にその隠して来たことを自白させるのと同様、事実に事実自身の真理を語らせなければならない」[5]（清水訳）。今日のリベラリストは、このような大胆で傲慢な表現にはたじろぐ。ただしデューイのように自然を征服する目的に向けて文化を排除する試みは否定するものの、人間は自然から分離しているというリベラリズムの信念は受け入れる傾向があり、人間による征服を主張している。もっともその手段は、自然界の技術的支配（「保守的」リベラリスト）と、繁殖の技術的コントロールと人間の遺伝情報の支配（「革新的」リベラリスト）に分かれるが。自然は人間の本性を定義し限定する。リベラリズムのプロジェクトの中心的な特徴には、そうした自然と深くつながる文化への嫌悪がある。

リベラリズムの無時間性

リベラリズムが統治システム、あるいは法と政治の秩序以上に必要としているのは、人間の時間感覚の再定義だ。つまり過去、現在、未来の関連性を中心に、時間的経験を変えていくことである。

社会契約説の本質は、人間関係や場所だけでなく時間から個人を分離することにあった。そこで描かれる歴史背景もなく時を超越した無時間の条件は、いついかなるときにも当てはまるよう意図された思考実験だった。このようなこじつけの比喩が使われる理由は火を見るよりも明らかである。ホッブズが日常的な行動である整理棚やドアに鍵をかけることをたとえにした有名な議論のように、一部の例がすべての状況においても正当性があるかのように見せかけているのだ。だがそれによって、人間は生来どこまでも続く現在を生きる生き物であるという、より深い教訓が見えにくくなる。そうした比喩が訴えかけているのは、道しるべとして何らかの歴史的な「社会契約」を振り返る必要がある、ということではない。むしろ、わたしたちは生まれたときからいつも継続中の契約の協定の中で自分に何が有利なのかを感じとって、自立的に選択する行為者なのだという、連続性があり現在にも当てはまる信念なのである。

だが、リベラリズム論はふたたび、大半の人間の実体験と矛盾する実存の形は、リベラルな社会が人間の「自然」な状態を実現する前のものだったと仮定する。リベラルな政治秩序が優位に立ってはじめて、完全な時間次元に存在する歴史の中の経験が力を失い、現在主義が行き渡って人生を大きく特徴づけるようになるのである。この状況はとくに、時を経た人間の経験を運ぶ船、つまり文化の解体によって実現する。

リベラリズムの中での革新主義の発展は、このひろく浸透した現在主義を反復しただけのものだ。いわばいつまでも変化しない無時間性を武器にしたのである。古典的リベラリズムと同様に、革新派は過去への、そしてとくに伝統と習慣への強い敵意を立脚点にしている。一般的には未来志向であると理解されているが、実際には、現在の解決策は過去の解答に促されるべきではない、という前提にもとづいている。ただしわたしたちが過去に対して思うのと同じように、未来も現在をみなすだろうという前提も同時に存在する。未来は未知の領域なので、過去に敵意をいだいて武装しながら現在を生きる者に未来が見えないとしたら、よりよいものに対して無頓着になるかただ盲信するしかない。未来がわたしたちを時代遅れで淘汰されても仕方がないと見ているとしたら、このような信念にしたがって時間を捉えている者は、自分たちの「功績」は歴史のごみ箱行きになる運命にあると、暗黙のうちに了解しているのだ。どの世代も他を頼らずに生きなければならない。リベラリズムのせいで人ははかない命のカゲロウになる。しかも当然といえば当然だが、そうした積み重ねから各世代が蓄積して子孫に残す負債は恥ずべきレベルになる。ところがその一方で、資源がなくなっても未来の世代が対処する方法を思いつくだろうという革新主義的な信念のもとに、資源の開発は貪欲に続けられているのだ。

この経験的時間の変化は、ふた通りの時間の形状という観点から説明される。リベラリズム以前の人間は時間が循環していると感じていたが、現代人は直線状だと考えている。この直線的な時間の概念は、示唆に富んで啓発的であり、基本的に依然として過去、現在、未来の連続性を前提にしている。さまざまに形を変えて出現するリベラリズムは、それどころか断裂した時間の概念を推し進めている。つまり基本的に時間は途切れているという考え方で、人は時間が違えばまるで違う国に行ったような体験をすることになるのだ。

アレクシス・ド・トクヴィルは、リベラルな秩序の出現と断裂した時間の経験の関連性に気づいていた。リベラルデモクラシーでは何よりも、現在主義的傾向が顕著になるだろうと見ていたのだ。リベラリズムは平等主義を信奉しとくに貴族政治を拒む中で、過去と未来を疑問視し、その代わりに発育不全の個人主義のようなものを助長するだろう。トクヴィルは、貴族政治についてこう述べている。「すべての市民を下は農民から上は国王にいたる一つの長い鎖に結び合わせたが、デモクラシーはその鎖を壊し、環を一つ一つバラバラにする……このように、デモクラシーは祖先を忘れさせるだけでなく、子供の姿を見えなくし、一人一人を同時代の人々から引き離す。それは各人をたえず自分だけのところに引き戻し、ついには自分ひとりの孤独な心に閉じこもらせてしまう恐れがある」[6]（『アメリカのデモクラシー』、松本礼二訳、岩波書店）

トクヴィルは「断裂した時間」から個人主義が生じる仕組みに気づいていた。また、その根底にあるリベラルデモクラシーの論理がまかり通るのにつれて、次に個人主義が重大な社会的、政治的、経済的な結果をもたらすことまで見通していた。彼がとくにいら立ったのは、リベラルデモクラシーを信奉する人々が、自分の生活や行動を時間の連続の一部として見られないことである。そうなると自分の目的や意志をもって行なったことが、長いスパンの人間共同体の一部としてどういう意味をもつのかも考えられなくなる。貴族政治時代の本質的な特徴は一般的に、世代が続く中で自分の位置を明確にするような自己理解にあったが、民主主義の特徴は個人の解放の名目と追求のために、その鎖を「断ち切る」ことにあった。この断絶した時間的経験は、系譜上の位置づけや世代間で繰り越されるツケから個人を解放するというメリットをもっていたが、政治的には有害な結果をもたらすことになる。近代のリベラルデモクラシーにおいてはほんの短い時間だけのために行動する傾向が優勢になり、そのためにみずからの行動が未来世代にもたらす結果が度外視されるようになる、とトクヴィルは予測していたのである。

〔リベラルな民主主義者が〕死後の運命への無関心にひとたび慣れてしまうと、人間は容易に獣とかわらぬ未来に対する完全な無関心に陥るが、この無関心がまた人類のある種の本能にぴたりと適合的なのである。遠い将来に大きな希望をいだく習慣を失うと、人はやがて当然のように矮小極まりない欲求を瞬時に実現したくな〔る〕……〔したがって〕人々が日ごとに変わる欲求に流されるのを常に怖れるべきである。長期の努力なしに達成し得ないものの獲得をまったく諦めて、偉大で安定し持続するものは何一つ築けなくなることをいつも憂慮しなければならない[7]（松本訳）。

自分が生きているあいだの損得だけを考え、刹那的で利己的な喜びを満足させることにばかり目を向ける傾向が、基本的な「人類の本能に適合的」であることに、トクヴィルは気づいていたのだ。この基本的な本能を抑制し、手なずけて和らげることは、もっと広がりをもつ政治的、社会的、宗教的、家族的な構造や、慣習、今後の可能性にとっての成果となる。リベラリズムは、連続する時間からの解放は人間の本性の基本的特徴であると強調する。そしてゆえに人々をひとつにまとめる伝統的な制度や構造、慣習を、制約を受けない個性の実現への障害とみなす。だがそうした文化的形態は現在主義を抑制して、人間の人間たる特徴は記憶し約束する能力なのだと教えている。それを解体すればわたしたちはたちどころに自由になって、永遠の現在以外の時間への「獣とかわらぬ無関心」の罠にはまることになるのである。

トクヴィルはこの同じ「獣とかわらぬ無関心」が政治のみならず経済にも出現することを見通していた。彼は、人々を一時の狭量さから抜けださせていた慣習が構造（価値体系）とともに崩壊すれば、人々が共通の未来を認識できなくなるのではないかと恐れていた。分断した時間とその結果の「自分ひとりの孤独な心」への逃避のために生じえるのは、自画自賛だけではない。経済的成功者とそれほど運がなかった者との心理面はもちろん、現実の物理的な分離が起こる可能性もあるのだ。それどころか彼は、新たな貴族政治が生じるだろうが、時間の断裂から生まれる「獣とかわらぬ無関心」のために、それは入れ替わった貴族政治以上にひどいものになるだろうと予測している。「過去の世紀の土地貴族制は従者を援助しその貧困を和らげる義務を法に負わせており、でなくとも習俗がこれを義務づけていると感じていた。だが今日の工場貴族制は、使用人を貧乏にして、意欲を奪い、その後、恐慌になると、この人々の扶養を公共の慈善に委ねる……労働者と雇用主のあいだに頻繁な関係はあるが、真の結合は存在しない」[8]（松本訳）。時間の断裂は自由の形として受け入れられている。この自由というのはとくに過去や未来、そして最終的には現在さえも共有する人々に対する、個人的義務からの自由なのである。

文化への理解を深めるためには、たとえば集合的信頼のようなものと考えればよい。文化は時間の広がりがある営みで、現在を過去と未来につなげる仕組みである。ギリシャ神話では文化の母、つまり九女神の母であるムネモシュネの名は、象徴的に「記憶」を意味していた。文化はわたしたちに世代を超えた負債や義務について教えてくれる。うまく機能すれば過去の明白な遺産となる。それはわたしたち一人ひとりが、受託者であるがために責任を負っていると考えるべき遺産である。文化それ自体があらゆる面で人間の一時性について教えているのだ。その目的は現在の中だけで生きたいという衝動とともに、それと関連して、このような一時の狭量さにあおられる感謝知らずで無責任な性向を弱めることにある。芸術、文学、音楽、建築、歴史、法律、宗教など、人類の遺産として個別に保存されている文化は、人間の経験する時間を拡大し、ともすれば現在の瞬間しか経験できない生き物に、過去と未来を現在として経験させてくれるのである。

どこにもなくどこにでもあるリベラリズム

リベラリズムは没場所性に価値を生じさせる。その「自然状態」は実在しない場所から発した考えを事実として受け入れる。観念的な個人が同じく観念的な場所にいるのだ。ホッブズが人間を「大地から（キノコのような具合に）生じて成長してきたものであるかのように考えると、彼らはお互いに対していかなる拘束も受けない」と説明しているように、リベラリズムは人間を特定のだれかからも生まれていない、という人類学的な仮説にもとづいているだけではなく、どこから来たのでもないとしている[9]（『市民論』、本田裕志訳、京都大学学術出版会）。その人がたまたま誕生して育った場所は、その人の親や宗教、習慣と同じくとりたてて根拠があるわけではない。人は何よりも、あらゆる人間関係や制度、信念と同じように、場所も自分で自由に選択できると考えるべきなのだ。

文化的環境に比較的しっかり埋めこまれている者が、あまり新しい牧草地に目移りしたりしないのは言うまでもない。とはいうもののリベラリズムが当初設定した「デフォルト」の理論は、独特で極端に没場所的ではあったが、結果的に世界はそのイメージ通りに作り替えられている。トマス・ジェファーソンがアメリカ独立宣言の起草に先立って、ロック的な予備的議論の中で明確にしたことによると、自由な人間を定義づけるもっとも根本的な権利は、誕生地を離れる権利となる[10]。わたしたちの初期状態《デフォルト》は、ホームレスなのである。

こうした没場所的なデフォルトはリベラリズムの絶妙なやり口であり、これによりあらゆる文化が巧妙かつ目立たずに、そしてひろく侵食され、個人が解放されてアンチカルチャーの無責任さを身につけるようになるのである。ケンタッキーで農業を営みながら小説や詩、評論を執筆しているウェンデル・ベリーほどすぐれた眼識で、現代生活で起こっているこのような根絶の影響を見抜いている思想家はいない。場所に根差した共同体の擁護者であることを堂々と表明しているベリーは、共同体とは豊かで多様な人間関係が集まり、大量の共通の記憶と伝統から引きだされた慣習としきたりが複雑に絡み合い、――こうした状況性のために――移植や移動、代替え、譲渡が不可能な、人と場所のあいだで育まれる絆が組み合わさったものと考えている。[11] 共同体は、個人的向上を追求するために寄せ集められた、利己的な個人の集合体を超えた存在なのだ。つまり「信頼、善意、忍耐、自制、共感、寛容といった共通の徳目をよりどころにして存続し機能」しているのである。[12]

ベリーは、臆することなく共同体が制約と制限の場であると認めている。それどころかこの単純な事実にこそ大きな魅力があるというのだ。うがった見方をしなければ、共同体は人間生活の繁栄――文化や規律、制約、様式を必要とする繁栄――にふさわしい環境である。そのもっとも根本的なレベルで（知らず知らずのうちにアリストテレスの思想を反映して）、共同体は健全な家庭生活から生じると同時にそれを可能にしている。共同体生活の支援がなければ、家庭生活の充実は困難になる。ベリーの考えでは、その理由は、家庭生活の基盤となる規律が、狭い自己充足に流れる利己的な傾向を抑えていることにある。その顕著な例が性愛の充足だ。ベリーは次のように述べている。

（こういった）仕組みには結婚、家族構成、仕事や権限の区分、子供や若者を教育する責務などがある。このような仕組みが存在するのは、ひとつには性衝動と性行動の危険性を軽減するためである――またそのエネルギーと美しさ、喜びを保つため、その力を保ち浄化してふたりが夫と妻になるだけでなく、子供の親、共同体に属する家族になるため、自然に属する共同体にくわわるため、そして、性行動を受け継ぐ者が成年に達したときに、できるかぎりそれにふさわしい人間になっているようにするためでもある。[13]

共同体が維持する生活の規範と様式は、信頼に値して共同体に承認される性愛の絆の形を奨励する。その目的は、強い家族の絆と責任感を培って、共同体の健全性の根幹および文化と、伝統の水路を構成することにある。そのため共同体は「権利保有者」［国など］の絶対主義的な主張を抑制する。たとえばベリーは、望ましいモラルが根づく環境を育てて維持するために、共同体が内部で生じた良識の基準を維持するのは当然であると力説している。そして共同体には特定の本を教育のカリキュラムから除くよう要求して、教室に「神の言葉」として聖書を置くことを主張する特権があると、明白な言葉で述べている。彼は「この国の共同体生活の未来は私立学校とホームスクーリング（自宅学習）にかかっているのかもしれない」とまで考えている。[14]家族を源泉とする文化的な習慣と慣習は、知恵と分別、その土地にかんする知識を育んでいる。そうしたものがあるから、人はともに繁栄し、自分の共同体で生まれた子供の教育と養育にかんしては主導的な役割を担いたい、というもっともな要求をするのである。

共同体は家族から始まるが、外に拡大して適切な公益の中心地と結合する。ベリーによれば、公益が成り立つのは小さな地域の環境においてのみである。こうしたものの範囲を正確に定めることはできないが、ベリーは町を基本的な公共の福利の中心地として、地域を対人関係ではなく主に経済的な領域の中心地として認めているようだ。そして国の公益にも、さらには国際社会の公益の概念にも反感をもっているわけではないが、まとまりの単位が拡大し視野が広がると抽象的になる傾向があることに気づいている。抽象化が始まると、必ず犠牲になるのは現実の生活の充実だ。地方や地域より大きな単位が本来の意味で繁栄できるのは、それを構成する区域が繁栄しているときのみである。

現代のリベラリズムはそれとは対照的に、最小の単位より最大の単位の優位性を強調し、特殊性と多様性に満ちた世界にも、のべつまくなしに均質な基準を押しつけようとする。教育に始まり、性のモラルを国の管轄にまで押し上げた判決、経済の標準化、細かくて厳密な規制制度にいたるまで、こうした傾向は現代のリベラルな社会のいたるところで見受けられる。[15]人間の支配の拡大を支持する哲学から生まれた現代政治が志向するのは、進歩と合理主義の名のもとに、市場力学の論理にとっての特異点をすべて支配して地域の資源を搾取し、多様な地域の習慣や伝統に真っ向から対立することなのである。

ベリーが指摘するように、現代政治は地域の多様性を黙認できない。現代社会では物質的進歩や経済成長にくわえて、単純であったり流動性や効率性の妨げになったりするような、あらゆる種類の仕事からの個人の解放が受け入れられているので、そういったことを地域の多様性が拒絶するとなればなおさらである。[16] 現代の国家と経済的前提が強制する均質化に、ベリーは厳しい批判の目を向けている。[17] そして「常識」や「伝統的」価値観、つまり経済やリベラリズムに則る開発や進歩の論理にたいていい反発する一般人の感覚を擁護する。イタリアの哲学者ジャンバッティスタ・ヴィーコは、デカルトとホッブズのそうしたものから遊離した合理主義に早くから批判的だった。ベリーはその論調に共鳴して、ヴィーコが「センスス・コムニス」と名づけたものを次のように支持している。このような「共通の知識」は、日常の営みと経験の賜物で、地域の環境で生き、苦しみ、繁栄してきた人々の試行錯誤から生まれた知恵が累積したものである。これが正しいに決まっているという先入観にもとづいた規則とその実行は、思慮深い考慮と常識への敬意がないので強制してはならない。[18] だからといって伝統をたとえ部分的でも変更してはならない、というのではない。ただバークも主張しているように、伝統は、その慣習にもとづいて生活や共同体を発展させてきた人々の了承とともに、内部から変わるものであるとあらかじめ承知しておくべきなのである。ベリーの考えでは、そうなれば経験や記憶、伝統から培われた素人なりの世界の理解、つまり「常識」に、価値あるものとして深い敬意が払われるようになる。常識はリベラリズムが概して否定する民主的な見解の源でもあるのだ。

文化の死とリヴァイアサンの出現

今日の主要な政治的行為者は、リベラルな国家と市場のどちらのほうがリベラルな国民を守れるか、という議論をしているが、この両者は手を組んで本物の文化を空洞化している。リベラルな法体系と市場システムは、法的・経済的なモノカルチャー（単一文化）、いや、もっと正確にいうとモノ・アンチカルチャーが望ましいとして、多様性のある文化の解体を補強し合いながら進めている。特定の歴史と慣習から解放され居場所を失った個人は、何につけても交換可能な部品を求める政治経済システムの中で、代替え可能になっている。

ソ連の小説家アレクサンドル・ソルジェニーツィンは、リベラルな秩序の核心にある無法状態を明確に認識していた。この無法状態は何よりも、リベラリズムがあらゆる社会規範や習慣を空洞化しながら、法典を選択して「法の支配」の重視を主張しているところから生じている。一九七八年にハーヴァード大学の卒業式で行なった講演「引き裂かれた世界」で、ソルジェニーツィンは現代のリベラリストが「法律尊重主義的」な生き方に偏っていると批判して、物議を醸した。ホッブズとロックは法を、もともとは完璧に自然状態にあった自立を抑制する、実証哲学的な「石垣」として理解していた。そうした理解を反映するリベラルな法律尊重主義は、わたしたちの自然的自由と対立するので、可能なかぎり避けたりごまかしたりすべき強制とみなされる。あらゆる「達成」の――究極《テロス》の目的もしくは繁栄の――概念からも、自然法の規範からも切り離された法律尊重主義は、その結果法的禁止をできるかぎり軽視しながら、いたるところで最大限の欲望を追求しようとする。ソルジェニーツィンは次のように述べている。

ある人が法律的に見て正しいなら、それ以上何も要求されません。それでもまだその人は完全に正しいとは言えないかもしれないと指摘して、自己抑制や法律上の権利を放棄するよう呼びかけたり、犠牲や無私のリスクを求めたりする人はだれもいません。そんなことを要求するのは愚かなことだと思われるでしょう。**自発的な自己抑制を目にすることはほとんどありません**。だれもがそういう法律の枠組みのぎりぎりのところで動いているのです。[19]

（クリス・アボット『世界を動かした21の演説』、清川幸美訳、英治出版）

ソルジェニーツィンはリベラリズムの大きな欠点と急所に切りこんでいる。それは自律を育む能力がないことである。

ソルジェニーツィンがこの講演を行なったアメリカの最高学府、ハーヴァード大学はふさわしい場所だった。というのも一流大学は、かつては文化の形象たる制度だったが、リベラルなアンチカルチャーの提供者に変わってしまった好例中の好例だからだ。リベラリズムは過去からの解放の名のもとに、文化規範と慣習を意図的にごっそりなぎ倒しながら前進している。一流大学と、もっと広い意味でいう教育システムはその前線なのである。現代のアンチカルチャーを前進させる責務を負う教育が、とくにその要求を満たし補強している領域はふたつある。性規範と経済的規範の解体である。いずれについてもとくに名目として進められているのは、消費と快楽主義、短期的思考に特徴づけられる人間の意志の解放である。リベラリズムの両輪となる党——「リベラル」と「保守」――が、こうした行為の一方を解決困難と見ていて、もう一方を党の関与の核心であると見ている事実が、リベラリズムが広範囲にわたって狡猾に前進していることを物語っている。

大学は性革命の前線であり、個人の解放という現代の正統信仰への改宗を託された、いわば総本山である。哲学者で神学者のスティーヴン・ガードナーは、新たな信仰の中心的教義を次のように説明している。「現代社会では性愛《エロス》は宗教的崇拝のレベルまで引き上げられなければならない……現代の個人はこの肉欲において『個性』を主張していると信じられている。欲望を生みだすのは当人であるはずなので、身体は欲望の真の『主体』でなくてはならない[20]」。「自然状態」の中で想像された「主体」は、いまやその結果としてリベラリズムの教育システムの申し子となり、同時にただ単に個人の自然な自立を尊重することを要求して、この「規範なき」規範の布教活動をさかんに行なっている。

性革命で大きく変わったのは、この国の大学で長年学生の行動を規制している規則と指針が受け入れられなくなったことである。かつては親代わりと理解されていた――「イン・ロコ・パレンティス」(親代わり)――教育機関が、寮生活やデート、門限、面会、品行にかんする規則を定めていた。大人――たいていは聖職者――は、若者を責任ある成人にするために修養を継続させる責任を負っていた。学生が口うるさい母親のような大学から解放されて五〇年ほどが経つが、性の涅槃はどこにもなく、混乱と無秩序、新しい形の「イン・アブセンティア・パレンティス」

（親不在の状態）が広がっている。つまり国家が家父長的に干渉しているのである。
教育にくわえて規範や礼儀作法、モラルの育成をとおして行動を規定していた、古くからの地域的なルールや文化は、個人の自由を圧迫する制限とみなされるようになった。こうした形の管理が解放の名のもとに取り払われた結果、自由の濫用が合法化されている。その原因となっているのは、主に行動の限界の線引きをする慣習や習慣がすっかりなくなっていることだ。このことは性的相互関係を伴う領域において著しい。矯正できる唯一の正当な権威とみなされている連邦政府は、この解放された行動を再規制すべく権力を行使した。ところが地域文化の解体後は、自己ルールを養うさまざまな規範がなくなっている。なぜならそうした規範は自由への不当な制約になるからだ。そこで可能なことは、事後の処罰の脅しだけになる。教育機関はほぼ、人格と徳性の修養によって自由の行使の仕方を教えようとする仕事から手を引いている。その代わりに強調されているのは、他人に危害を与えたら罰せられるかもしれないということである。

　こうした風俗の乱れにつながる物語は、ホッブズ的理想像の縮図である。まず、伝統と文化が恣意的で不当であるとして排除される（「自然人」）。次に従来の規範が消えて、無秩序状態になる（「自然状態」）。そのような無秩序に耐えられなくなったわたしたちは、中央の主権者を唯一の保護者、すなわちわたしたちを自身から守ってくれるであろう「可死の神」［リヴァイアサンのこと］として頼みにするようになる（「社会契約説」）。わたしたちは存続している共同体の中で教育しようとするあらゆる習慣と伝統、あらゆる権威から解放されて、こうしたものを遠い権威と置き換え、この権威がわたしたちの自由の濫用を罰している。しかもいまや、いかなる形態の非公式で地域的な権威も消失しているので、そうした濫用が繰り返されて、国が私事に事細かく立ち入る必要性を認めるようになるであろうことは、ほぼ確実になっている（「優位性」）。

経済の領域でも、それとまったく同じ欲求の解放が起こっている。ここでは経済の「法律」を均質化するという目的で多様な経済文化が解体されており、公益にもとづく欲求の追求は切り捨てられている。頼りにされているのは、抽象的で実感が湧きにくく、当てにならない市場の規制強化であり、それをリベラルな国家による処罰の可能性が支えている。キャンパス特有の文化が破壊されると、その代わりにますます自由放任主義のジャングルが広がって、遠方からの行政の監視がありながらも「レイプ文化」が生まれた。それとまったく同じように、「市場」は経済特有の文化の世界の消滅とともに出現している。二〇〇八年に世界経済が破綻しかけたのは、何よりも、住宅ローンの審査と資金調達のルールを定めて律するために存在していた文化がなくなったことに端を発している。こうした事業は従来あくまでも地域的で、ひと所でじっくり時間をかけて培われた人間関係が必要であると理解されていた。

かつて存在して地域の住宅ローン文化を支えていた法と規範は、銀行が本店を置いていない共同体で支店を開業するのを禁じていた。その際前提になっていたのは、金の貸し借りは信用と地域にかんする知識にもとづいて行なう、という信念である。こうした法律と、法律が支えていた文化は「銀行家の利益と当事者を取り巻く共同体の利益はひとつで同じ」ということを必要条件としていた。[21] したがって住宅ローンの市場は、匿名的で関係性も明確でない丸裸の競技場としてではなく、「一種の組織された想起」［H・アーレントのいうポリスの存在意義］として認識されていたのである。そうした場で市場が機能するためには、信用と評判、記憶、責任が必要になる。一九二八年にはJ・P・モルガンの共同経営者トーマス・ラモントが、みずからの事業についてこう語っている。「共同体が総じて銀行家に求めるのは、周囲の状況について曇りのない目で観察して、財政的、経済的、社会的、政治的な状況につねに注意深く目を配り、そうしたあらゆるものに対し広い視野をもつことである」[22]

二〇〇八年の金融業界は、自然や時間、場所に根差したこのような文化をはぎ取られて丸裸になっていた——ちょうど大学のキャンパスと同じように。実際、大学の寮パーティーと友愛会［男子大学生の親睦会］で鍛えられることが、住宅ローン市場でのキャリアだけでなく、ウォール・ストリートまで範囲を広げた金融友愛会パーティーへのうってつけの準備になったのだ。住宅ローン業界は、大学の「ナンパ」を金融界に置き換えたもの、つまり行き当たりばったりの見知らぬ者との出会いにもとづいていた。こうした出会いでは、当事者以外の共同体への影響をまったく考慮せずに（法外な負債または利益への）欲求が満たされた。責任——とコスト——をともなわないローンは、貸し手も借り手も満足させて、それまであった金融秩序の制約からの完全な解放を果たした。ところが大学のキャンパスとまったく同じように、こうした仕組みははなはだしい無責任と裏切りをもたらす結果になり、共同体に痛手を負わせて生活を破滅させた。それに対する反応も同じだった。好き勝手に欲求を満たした結果に対して、政府の規制と監視の強化を求めたのである。それとともに処罰が脅しに使われ（実施されたのはまれ）、日常的な人の交流を監督し避難場所を確保するために行政国家は大幅に拡大した。地域の市場文化に閉じこめられて制約を受ける状態から解放されたものの、完璧な自由は実現せずリヴァイアサンが巨大化しただけである。文化の破壊は解放ではなく、無力さと束縛をもたらしている。

文化の消滅は、しがらみから離脱する個人の解放のため、そして同時に市場の拡大と浸透のため、国家権力の強化のための必要条件なのである。個人が対応可能な権威者に、個人の解放の名目で文化規範と慣習の緩和を求めたためにさまざまな圧力が生まれ、それにより非公式な規範を成り立たせる長期的な継続性という特徴が、弱められたり失われたりしている。こうした規範がなくなったので、個人は法に触れずまた明らかな危害を生じないかぎり、リベラルな自由を追い求めてみずからの欲望を気の向くままに満たしている。だが、概して文化的な慣習や期待を通じて発達して行動の指針となっていた基準がなくなっているために、解放された個人は必然的にぶつかり合う。そうなると相反する主張への裁定をくだせる権威はもはや国家しかないので、かつては一般的に文化規範が解決していた地域的な揉め事にも、法律や政治が積極的に介入してくる例が増えている。リベラルな個人主義は文化の解体を要求する。そして文化が消えゆくにつれてリヴァイアサンが巨大化し、責任をともなう自由が後退するのである。

托卵するリベラリズム

アンチカルチャーがわたしたちを取り巻いている証拠はあるが、まだその事実は一般的には受け入れられていない。リベラリズムは地域の文化と伝統が放棄した場所に住みつくことによって拡張する。その結果、地域の文化と伝統は見捨てられるか圧迫されるか、あるいは圧倒的に多いケースとして中身のない再定義をされている。地域のある場所に根を下ろし、時間の中に埋めこまれて通常は血縁者や近所の住人、共同体から受け継がれて育まれる自分たち自身の文化――音楽、芸術、言い伝え、食物といった文化――をわたしたちはつくり出すどころか、ついつい包装されて、市場実証済みで大量に出回っている消費財を消費する。多くの場合そうしたものには、商品用のロゴでブランド名が記されて、文化の空洞化を覆い隠している。わたしたちが自分の手を煩わせなくなった傾向を浮き彫りにする例は枚挙にいとまがない。たとえばアメリカの政治哲学者、マシュー・クローフォードの多くの読者を獲得し議論を巻き起こしている本は、手作りや修理の方法を知らない者が増えていることとの指標になる、工芸技術教室の衰退をテーマとしている。また最近では家庭で大量生産された音楽を聴くようになった結果、家庭向けのピアノの販売やメンテナンスの機会が減少しているという報告もある。[23]

あらゆる「托卵鳥」の頂点に立つコウウチョウは茶色い頭をしていて、二〇〇種類以上の鳥の巣の中で卵を産み、孵化したヒナを他の鳥にわが子として育てさせる。リベラリズムはこの狡猾な習性を手本にしている。リベラリズムのもとで「文化」という言葉は、他の鳥の巣に居座った偽の卵となる。本物の文化を追いだしたのはリベラルな模造品で、そのすり替えに気づかない大衆はそれを熱心に抱いている。本物の文化は多様で地域的でそれぞれが独特であるものだが、今「文化」と言及されるときは複数形ではなく単数形になることが多い。よく「大衆文化」と称されるこのような現象は、企業に考案されて、大量消費を目当てに規格化され市場で実証された商品にすぎない。文化が地域的・歴史的な経験と記憶の積み重ねであるのに対して、リベラルな「文化」は、地域の経験が空洞化されて記憶が失われ、どの場所も同じになったときに残った真空である。本物の文化のにぎにぎしい装いとすり替わった「多文化主義」礼賛は、本物の文化の多様性を削って出現したリベラルな均質性そのもので、あっさり脱ぎ捨てられた民族衣装をゆったりはおっている。「多文化主義」の「主義」は、リベラリズムが勝利し本物の文化の多様性が敗北したことを示している。さまざまな文化が、勢力を広げたアンチカルチャーに押しのけられているとしても、文化特有の言語が奨励されるのは、リベラルな人間を特定の文化から引き離す手段になるからだ。どの文化も判で押したように賛美すれば、文化は実質的になくなる。「多元主義」と「多様性」が、あるいは小売りの世界での「選択」が熱心に呼びかけられればそれだけ、本物の文化の破壊は着実に進むことになる。わたしたちが主に傾倒するリベラルな多元主義と多様性への賛美は、均質的でまったく同じような**違い**への信奉を生んで、無関心主義を呼びその蔓延を確実にしている。

それとは対照的に文化は多種多様で、どれにもほぼ必ず次のような特徴的な信念がある。人間の本性（human nature）と自然界はつながっていること、過去の経験と未来は現在の一部になっていること、そして自分の居場所はまちがいなく神聖だということ。そこに自分の居場所を大事にする義務感と保護されていることへの深い感謝がくわわる。リベラリズムの前提は、文化のこうした本質的な考え方一つひとつへの否定にあった。なぜなら自然とのつながりや、時間の流れとともに世代間で受け継がれる負債や義務、自分の居場所にかんする強いアイデンティティを認めると、人が自分の創作者になる経験と可能性が狭められるからである。文化はリベラルな個人の創出にとって大きな脅威だった。そのためリベラリズムが野心を燃やして成果をあげたのは、世界を再構築すること、しかもその主軸に自然に対する人間の戦いと、過去への記憶喪失と未来に対する無関心の蔓延、何世代も愛着をいだいて住む価値のある場所作りに対するはなはだしい軽視を据えることだった。文化の特徴となる条件を、どこにでも存在し均一なアンチカルチャーと入れ替えれば、リベラリズムの無上の成果となると同時に、わたしたちの連続している日常にとっての大きな脅威になる。リベラリズムの成功の土台そのものが、ここでもその終焉の条件を整えているのである。

第4章　技術と自由の喪失

数千年ものあいだ人類は「技術化された自然」(technological nature)に賞賛と疑念を感じてきたが、技術時代といえるものに突入したのはやっと近代――おおむね産業革命の夜明け以降――になってからである。人類はつねに技術とともに生きてきたが、技術に対する姿勢と関係とともに、技術への信頼も明らかに変化している。近代以前で社会に広がる技術への心酔を表現した、詩などの文学作品、歌をあげるのは至難の業である。中世の偉大なる作品で、鉄製の鐙《あぶみ》や馬の首輪の発明を激賞したものはない。人が技術に対して知的・感情的な関わり――すなわち、人類の進歩の可能性についての根拠のない楽観主義とこの同じ技術がもたらすかもしれないこの世の終わりについての底知れない恐怖の両方――をもつようになるのは近代になってからである。[1]

このような人間生活における技術の役割への、歓喜と不安という落差の大きな捉え方は、少なくともメアリー・シェリーの小説『フランケンシュタイン』以来、近代の自己表現と娯楽の代表的なスタイルとなっている。最近では、技術の可能性と脅威だけでなく、技術が世界の終わりをもたらす、または防ぐ役割にもウェイトが置かれており、このジャンルはますます世に受け入れられているように思える。わたしの非科学的な印象では、このテーマに取り組んでいる大衆向けの映画やテレビ番組はかつてないほど増えている。核兵器の脅威がいくぶん弱まってきたかと思ったら、医学分野の大災害から対サイボーグ戦争、気候の激変と人類滅亡の不安まで、悪夢のタネになる恐怖は次から次へと見つかっている。

ここ数十年間は、抑制不能な力に人間が敢然と立ち向かって、多くの場合世界を救う、というストーリーの映画が大ヒットしている。脅威には『アルマゲドン』、『ディープ・インパクト』のような小惑星による滅亡、『インデペンデンス・デイ』、『宇宙戦争』、『世界侵略 ロサンゼルス決戦』の異星人の侵略などがある。『2012』は、マヤ暦の終わりと人類滅亡との偶然の一致を描いている。こうしたいずれの映画でも、脅威に対し人間にさまざまな方法で最終的な勝利もしくは救いをもたらすのは、先端技術である。

だが最近になってこのジャンルで公開されたものは、どちらかというといかに先端技術が世界の終末の「原因」になりうるかに焦点を当てているようだ。『ザ・ウォーカー』、『ザ・ロード』のように、核戦争による滅亡の恐怖を振り返る映画もあれば、『デイ・アフター・トゥモロー』のように、地球温暖化による文明の滅亡を背景にしているものもある。『アイ・アム・レジェンド』、『REC：レック／ザ・クアランティン』『コンテイジョン』、『猿の惑星 創世記』などでは、医学の臨床実験がうまくいかず結果的に大量の人間が死ぬ。技術が機能不全に陥る、あるいは人間に歯向かう、という筋書には『ターミネーター』シリーズ、そしてつい最近のものでは、停電が起こりあらゆる機械が動かなくなる世界を描いたテレビドラマ『レボリューション』がある。ケーブルテレビ局HBOのヒット・シリーズ『ウエストワールド』では、人間性を失った人間より人間らしくなったアンドロイドが登場して、人類よりバージョンアップしたものが発明されている可能性を暗示している。同様に『人間電子化バージョン *H+The Digital Series*』で展開する未来では、ナノテクノロジーが発達して多くの人間に小さなチップが埋めこまれるようになり、人間がデータや文字、電子メールと連結された受信機になったために、携帯電話やタブレット、コンピュータが廃棄される。このシリーズは科学技術で人間の限界は超えられるとする技術楽観主義の勝利宣言から始まるが、すぐさまその技術のためにチップを埋めこまれた者が何百万人も死亡する。

このジャンルの最近の例はほぼ、これからはだれもが無力感を覚えることになりそうだという時代的な予感を反映して、人間を解放するはずの技術とのあいだに新種のしがらみができる可能性さえも示しているように思える。こうした映画やテレビドラマでは、先端技術によって自由の新時代の到来が告げられるだろうという、楽天的で傲慢でさえある信念を人々がもちながらも、実は技術に支配されていることにさまざまな経緯で気づいていく様子が描かれている。人間自身の向上のために技術をコントロールするどころではなく、結局は技術に支配もしくは破壊されていることに、わたしたちは気づいているのだ。

アンドロイド化した人間

エンターテインメントほどドラマチックではないにせよ、多くの学術的な研究と活動が探求しているのは、技術の変革を起こす力に、わたしたちはなぜ抗えなくなっているのかということである。昨今の最たる例は、インターネットやソーシャルメディアがわたしたちを否応なく変えており、それがおおむね悪い方向であることについて、懸念を表明する記述に見出せるだろう。

こうした先端技術の測定可能な有害な影響について最近書かれた本や研究論文には、学界の域を超えた読者も飛びついている。そのひとつ、幅広い議論を巻き起こしている『ネット・バカ インターネットがわたしたちの脳にしていること』（篠儀直子訳、青土社、二〇一〇年）の中で、ニコラス・カーはインターネットがわたしたちを具体的にどのように変えているかを述べている。インターネットはわたしたちの脳を、インターネットが出現する前の脳とは違う器官に変えている。カーは脳の可塑性についての先進的な研究を強力な味方につけながら、長時間インターネットをして過ごすと脳にどのような生理学的変化が起こり、そのために思考や学習、行動がどう変化するかを説明している。インターネットに継続的に接していると、神経細胞の連接部であるシナプスが再接合されて、画像やコンテンツがサクサク変わらないとイライラするようになる。わたしたちは前の世代より、こらえ性と集中力がなくなっているのだ。カーにいわせれば、この変化は悪いことばかりではない。というのも脳のある領域では活動量に重大な増加が見られるからだ。とくに顕著なのは意思決定と問題解決に関係する領域である。ところが、そうしたメリットは、言語機能、記憶力、集中力の深刻な低下というデメリットをともなう。カーは主張する。わたしたちはただ表面的な意味だけでなく、生理学的にもますます浅はかになりつつある。インターネットのためにわたしたちはバカになっているのだ。[2]

その他の本は、インターネットとソーシャルメディアのおかげでわたしたちの社会生活や対人関係に変化が生じて、多くの場合悪化していることを強調している。マサチューセッツ工科大学教授のシェリー・タークルは著書『つながっているのに孤独』（渡会圭子訳、ダイヤモンド社、二〇一八年）の中で、現代のソーシャルメディアがこれほどまで普及しても、それによって破壊された現実世界の共同体に代わるほどの新しい共同体は作られていない、という証拠を集めている。タークルは「community」（共同体）には文字通り「お互いに与え合う」という語義があることを指摘したあと、そのような活動には「物理的接近」と「責任の共有」が必要だと論を進める。存在感を増しているソーシャルメディアは、こうした共同体にとって本質的な要素を回避する人間関係を作り、厚みがあり共有されている営みを薄くて空洞化の進んだ「ネットワーク」のつながりにすげ替える。タークルはただ郷愁にふけっているのではない――彼女はかつての共同体には面倒で恐ろしくさえある面があったことを認めている。たとえばタークルの祖父母が生活していた共同体は「敵意に満ちていた」。だがこのような剣呑な人間関係を生んだのと同じ濃厚な関係が、何かのときに互いに面倒を見る心理も生じさせるのである。タークルが恐れているのは、わたしたちが共同体を構成する濃厚な絆に接していないだけでなく、絆を築く能力を失っているのではないか、ソーシャルメディアに夢中になることで同時にこうした絆を損ない、実体のはっきりしない幻影でその空白を埋めているのではないか、ということである。ソーシャルメディアは、みずからが破壊したものになりすましており、タークルはこの変化が減速する見込みについては悲観的なようだ。少なくとも子供のインターネットへのアクセスを制限しようとすることは可能だが、タークルは、基本的に現在の勢いが変わる見込みは薄いと諦めている感がある。[3]

こうした最近の研究は、技術革新の批評家によって確立されてきた伝統の流れにある。そうした中で強調されるのは、技術が人間を変える手法の中でもとくに、長く培われてきた生活様式を破壊して文化の根幹を侵害する手法である。文化批判には長い伝統がある。古くはアメリカの建築批評家ルイス・マンフォードのモダニズム批判、さらには有益性と効率性の名のもとに技術があらゆるものを消去しながら前進する「テクニック」について強く訴える、フランスの思想家ジャック・エリュールの『技術社会』（エリュール著作集1・2）（島尾永康・竹岡敬温訳、すぐ書房、一九七五、一九七六年）、そして近年では、機械技術には独自の論理があり、その論理のために共同体の慣習と伝統が破壊される傾向があると論じるウェンデル・ベリー。おそらくこの伝統を集約する意見を述べているのはアメリカのメディア理論家、ニール・ポストマンだろう。一九九二年に出版されたその著書『技術vs人間』（GS研究会訳、新樹社、一九九四年）の副題は、結論を暗示するような「技術に降伏する文化」となっている［邦訳版の副題は「ハイテク社会の危険」］。この本でポストマンは、近代のいわゆる「テクノクラシー」［専門技術者による政治支配］の出現について述べている。それによると、産業革命前の文化と社会組織は、テクノクラシー社会より使っている道具は少なかったが、そうして使われた道具は「それを導入した文化の尊厳や保全を攻撃するものではなかった（もっと正確に言えば攻撃する意図はなかった）のである。いくつかの例外はあるが、道具使用の文化は、人々が伝統、神、政治、教育方法、社会組織の合法性を信仰するのを邪魔しなかった」[4]。それとは対照的に、テクノクラシーが取り入れた道具はつねに生活様式を変えつづける。ポストマンはこう書いている。「すべては、ある程度、道具の発達に道をゆずらなければならなくなる……道具は文化に統合されず、文化を攻撃する。それらは、文化になろうとするのである。結果として、伝統、社会的慣習、神話、政治、儀式、宗教は自らの生き残りをかけてたたかわねばならなくなる」[5]。わたしたちはテクノクラシーから「技術」の時代に突入した。すなわち文化のフラット化された世界が進歩の理念のもとに動き、結局は「文化的生活のすべての形態の、技法と技術の権威への従属」にいたる時代である（引用部分はGS研究会訳）。いまやアンチカルチャーが伝統を破壊し習慣を侵害する原動力となり、文化的慣習や記憶、信念の代わりにのさばるなか、テクノクラシー時代を耐えた文化的慣習の残骸は、技術そのものが文化というよりアンチカルチャーと化して、激変した世界によって蹴散らされている。

　こうした批判家は共通して、技術はわたしたちをたいてい悪い方向に変えている、という仮説をたてている。わたしたちはそうした動きの支配下にあり、たいてい変化を促す力の前で手も足も出ない。そして自由の重要な道具であるはずの技術を、もはやコントロールできないのではないか、という思いから不安に陥っている。

おそらく技術の進歩は不可避でどんなに警告してもその危険性は防ぎようがない、という確信のために、わたしたちはそれ以上に深刻な不安を感じているのだ。わたしたちはヘーゲル的、ダーウィン的な世界観から抜けだせないようだ。その当然の帰結としてわが身の破壊者を作っているか、そうでなければリー・シルヴァーが『複製されるヒト』（東江一紀他訳、翔泳社、一九九八年）の中で述べているように、そうはなりたくないと恐れる理由があるような、まるで違う生き物に進化しているのだろう。大衆文化は、電子版の凶事の予言者カッサンドラなのかもしれない。未来は見えていても、それをだれにも信じさせることができないのだ。この文化は不安から生まれた預言で大衆を楽しませ、大衆はみずからの無力な姿を見る気晴らしで、歪んだ喜びに浸っている。

このジャンルの技術（と政治）の例として外せないのは、勝利モードの論理構成になってはいるが、フランシス・フクヤマの『歴史の終わり』（有名な評論で、書籍にもなっている。邦訳は『歴史の終わり　歴史の「終点」に立つ最後の人間』（渡部昇一訳、三笠書房、二〇〇五年）の中で進展する物語である。この本はとくに科学的論理の必然という観点から、物質主義的な説明を長々と展開している。科学的論理を駆り立てるのは、つねに進化を求める軍事技術であり、そのことが結局リベラルな国家を繁栄させることになるというのだ。フクヤマの考えでは、自由な科学的探究のための環境を提供できたのはリベラルな国家のみだった。そうした環境が軍事的な装備や戦術に飛躍的な進歩をもたらしてきたのであり、他の国家はみな否応なくその後塵を拝することになった。だがそれからわずか一〇年後、フクヤマはバイオテクノロジーと「わたしたちのポストヒューマン的未来」の進歩をテーマとする著書で、こうした論理自体のために結局は人間の本質が変えられて、人間の支援のために発展してきたリベラルデモクラシーの政治秩序が、危機にさらされる結末になりそうだと認めている。[6]

その他には、現実にもともと備わっている力が働いた結果として、技術的必然性が生じたと主張する研究もある。アメリカの経済歴史学者ロバート・ハイルブローナーは、今では古典となっている一九六七年の評論「機械は歴史を作るのか？ *Do Machines Make History?*」の中で、歴史の発展に潜み、人間を技術開発へと向かわせた論理をあぶり出している。社会によって技術を採用する速さに違いはあっても、技術開発にはある種の「柔らかい決定論」〔決定論と自由意志は両立するという考え〕があるというのだ。おそらくその趣旨を単刀直入に主張しているのは、アメリカの歴史学者ダニエル・J・ブアスティンだろう。ブアスティンは一九七八年に刊行された短い著書『技術共和国 *The Republic of Technology*』の中で、技術開発は重力や熱力学のように「法則」に類したものに従っていると述べている。たとえば「技術共和国の最高法則は相近、すなわちあらゆるものが他のすべてのものに似ていく傾向である」という記述がある。[7] そうであれば技術開発を支配する法則は、当然人間界を徐々に同一の形態にまとめていくことになる——現代の技術の所産、「グローバリゼーション」は起こるべくして起こったのではないか、という今日の疑念を、ここで彼はすでに予期しているのだ。

賞賛であれ嘆きであれ、こうした必然性をテーマとする論調は、あたかも技術の進歩が人間の思惑や考えから独立して発生しているかのように、技術そのものの自立性を認める傾向がある。そうなると技術の進歩は、技術に内在する論理に従う不可避のプロセスになる。それをヘーゲル流に言うと「技術知の狡知」、すなわち技術の「精神」の無意識の展開となる。この展開が必然的に行き着くのは、相近と単一性、高度技術化の歴史に刻まれる最高到達点である。そうした展開が進むうちに、ヘーゲルのいう「殺戮法廷」が犠牲者の分け前を要求したりもするのだろうが、そういった犠牲も、改善するどころか完璧にもなる未来への進歩のためなら正当化されるのである。

近代以降、技術は関連するふたつの見方——わたしたちを方向づけて改造までするもの、そしてそれを必然性というある種の鉄則で実行するもの——から理解され描写されるようになった。わたしはそうした見方に異議を唱え、少なくとも複雑さをくわえたいと考える。そのためには一歩下がって、アリストテレスがあらゆる科学の「統合科学」と称した政治哲学を探求して、人間と技術の新しい関係の根源を掘り下げて理解する必要があるだろう。

リベラリズムの技術

繰り返すようだが、リベラリズムは何よりも自由の新しい理解を推し進めている。古代世界では——紀元前の古代でもとくに古代ギリシャ時代、あるいは長期のキリスト教時代であっても——自由についての支配的な定義には、適切な形の自律が必要であるという認識がついてまわった。このような自由の概念が土台としたのは、徳育を通じた個人の自律（古代ギリシャ・ローマ世界とキリスト教とでは何が徳性かは異なるが、どちらにせよ）と、統治の目標を公益の実現に据える、政治の自律の相互関係である。

古代思想が追求した「好循環」［virtuous circle、直訳すると「徳の循環」］では、政治が個人の徳育を助け、公益を指向する政治体制下で有徳の個人が市民生活を形成する。古代の思想家が直面した難題はたいてい、このような好循環が存在していなかったり部分的にしか成立していなかったりするところで、どのようにして好循環を起こすか、市民が腐敗や悪徳への執拗な誘惑に流される可能性に対抗して、好循環をどのようにして維持するかということだった。

そうした理解によれば、自由は好きなようにすることではなく、正しい有徳者の道を選ぶことになる。自由になるためには何をおいても、自分第一の利己的な欲望にとらわれている状態から解放されなければならない。けっして満たされない欲望を追求すれば、終わりのない渇望と不満が生じるだけだろう。そのため自由は、個人自身の欲求と政治的支配への熱望への自己統治が達成されている状態となる。

近代思想を決定づける特徴は、この自由の定義を否定して現代人に馴染みのある定義を選択したことにある。近代リベラリズムの創始者の定義によると、自由とは、望みをすべて自由に追求してよい状態となる。実在しない「自然状態」として考えだされたこの状況は、政治組織をもつ社会が誕生する前の状況、つまり純粋に自由な状況として想定された。そうなるとその逆は制約くなったのだ。
となる。自由はもはや古の人々が思ったような、公正で適切な自己統治が行なわれる状況ではな

政治が優先的に克服すべき障害は、個人に他の人間が課す制約だった。過去にもっぱら徳を説き公益を賞賛していた古い政治秩序は、早くもニッコロ・マキアヴェッリから「真に存在すると知っていたわけでもない共和政体や君主政体」で、人間のありのままの姿を考慮せずに、「なすべきこと」ばかりに目を向けていると非難を浴びている（『君主論』、河島英昭訳、岩波書店）。人間社会の生産的・科学的な能力を解き放つためには、異なる考え方と秩序をもちこむ必要があった——すなわち技術社会の出現を可能にする、まったく新しい形態の政治技術である。そうした技術が形となったのが、古代共和主義の主要な前提の拒絶にもとづく、近代の共和政体だった。そしてこの共和政体が何よりも、公私の領域での利己心を利用することを基盤として、人間の自由を保障し、自然を支配する人間の力の規模と範囲を拡大しようとしたのである。

わたしたちの技術社会の必要条件は、そういった政治技術の偉大なる成果であるとともに、リベラリズム論の「応用技術」でもある合衆国憲法だった。憲法は近代的原理を体系化したもので、古い教えを覆して、それまでとは明らかに異なる近代的な人間を形成することを目的とした。技術の先駆けともいえるもので、今日わたしたちを支配していると思われる技術の必要条件でもあった。合衆国憲法の父、ジェームズ・マディソンは『ザ・フェデラリスト』（斎藤眞・武則忠見訳、福村出版、一九九八年）の第一〇篇で、政府の第一の目的は「人間の多様な才能」の保護である

と述べている。いうなればそれは、個人の追求とそこから得られる結果を意味するが、マディソンはとくに、才能の多様性のために財産の獲得に違いが生じることについて言及している。政府はこのような個人的自由の最大限の可能性のある場を守るために存在し、その手段として市民と公務員の自己利益の追求を奨励する。「野望には、野望をもって対抗せしめなければならない」（斎藤・武則訳）。ひとりの人間に権力が集中し掌握されるのを防ぐためには、権力の分立が必要だ。しかしながらそれと同時に、個人を特定の地域の束縛から解放し、さらには商業と「有益な技芸と学術」の拡大を促進するために、政府にはあらたに個人に直接影響をおよぼすのに必要な、大きな権力が与えられることになる。

近代の自由の理解をひろく実践に移すために開発されたこの新しい政治技術は、特定の人物や場所への偏った忠誠心からわたしたちを解放して、何よりも自分の野心や欲望を懸命に達成しようとする個人に作り替えることを目的に考案された。この近代的共和主義の新技術の一部で、マディソンが「軌道の拡大」と呼ぶものは、個人的な野心がかなう可能性を高める一方で、人と人との絆と関与を希薄にする。近代的共和主義は、昔ながらの政治的な「党派」による争いの問題を克服するひとつの手段として、公共心を賞賛するのではなく、政治に参加しようとする「動機への不信感」をいだかせようとした。そのために共和政体を巨大化させ、政治力学を頻繁に変え、デフォルトの選択とした「多元主義」と多様性の拡大を促進し、それにより市民の関与を変化させたのである。アメリカのような技術社会は、新しい種類の政治技術によって出現する――それにより、古代からの徳性の賞賛と公益を達成することへの願望は姿を消した。代わって世の中を席巻したのは利己心と解放された個人の野心、公共の福祉より個人的な追求を重視する考え、新たに獲得された、自分の自由を制限する人間関係を再考する能力である。新しい政治技術は現実的に発明されている。これはいわゆる「新しい政治の科学」で、わたしたちが科学技術の用途や目的について理解していることはこの科学によって決定づけられている。政治的・社会的な規範や信念から独立して存在する技術はないが、この技術の開発と利用の方法はとくに、このような規範によって方向づけられている。リベラリズムが導入する規範は皮肉なことに、技術は規範や人の思惑とは一切関係なく開発されているという思いこみを生むが、逆にわたしたちの規範や政治体制、そして人間性までをも形成して、当然のことながらわたしたちの制御を逃れているのである。

このように技術社会を実現する政治的必要条件に視点を置くと、人間と技術との関係についての考え方に、大きな影響を与えている説明を再検討できるようになる。それはつまり、技術によってわたしたちは後悔や懸念までいだくように「形成」されている、という説明と、そうした影響は不可避で不可逆的である、という説明である。

第一に、これまで見てきたように、近代の技術が共同体を侵食してわたしたちを個人主義に走らせている方法についてはおおいに懸念されるところだが、技術社会を誕生させたより深い諸条件を考慮すると、「技術」はただ近代初期の政治哲学の基本的な誓約と、それが基盤とする政治技術である近代の共和政治と憲法秩序を支えているだけなのがわかる。「わたしたちを作り替えている」技術より、根本的なところで技術を形成している政治的誓約のほうが重大なのだ。たしかに、政治技術というオペレーティング・システムによって、さまざまな技術的プログラムが順調に実行できるような環境が作られていて、このシステム自体が自由の定義と理解の変容の結果であるという見方はできるだろう。

このような認識は、アトランティック誌に掲載されてひろく議論された記事「フェイスブックはわたしたちを孤独にしているか？ Is Facebook Making Us Lonely?」で、完全ではないにせよ肯定されていた。執筆者のジャーナリスト、スティーヴン・マルシ（Marche）はこの手の記事でよく見かけるような導入部で、先端技術の一形態――この場合はフェイスブック――の出現で、人が現実の世界で孤独になりつつあり、それとともにますます悲観的になり鬱状態にすらなっていると述べている。マルシによれば、フェイスブックのようなソーシャル・ネットワーキング・ツールの利用が増加しても、孤独感は病的といえるほど深刻化してひろく蔓延している。アメリカ人の約二〇パーセントにあたる六〇〇〇万人が、孤独であるためにつらい思いをしていると答えており、こうした形の鬱病に対処する治療のために大規模な社会福祉事業が立ち上げられて、「感傷的な嘆きであるはずの問題が、公衆衛生問題へと姿を変えた」という。[8]

それでもマルシは、斬新にもこの孤独の蔓延の元凶としてフェイスブックを**非難**してはいない。それどころか彼は、フェイスブックのような先端技術はその出現以前から理屈抜きで好まれていたこと――昔からあるアメリカ人の独立と自由への欲求――を促進、もしくは実現までしたのだと強調している。そうなるとフェイスブックは、深奥の哲学的、政治的、そして神学的でさえある誓約から孤独を引きだす道具となる。マルシが指摘するように、「アメリカ人が金を払ってでも実現したいと思うものの中でも、孤独は優先度が高い……わたしたちは孤独になりたいと思うから孤独になっている。自分を孤独にしているのは自分なのだ」。フェイスブックのような先端技術は「昔からある国民的な独立への欲求の副産物である」。再三述べているように、その欲求自体が、自由の本質の再定義の結果生じているのである。

違う種類の「技術」について考えてみよう。たとえば、わたしたちが建築環境を通じて、この世界でどのような居住の仕方をしているかである。アメリカ人が追求した生活環境は、独立して分離しているという自己概念を推進するものだった。これに匹敵する例は世界のどこを見渡してもない。そのための代表的手段が、戦後に自動車の技術によって可能になった郊外の開発だった。ただし郊外は単純に自動車によって「開発」されたのではない。むしろアメリカ人の心の奥にある哲学的な誓約（コミットメント）のために、自動車とその関連施設である高速道路やガソリンスタンド、ショッピングモール、ファストフードのチェーン店などの建設をとおして、アメリカ人の好む傾向があったライフスタイルが実現したのである。このように自動車の影響力を超えるような事前の誓約（プレコミットメント）が明白に表れている例は他にもある。たとえばアメリカの建築史家リチャード・H・トーマスが秀逸な論文「張り出し玄関からパティオへ From

Porch to Patio」（一九七五年）で綴った建築様式の変遷である。トーマスは戦後、家屋の建築様式に起こった重大な変化を追っている。かつては家屋正面の階段を上ったところにある、張り出し玄関が目につく特徴だったが、それが姿を消して、裏庭側の人目につかない空間パティオが、好んで設けられるようになったというのである。トーマスは、張り出し玄関は社交の場にくわえて、公的な場にもなっていたと述べている——エアコンのない時代に微風にあたって涼む場所だっただけでなく、「中間的な空間」を提供していたのだ。つまり家の中の私的な世界と歩道や街路の公的空間のあいだに位置する、公的な性格をもった空間だったのである。正面の張り出し玄関は多くの場合、歩道の歩行者と会話しやすい距離に設けられており、近所づき合いがおおいに見込まれる時代を反映した建築構造だった。裏庭のパティオの人気が出てきたのは、自動車の利用者が増えて郊外が出現したのと時期を同じくしている——そのいずれもがプライバシーや分散、閉鎖性にくわえて、社会的・公的な空間および慣習への関心の低下につながる建築環境を作っている。こうした技術は近代の共和主義的な自由の関与を示しているが、よく考えられているほど人を「孤独」にはしていなかった。[9]

　その逆の例として、異なる用途や目的をもって技術の導入を決定する、社会的・文化的な規範を取り上げてみよう。プロテスタントの一派で、旧態依然とした秩序をもつアンマン派は、多くの場合、技術恐怖症に取りつかれた社会集団とみなされているが、こうした見方はそもそも技術への誤解があることを示している——その文化に取り入れられる技術が反映しているのは、特定の社会的な目的というよりそれに先立つ誓約なのだが、そのことがとくに理解されていない。リベラリズムもまったく同じようにして技術を取り入れて、明確な目的を達成しようとしているのだ。アンマン派の判断の中には――ファスナーの拒否など――わたしたちの多くが首をかしげるものもあるが、何よりも興味深いのは社会集団に技術を取り入れる基本的な判断材料と、それ以上に重要な取り入れ方である。開発された技術が避けて通れないのは、「これはこの共同体の基本構造を支えるのに役立つだろうか、役立たないだろうか」という基本的な問いである。アンマン派は自動車と電気は役に立たないだろうと考えている（ただしプロパンを燃料とする器具は受け入れている）。

わたしにとって、こういった判断基準にかんしてとくに頷ける例は、わたしたちの保険の形態が最大限の匿名性と最小限の個人的関与を前提にしていることを理由に、彼らが保険を避ける判断である。保険統計表の計算にもとづいた保険料の金額によって、わたしは他の人たちとともに保険プール［複数の保険会社が特定の保険を共同で引き受ける仕組み］にくわわり、自動車や家屋、生命、健康など、さまざまな対象や条件に対する保険を得ようとする。保険をかけたいずれかの領域で損害があると、わたし（もしくは相続人）は保険会社からいくらかの補償金を得て損害の穴埋めをすることができる。この資金は全被保険者が出資している保険プールから引きだされているが、そのだれひとりとして支払いがどのようにだれに対して行なわれているかを知ることはない。わたしにはさまざまな災難に対する保険がかかっているが、保険の共同出資者のだれにかんしても自分で責任や義務を果たす負担から完全に免れている。わたしの唯一の義務は保険を提供する会社との金銭上の取引だけだ。

アンマン派の共同体の中には、保険への加入を禁じているところがある。むしろその共同体自体が「保険プール」だからだ。共同体の面々は、損害を被った者の「穴埋め」をすることを、責任と義務として全員が共有する共同体を育もうとする。[10] アメリカの経済学者、スティーヴン・マーグリンは洞察に富む著書『最悪の科学　なぜ経済学者のような考え方が共同体を弱体化させるのか　*The Dismal Science: How Thinking Like an Economist Undermines Community*』の中で次のように書いている。「アンマン派は、おそらく共同体を育むことに目を向けているので二〇世紀のアメリカでは異質なのだろう。彼らが保険を禁じるのは、個人と保険会社の市場関係が個人の持ちつもたれつの関係を損なうことをまさしく理解しているからである。アンマン派にとって納屋を共同で建てる作業は昔を懐かしむ行事ではなく、共同体の絆を固める接合剤なのである」[11]

昔ながらの秩序をもつアンマン派のような人々と現代のリベラリストとのあいだには、技術の有益性にかんする問題への取り組みと技術の使用方法に決定的な違いがある。だがこのことにわたしが言及するのは、リベラルな現代に住む者にアンマン派の慣習や信念を全面的に取り入れるべきだ、というためではなく、とくに強調したいことがあるためだ。わたしたちは、自分のいる状況を自由のひとつの形とみなし、現代化されたリベラリズムの立場から、アンマン派の文化を信奉する者を一般的に過酷な規則と習慣に従っていると理解している。だが忘れてはならないのは——セダンでもジープでも、アイフォーンでもギャラクシー、マック、パソコンでも——使用する技術の種類は選択できても、ほとんどの者が自分は技術開発の論理に支配されていて、結局はどの特定の技術も受け入れざるをえない立場になっていると自己認識していることである。それとは対照的にアンマン派の人々は、多くの選択を抑制しているように思えるが、共同体がその判断基準に沿って、技術の使用や採用にかんする選択をしている。自由なのはどちらなのだろうか?

わたしたちは世界を改造する過程で——インターネットのような技術らしい技術とともに、保険のように地味ではあるが影響力においては引けを取らない技術を手段にして——受け入れ活用している技術によって、想像上の存在に変えられている。そしてこれはかなりの皮肉だが、まさしくこのように個人としての完璧な自由と自立を手に入れようとして飽くなき探求をするうちに、そもそも技術の導入にかんする選択肢がなくなっているのではないかと、疑念を募らせているのだ。

わたしたちが現代の自由の形態を守るためには、それによって育まれたリベラルな政治秩序と資本主義的な経済システムという、近代の素晴らしい技術を利用して、みずからの力をたえず増大し自由の帝国を拡張する必要がある。個人の自由をつねに拡大するためには、政治経済の権力集中が不可欠になる。現代の政治的言説《ディスコース》は、個人と集中した権力のあいだにある種の衝突があることを想像させる。だがその印象とは逆に、わたしたちは拡張しつづける個人の自由こそ、むやみに広がり複雑化している技術から生まれていることを理解しなければならない。その一方で、その技術によって人は自然と義務の制約から解放されながら、ますます無力で声を失い、孤独で、不自由であるとも感じるようになっているのだ。

人はもはや技術化した世界の目的も軌道も制御できないという思いが募るなかで、こうしたことはこの上ない皮肉をこめて痛感されている。一九七八年には早くもダニエル・J・ブアスティンが『技術共和国』の中で、「技術はみずからの勢いを生み、不可逆的であり……わたしたちは次第に不本意ながら関与する世界にこれからも住むことになる」と書いている。[12] つまり、わたしたちはもはや技術を選択するのではなく、ホッブズやロックが自然状態にいると想像していた生き物に人をこれまで以上に近づける技術に、否応なく引きつけられる運命にあるということだ。技術は選択されるのではなく人間の制御を離れた力学から出現して、人間がほとんど掌握していない自立して自由ではあるが、独立していると感じさせる技術に実は支配されているのである。技術システムを拡張していくだろう。わたしたちがみずからの自立を信じているとしても、今後ますます技術のもたらす悲劇をテーマにした映画やドラマが氾濫するなら、その多くは同時に陰で糸を引いていると思われる、遠方の実体の定かでない力を事実として受け入れていることになる。たとえば『マトリックス』だ。この多分に哲学的な映画は、洞窟に捕らわれているのではないかというわたしたちの疑念を映像化している。洞窟で見えているものは人形遣いによって操られているのだが、わたしたちはそれを現実であると信じている。

ひょっとすると皮肉の最たるものは、わたしたちの自律の能力が消滅寸前まで弱まっていることかもしれない。公益という言葉を話す能力を失っているように思える市民の危機、決壊寸前まで累積している公的・私的な借金が、対処法を考えだすだろうという淡い期待のもとに、次世代に押しつけられている財政危機、問題の答えのほとんどは技術的解決の枠組みで考案されるが、最終的には人間が飽くなき欲望を抑制する必要性にたどり着く環境危機、家族のような個人的な関わりがいとも簡単に崩壊し、治療や社会制度がその代用になっている社会のモラルの危機……。

わたしたちは目の前のさまざまな危機について嘆きながらも、まさしく現代リベラリズムのプロジェクトの成功から生じている、隠れた共通点に気づけないでいる。技術の成功を喜ぶのは至極当然だが、技術社会の代償について懸念するのも当然だ。この「技術の文化」は、誕生したその瞬間から誤った自由の定義にもとづいており、いまやその当然の帰結としてわたしたちは、みずからが空想した結果から逃れられない状態になりつつあるのかもしれない。

第5章　リベラリズムVSリベラルアーツ

リベラリズムが出現する前、文化は人間の技術として何よりもひろく定着して、教育の基本的な核となっていた。文化とは、それにくわわり文明への重大な責務を次世代に伝えるであろう人間を、包括的に形成する力だった。この言葉自体が暗示するように、文化（culture）は耕す（cultivate）ものだ。文化は人間が育つ土壌であり――それがよい文化なら――人は繁栄する。

しかしもしリベラリズムが結果としてあらゆる形態の文化を、世を席巻するアンチカルチャーとすげ替えるなら、教育の土台もゆるがされざるをえない。とくに標的になるのは教養教育（liberal education）であるはずだ。教養教育は、長く継承されてきた文化の成果でも、とくに古典古代とキリスト教の長い伝統の宝である文献を深く読み取ることによって、自由人を教育する主要な手段であると理解されていた。本領を発揮したリベラリズムが、文化とともに自律という形の自由の修養を損なえば損なうほど、自由人のための教育は、自由な個人を野放しの欲望と浮動性、自然界の技術的支配という目的の下僕にする教育と入れ替えられる。教養教育を押しのけて奴隷教育が居座るのだ。

まず何よりも、リベラリズムが教育事業自体を文化から切り離してアンチカルチャーの推進力としているので、教養教育は衰退している。自然と伝統の中で暮らす演習である教育は、文化に対する影響力から絶縁されていなければならない。ところがそれどころか今は、文化不在の多文化主義や、人格形成に重要な自然との出会いを欠く環境主義、そして画一的で均質な「多様性」の名のもとに、文化的特異性が根こそぎ奪われている。多文化主義を促進しようとする主張は、リベラリズムがのさばらせているアンチカルチャーと均質化の勢いから目をそらすもの以外の何ものでもない。

リベラリズムはさらに、自律教育の観点からの自由の定義を、自立して制約のない状態という定義へとすり替えて教育を衰弱させている。そうなると最終的に教養教育は瓦解を免れない。なぜならリベラリズムが立脚しているのは、人は自由になるために学ばなければならないという前提ではなく、人は生まれつき自由であるという前提だからだ。リベラリズムの下でリベラルアーツ(一般教養課程)は個人の解放の道具になる。個人の解放は、人文科学、科学や数学などのSTEM科目、さらには経済、経営などの学科で一貫して追求される目的である。人文科学においては、アイデンティティを主張する解放運動が過去を差別の蓄積とみなすので、人文科学の教育の原点としての正当性が疑われている。その一方で自立を促進する実用的で実効性のある学科——STEM、経済、経営——ばかりが、学ぶに値する学問分野とみなされるようになっている。

郵便はがき

料金受取人払郵便

新宿局承認

5503

差出有効期間
2026年9月
30日まで

切手をはらずにお出し下さい

1608791

343

東京都新宿区
新宿一−二五−一三

（受取人）

株式会社 原書房

読者係 行

1608791343 7

図書注文書（当社刊行物のご注文にご利用下さい）

書名	本体価格	申込

お名前　　注文日　年　月

ご連絡先電話番号（必ずご記入ください）　□自宅（　）　□勤務先（　）

ご指定書店（地区　）（お買つけの書店名をご記入下さい）　帳合

書店名　書店（　店）

5710
リベラリズムはなぜ失敗したのか

読者カード　パトリック・J・デニーン 著

り良い出版の参考のために、以下のアンケートにご協力をお願いします。＊但し、
あなたの個人情報(住所・氏名・電話・メールなど)を使って、原書房のご案内な
送って欲しくないという方は、右の□に×印を付けてください。□

ガナ
名前　男・女(　歳)

住所　〒　-

市　町
郡　村
TEL　(　)
e-mail　@

職業　1 会社員　2 自営業　3 公務員　4 教育関係
5 学生　6 主婦　7 その他(　)

買い求めのポイント
1 テーマに興味があった　2 内容がおもしろそうだった
3 タイトル　4 表紙デザイン　5 著者　6 帯の文句
7 広告を見て(新聞名・雑誌名　)
8 書評を読んで(新聞名・雑誌名　)
9 その他(　)

好きな本のジャンル
1 ミステリー・エンターテインメント
2 その他の小説・エッセイ　3 ノンフィクション
4 人文・歴史　その他(5 天声人語　6 軍事　7　)

購読新聞雑誌

書への感想、また読んでみたい作家、テーマなどございましたらお聞かせください。

自由な人間の教育を目的とするリベラルアーツの古典的理解が廃れ、身を助ける技芸が強調されているのだ。共和制（*res publica*）にふさわしい教育が、個人（*res idiotica*）の都合に合わせる教育に差し替えられている。右派と左派の見解の相違らしきものがないのは、双方とも教育の唯一の正当な目的は、リベラルアーツの排除による能力の向上であることで一致しているからだ。

リベラリズムのリベラルアーツへの攻撃

リベラルアーツ（liberal arts）は、自由（liberty）と同じ起源から発している。リベラルアーツの起源は近代以前の世界にあるので、土台にしているのは近代以前の自由の理解となる。リベラリズムの伝統を受け継ぐわたしたちは、自由の定義は外部的制約のない状態に等しいと信じて疑わない。ホッブズやロックのような社会契約説の思想家は、人間の自然状態は政治がかかわる前の自由な状態であると定義し、人ははじめから自由な生き物であり、外部的・人為的な装置である法に従うのは、安全と社会的平和を得ようとするためだけであると説く。ロックの理解では、人が法に従うのは、自由を「保全」し「〔人が〕好むがままに〔自分の〕占有物もしくは身体を支配する」ためだけになる。

リベラルアーツの起源はこの自由の理解よりも前にある。そのためむしろ反映しているのは近代以前の理解となる。たとえばそれは、プラトン、アリストテレス、キケロのような古典的文筆家の教えの中にある。聖書とキリスト教の伝統に連なる、聖書はもちろんアウグスティヌス、アクィナス、ダンテ、モア、ミルトンの著作の言葉にも見出される。こうした文筆家の古典やキリスト教の文献への重視が、リベラルアーツの伝統の中心要素であったのは偶然ではない。なぜなら見解の相違は多々あるものの、こうした先人はみな、自由は人が自然に生まれついた状態ではなく、習慣化や訓練、教育——とくに自制の修養——によって獲得されるという点で一致しているからである。自由は時間をかけて習得される成果だといえる。徳育をとおして高められた理知力と精神力を使って自己を統治する、後天的な能力なのである。この近代以前の見方では、好き勝手に行動するのは隷属状態であると定義される。つまり利己的この上ない欲望に駆り立てられて、良心に反する行動をしているということだ。リベラルアーツの主眼は、このような自由の理解にしたがって自由人と自由な市民を育てることにあった。リベラルアーツがわたしたちを自由に**した**のである。

このような学問に対する考え方は、長年教養教育の根幹となっていた。その権威のよりどころとなっていたのは、次世代に伝えようとされていた信仰の伝統と文化的慣習である。今日ではそれがほとんどのキャンパスでパリンプセストと化しているのがわかる。パリンプセストとは中世の羊皮紙で、書かれている文字を消してあらたに書きこめるが、訓練された目なら消された古い教えも読みとれる。ゴシック様式の建築物や、「教授《プロフェッサー》」「学長《ディーン》」「学務部長《プロヴォスト》」といった名称、年に一、二度儀式で身につけられる長いローブ——こうしたいまだに目にするものは古い伝統の断片で、かつてこのような教育機関のはつらつとした精神であったが、今は大半のキャンパスでほぼ死に絶えているものである。

おそらくこの昔の伝統——パリンプセストから消されても残っている形跡——がとくに鮮明に見えるのは、教育機関がそれ自体と学生の目標として採用した、高邁な校訓と象徴的な校章だろう。そうした代表例に、オハイオ州アセンズにあるオハイオ大学の校訓がある。この大学は一八〇四年という建国間もない頃にアメリカン大学として、まだ入植が進んでいなかった西部で創設された。開校当初の校訓「*Religio, Doctrina, Civilitas, prae omnibus Virtus*」(宗教、真の学問、教養、そして至高の徳性)は、今も大学の校章に記されている。キャンパスへのメインの通用路に置かれた卒業生贈呈の石碑には、一七八七年に連合規約下のアメリカ合衆国連合会議で可決された北西部条例の一文が、一言一句たがわず刻まれている。「よい政府と人類の幸福には宗教とモラル、学問が必要であるがゆえに、学校と教育手段は永遠に促進されなければならない」こうした気運に導かれてアメリカの公立大学は創立されている。そしてそういった大学は、科学と実用的な学問の発展に貢献しただけでなく、何よりも徳性とモラルを育む責任を担ったのである。

もうひとつの公立大学、テキサス大学オースティン校が校章のデザインと融合させている校訓は、「*Disciplina Praesidium Civitatis*」(洗練された知性は民主主義の守護神)である。この言葉は、かつてアメリカにあったテキサス共和国の第二代大統領、ミラボー・ラマーの次のような言葉から引用されている。「徳性に導かれ抑制されてはいるが、洗練された知性は民主主義の守護神であり、人間のこの上なく高潔な属性である。自由人の認める唯一の独裁者であり、自由人の欲する唯一の保障である」この発言の他の部分でラマーは、徳性と権威、自由の関連性を強調するとともに、ラテン語の「*disciplina*」に「洗練」だけでなく修養のニュアンスがあることを踏まえて、自由には徳性の修養によって苦労して獲得する自制心としての概念があることを示唆している。校章の図柄には、盾の上半分の部分に開いた本が重ねて描かれており、この自由の修養をやり遂げるための手段――知識と教訓、過去の警告を伝える教育――が示されている。このような教育の目的は「批判的思考」ではなく、徳育によって決定づけられる自由の達成となる。

こうした校訓が裏づけるように、従来の伝統は自制の倫理を育てようとしていた。無数の選択肢の中から選択できる人間の能力は、他の生き物にない唯一無二のものなので、しかるべき自由の条件に導く必要性があると認識されていたのである。古代ギリシャ・ローマの人々は、自由というものが誤用や過度の行使につながりやすいことを見抜いていた。わたしたちの伝統の最古の物語、たとえば人間がエデンの園から追放される物語は、人間が自由を悪用しがちであることを教えている。自己理解の最終目標は、自由を有効に使う方法の中でも、とくに本質的に満たされることを知らない欲望を制御する方法を理解することである。この旧来の伝統の中にあるリベラルアーツは、人間であることは何を意味するのか、そして何よりも外部的抑圧からだけでなく、心の中の暴君である欲望や欲求から自由を獲得するためにはどうすればよいのかを教育することを根幹に置いている。

この「昔の科学」が奨励しようとした厄介で困難な課題は、許されることと許されないこと、さらには人間の自由の最高で最良の利用を成り立たせているものと間違っている行動について、見解をまとめるというものだった。若い世代が勧められたのは、伝統の中にある偉大な作品である叙事詩、悲劇や喜劇の傑作、または哲学者や神学者の思索、神の言葉、自由の有効な利用法について教えようとしている無数の書物に答えを求めることだった。自由（リベラル）は生まれたままの状態でも本能にまかせることでもなく、技（アート）、つまり、洗練と教育によって習得されるものだ。そしてリベラルアーツの精神は、一人前の人間になる方法を教える人文科学にあったのである。

この国でのリベラルアーツの崩壊は、自由の再定義の直後に起こった。自由を自己統治と自制を身につけた状態とする古典古代とキリスト教の理解から離れて、欲求への制約がないことを自由とする解釈が支持されるようになったのである。リベラルアーツの目的が自制教育の追求なら、その教えはもはや現代の教育の目的にはそぐわなくなる。古典的文献を読むため、あるいは聖書や聖書にもとづく解釈にじかに親しむ必要上、長年必須とされていた古代言語の習得は断念されて、市場にかんする科目が導入されている。その市場を駆り立てているのは、個人の好みと嗜好だ。何にもましてリベラルアーツはますます「ＳＴＥＭ」教育に追い撃ちをかけられている。ＳＴＥＭとは、実務や金融のキャリアにそなえてほしいという要望が強まるなか、古代のリベラルアーツで残存した科学と数学に、その応用形の技術と工学をくわえた科目の総称である。

古い科学を教えていたアメリカの大学は、新しい科学を教える方向にゆっくり舵を切っている。

一九世紀にはますます多くの大学が、創設されるかドイツの大学を手本としはじめた。大学ごとに専門分野に分かれ、あらたに大学院生の教育――専門的な学問での訓練――に力を入れ、さらには改めて新しい知識の発見を優先するようになった。大学の宗教的基盤は少しずつ放棄されて切り離された。人文科学はリベラルアーツ教育の中核にとどまったが、宗教的伝統から得ていた包括的視点に導かれることはなくなった。それまで大学の運営方針は、宗教的伝統の視点と教養から決定されていたのだ。二〇世紀の半ばには、科学的訓練と技術革新がふたたび重視されるようになり――とくに「有益な技芸と学術」への政府の投資に刺激を受けて――さらに大学組織内での優先順位が大きく並びかえられた。

教養教育は近代的自由――とくに軍事力や科学、技術、世界の隅々まで拡張する資本主義市場によって保障されていると理解される自由――の追求にはふさわしくないと見られるようになっていった。一九六三年には、カリフォルニア大学総長のクラーク・カーがハーヴァード大学主催のゴドキン記念講演で、大学の理念は消滅しつつあると明言している。ちなみにこの講演は後に『大学経営と社会環境 大学の効用』（箕輪成男・鈴木一郎訳、玉川大学出版部、一九九四年）として出版された。カーは、理想的な人間の形成を目指す教育をどのような内容で構成するか、という目的論的もしくは宗教的な考えに導かれる教育の代わりに、マンモス大学が出現したのは必然であったと述べている。そしてそうした巨大な組織は何よりも、この国の軍と産業の要求に応えて有益な知識を提供することを目的に、さまざまな大学職員の研究成果を、有益か否かの観点で徹底的に区分するのに躍起になっていると。カーは次のように宣言している。「マルチヴァーシティ〔無限に多様性をもった都市に近い存在になった大学〕」は、国のよりいっそうの産業化にとって、そしてそれに続く生産性の目覚ましい向上がもたらす豊かさにとって、人間の生活の大幅な拡大にとって、さらには世界の中での軍事的・科学的な優位性にとって、欠かせない存在だった」[1]新設された「マルチヴァーシティ」の目的は、世界じゅうでベーコン的な人間支配プロジェクトを推進することだった。

このような大学の目的の再定義に続いて、教職員のやりがいと動機づけは、ますます新しい科学の新しい学問を作るという要請に沿うものになっていった。教職員の研修ではつねに、オリジナルの研究を創出することが強調された。また終身在職権はそうした研究の集大成が出版されて、その教職員と同じ分野にいる広範囲の専門家に、研究の独自性と生産性を認証されてから与えられるようになった。大学職員の雇用と募集の市場も誕生した。教職員は特定の教育機関や使命、そして学生にさえ心を砕くのをやめて、その代わり次第に自分は同業者集団の一員であると考えるようになった。モラルの形成は、職務明細書の適切な目標ではなくなった。このような懸念は職業的成功と関連性がないばかりか、現代の自由の概念と対立したからである。

大学組織は革新と「新しい学問」の創出を強調するために方向を転換させられた。教育を牽引する責務は、過去と深く関わる自由教育から進歩に変わった。ありがたいことに、テキサス大学の創立時にデザインされた校章の誓約と少し前に考えられた教育方針が、同大学のメインのウェブポータルに掲載されていて比較できる。[2]古い校章の写真の下にははっきり書かれているのは――

「すぐれた」質の教育の達成に邁進する、といったお馴染みの文言に続いて――現在の教育目標の言葉である。現在の同大学の方針は「研究と創造的活動、学問的な探求、新しい学問の開拓を通じた社会の振興」となっている。この更新された教育方針は、大学の研究と科学的な使命を重視しており、とくに「新しい学問」作りを目指している。もはや「徳性に導かれる洗練された知性」は目標に掲げられていない。この現代にも、以前の校訓の気運が新しい言葉で表現されているのではないかと探してみても徒労に終わる。その代わりに見つかるのは、徳育ではなく、進歩――とりわけ例のごとく、自然を人間の意志に従わせるという、数世紀にわたる野心に貢献する進歩――のための研究を強調するものばかりだ。アメリカではほぼすべての大学が教育方針を更新し、重視するものをこのように変更している。

教育現場では学生が、もはやリベラルアーツの科目を順次履修しなくてもよいのではないかと主張している。なるべく早めに「実用的」な教科を学ぶべきだ、と考えるからである。こうした見解は「新しい学問の創造」とそれに付随する研究、そして大学院教育を重視する教務執行部の利害と完全に一致している。教える側も教えられる側もお互いさまで、そもそも同じ時代の要請に気を取られてリベラルアーツへの関心を失っている。時代はリベラルな秩序の核心をなす、自由の概念への奉仕を求めているのだ。こうした自由の中で学生は次第に、できるだけ実務的な専攻科目を選択する以外にないという気持ちになって、市場の要求を重んじるあまりに、本来なら好奇心を掻き立てられるような教科を避けている。当然のことながら、人文科学の専攻科目は激減しつつあり、学内市場でもはや魅力を失った教科をカリキュラムから外す大学も増えている。リベラルアーツの核としての人文科学の役割を、だれよりも守れる立場にあるのは教授陣である。ところが彼らは、こうした急激な弱体化を嘆きはするが、非難の矛先を理事会と「ネオリベラリズム」に向けている。教授たちには見えていないのだ。人文科学の扱いには抵抗のポーズ4などではどうにもならないほど、リベラルな秩序が深く影響をおよぼしているということが。リベラルアーツの教職員は支配的なリベラリズムの流れに、抗うどころか異議をさしはさむこともできていない。それはこの学界全体が、リベラルアーツを攻撃する力の源を正しく診断できていないからである。

人文主義者の裏切り

人文科学と、それ以上に人文科学らしい――主に進歩的な――社会科学の教職員は、抗う代わりにリベラルアーツを勢いのあるリベラリズムの傍流に紛れこませようとしている。その主要な手段として、彼らはまさしく自分たちが研究した「グレート・ブックス」〔モーティマー・アドラー、ハッチンズが選んだ西洋の古典的名著。ロックの『統治二論』、ホッブズの『リヴァイアサン』など〕に背を向けて、研究が進められているテーマに質問を発展させていくスタンスを提唱した。ほとんどの保守的な教職員は大学に反発して、名著研究だけをさせてほしいといいつづけた。それでもこうした著作の多くが古い文献の研究を放棄させる元凶だったことに気づいてはいない。だがどちらの立場の教職員も、リベラリズムが大学を変質させるのを指をくわえて見ていたのに変わりはない。

左派の答えは、検討も何もしない黙認だった。こうした天変地異の変化に対して、人文科学に取り組んでいた者は大学内の自分の立場はどうなるだろうと不安になりはじめた。専門家はまだ名著の研究を続けていたが、研究の根拠はますます疑問視されるようになった。[3] 若者に自由を有効に使う方法などという面倒な教訓を教えることに、もはや意味はないのではないか。この科学万能の世界がいまにもそんな教訓など不要にしようとしているのだ。革新性や進歩が第一の時代に、文化と伝統にもとづく研究方法は意義を保ちつづけられるか。人文科学はどのようにしたら、理事会や世間一般にその価値を証明できるのか。

こうして人文科学内で養分を吸収した疑念は、やがて自滅的傾向を生んだ。ドイツの哲学者ハイデッガーとその信奉者の理論は意志の自由を第一に考える。それに刺激を受けて、最初にポスト構造主義が、次にポストモダニズムが起こった。こうした取り組みは科学の合理主義的主張と明らかに敵対していた。それでも受け入れられたのは、人文系にも、自然科学によって定着した「進歩的」な学問がほしい、との大学の要望に応じる必要があったからである。教職員は文献の古臭さを指摘して進歩的であることをアピールできた。研究した文筆家よりすぐれている点を示すことにより「学問の創出」が可能になった。自分の学問分野の基礎となっていたまさしくその著作を攻撃して、非伝統主義であることをひけらかすことができた。たとえば「懐疑の解釈学」は、聖書の字句に女性への偏見が巧妙にこめられていることを暴露しようとして、聖書の言葉が筆者が意図するような「教え」を伝えているということすら疑問視する。この手法を提起する哲学者は、現代の科学的手法によって確立された観点で、人文科学も今日的な意義を証明する可能性を示した。[4]「専門家」にしかわからない特殊用語を取り入れることによって、彼らは科学を祭壇にまつる聖職者と肩を並べられた。そしてそうすることで文化的遺産によって学生を導く、という人文科学本来の使命に反逆さえした。人文科学の教授は、学んだものを破壊することで自分の価値を証明したのである。[5]

ライバルのSTEM科目に取り残されまいとして、人文科学はこの学問からはなはだしく逸脱した。(たとえ無駄でも)科学事業の正当性を疑ったりもした。人間の性衝動などどうあってても生物学的事実と切り離せない自然状態も、「社会的に構築された」と見るようになった。自然はもはやどんな意味でも基準にはならない。なぜならいまや操作が可能だからである。生物学の「事実」が変えられるのに、なぜそうした事実を受け入れるのか。しかもアイデンティティまでも選択できるようになっているのだ。人間に「自然」といえるものがあるとしたら、その不変の特徴として唯一受け入れられそうなのは、意志の中心的役割である――制約や限界などどうにでもなる、自分はいくらでも作り替えられるという、身もふたもない主張をしたのだ。

皮肉なことにポストモダニズムは、合理主義的な科学主義に対し強硬な対決姿勢を示していながら、基本的衝動を共有していた。どちらも近代の自由の定義に従って大学を牛耳ろうとしたのである。今日の人文科学でこの信念は、あらゆる形態のヒエラルキー、伝統、権威の破壊に注目して、研究発展を手立てに個人を解放するという、過激な解放論の形をとっている。現代の学界でとくに注目されているのは性の自己決定だ。そうした研究で明らかになるのは、人間の生殖など自然のあらゆる面を支配しようとする科学プロジェクトを、学界は結局どこまで支持するか、ということである。[6] それ以外に人文科学と社会学が注目しているのは、アイデンティティをめぐる政治と、特定の集団が過去に侵害された権利の回復である。「多文化」と「多様性」の旗印のもとに進められているが、皮肉なことにそうした動きによってキャンパスの単一文化は促進されている。多大な労力をかけても腹立ちの代償を求める価値があると考えられる集団は、人種、性別、性的アイデンティティなど、身体的特徴に関連して識別される。その一方で、同一の階級や民族でまとまった集団といった、「仕事と文化の共同体」にはわずかな注意しか払われない。そのため、人種や性的なアイデンティティにもとづく学生グループは、現代のリベラルな社会に差別なしに受け入れられるよう公正を求めることができる。ところが中東にルーツのあるクルド族や東南アジアのフモン族のように、リベラリズムの表出的（自己表現的）個人主義に抵抗のある同一民族集団、コプト教徒のように迫害の歴史がある宗教的マイノリティ、農業活動を推進する4Hクラブ［四つのHは、Head、Heart、Hands、Healthの頭文字］のリーダーのような非都会的な非エリート、地方の貧困層が、今日のキャンパスのリベラリストの関心を引くことは望めない。[7]

アメリカの政治学者、ウィルソン・ケアリー・マクウィリアムズはこう指摘している。

とくに〔リベラルな改革論者が〕識別する集団は、必ず生物学的な基準で分類されている。リベラリズム論では人間の「自然」は身体になるので、「自然」グループは仕事や文化の共同体などの「人為的」な絆と対立する関係になる。だからといって、リベラリズムがこうした「自然」グループを重んじているわけではない。むしろその正反対である。リベラルな政治社会には自然を克服もしくは征服しようとする姿勢がそのまま表れている。そのためリベラリズムは「たかが自然」的要素の違いで人を非難してはならないと論じるのだ。自分が選んだわけでもなく、個人的な努力や能力を反映しているわけでもない特性が障害になるのはおかしい。〔改革論者は〕ただ個人を「疑わしき区分」から解放するためだけに、女性や人種的マイノリティ、若者を認めているのである。

階級と文化は別物である。人々が民族的共同体や労働者階級に属しているのは、個人的成功の追求や、支配的な中流階級の文化への同化をしないと決めたからではない。ましてや成功できないからでもない。リベラリズム論は、自分の好きなように行動する個人を重んじている。そして同じ論理で、そうした探求での成功者を敗北者より高く評価している。リベラリズム論ではつまるところ、民族性や階級を理由にすることは不名誉となる。人々がどんな差別に苦しもうが、ある意味それは「自業自得」なのである。人はそうした落伍者に同情するかもしれないが、落伍者には平等参画に値する正当な理由がない。「まったく落ち度がない」のに差別されているのではないのだ。[8]

現時点で人文科学が強調しているものは、現代の科学ベンチャーの根底にある自立への願望と矛盾していない。だとしても、この一致のおかげで人文科学が生き延びられる時間はそう長くない。現代の自立と支配のプロジェクトとは対照的に、リベラルアーツを学ぶ理由は明快な言葉で訴えられていない。そこで学生と理事会は、それより自然支配に貢献しそうな学問領域を支持するべく、財布を携えみずからそこに足を運んでいるのである。人文科学の学科が縮小してなくなりかけているのに、STEM科目と経済関連の科目が増えているのは、今日の人文科学の主役によって推進され、自立の未来像が実現している証しだ。説得力のある対抗的言説で異議も唱えられないので、学生、保護者、理事会のいずれもこう理解している。リベラルな自由の概念を実現する最良の道は、人文科学以外のどこかにあるのだと。

今日リベラルアーツを擁護する者はごくわずかしかいない。一九八〇年代には文化の戦士だった左派の後継者も、そこから先の象徴的で包括的な根本原理にまでは関心を広げていない。興味を向けているのはむしろ、平等主義的自立を掲げる大義の推進だ。そして目下は「学問の正義」なるもの［差別的な学問の排除など］と大学組織へのマイノリティの登用の平等化を理由に、古いリベラリズムが唱えた学問と言論の自由の規範を目の敵にしている。合い言葉になっているのは多様性の増大の訴えだ。ところが現在進められている「多様化」推進プロジェクトは、実際にはほぼどこの大学でもイデオロギーの均質化を進行させている。人種や爆発的に増えた社会的・文化的性《ジェンダー》、そして多様な性的指向という表面的な違いのもとで現実に推進されたのは、自立した個人が国の力と支援のおかげで出世し、国は大学などの教育機関への統制を強化する、という先進的リベラリズムの世界観だけである。

右派の文化の戦士の後継者も、人間形成において自律の修養を助ける、本の中心的な役割をおおむね興味の対象から外している。それどころか今日の「保守派」はリベラルアーツの役割を、分が悪いというだけでなく、それを守るために戦う意味さえなくなったとして否定しがちである。[9]その代わり保守派は現代の市場の優先順位に配慮して、STEMと経済分野の教科によりいっそう力を注ぐよう求める姿勢を強めている。「グレート・ブックス」の中には古典からもはや学ばなくてもよいと吹聴することに成功している著書が多くあり、経済分野はそうした理念の勝利のおかげで脚光を浴びているのである。スコット・ウォーカー（元）ウィスコンシン州知事やマルコ・ルビオ（元）フロリダ州下院議員といった、保守派の中心的政治家は、学んでも高収入の仕事にはつながらないとしてリベラルアーツを見下した。そして意外にも当時のオバマ大統領もそれに賛同していた。大統領は同じ理由で芸術史に批判的でもあった。

リベラリズムVSリベラルアーツ？

現在の環境は、リベラルアーツの臨終をひたすら早めている。今日のキャンパスにはその存在理由を力強く言葉にしたものが欠けており、「有用性」と「妥当性」を合わせて要求されているところに予算の縮小という現実があいまって、学内での人文科学の居場所はますます狭くなりつつある。これからも高尚な学問への敬意を表する飾りものとしては存続して、「ブティック」のショウウィンドウに飾られるだろうが、現代の大学での人文科学の役割は、年々低下しつづけている。

今日の人文科学の教授で、抗議の根拠を明確に口にできる者はいないだろうが、ひと昔前の人文学者ならこうした傾向に対抗する強力な議論を呼び起こせたのではあるまいか。遠い過去の教訓を引き合いに出すその警告は単純明快だろう。解放の道の先には隷属が待っているということだ。あらゆる障害からの解放は、ふたつの単純な理由で幻想に終わる。人間の欲望にはかぎりがないということと、世界にはかぎりがあるということだ。このふたつの理由のために、わたしたちは近代的な意味での真の自由にはなれない。満足といえる状態にはならないし、欲望をかなえても満足を覚えず、いつになっても欲望に駆り立てられることになる。またそうして欲望の充足をどこまでも追求していくうちに、地球の資源はあっという間に枯渇する。完全な解放へと続く道にどっぷりと足を踏み入れるなら、わたしたちの運命はかつてないほど差し迫った必然性に支配されることになる。みずからの自己統治の能力に支配を預けるのではない。環境でもとくに、食糧難、荒廃、無秩序から生じる環境に支配されるようになるのだ。

自然と窮乏から解放される未来の実現という約束は、幻想である。それはむしろわたしたちの時代の信念にもとづく哲学なのだ。宗教はよく証拠から正しい結論を導いていないと批判されるが、現代において根拠もなくやみくもに信じられているものは、見えすぎるほど見えているように思える。たとえばこの国のリーダーシップへの反応だ。そして高等教育機関、リーマンショック……。経済危機は他方で、採算性にかこつけてリベラルアーツ科目を減らす口実に使われている。危機を引き起こした原因は、伝統的なリベラルアーツの教訓に耳を貸さなくなったことにあるのに、今日では逆にさらにないがしろにする理由として引き合いに出されている。今では周知の事実となっているように、この経済危機を引き起こしたのは、人は無限に消費できるという意識と、解放の政治と組み合わせられた新しいタイプの経済のおかげで分不相応な生活もできるという考えである。何かを欲しがることがそれを手に入れるための担保になった。欲望が消費を正当化した。欲求があればそれだけで十分満足だった。その結果が、単なる文字通りの肥満だけでなく、道義的な肥満も引き起こした。欲望の自己統制が欠けているために、結局わたしたちは断食療法を強いられたのだ。

わたしたちの高等教育機関では、経済危機をテーマとした委員会や協議会が何度も開かれて、監督不行き届きや規制制度のゆるみ、債務免除もしくは複雑な金融商品の拡大に民間も公的機関も警戒しきれていなかったことなどが悔やまれた［リーマンショックでは、銀行が債務免除した不良債権を投資会社が買い取った］。だが、大学の総長にせよ学長にせよ——とくに一流大学で——糾弾されるべきは、自分の大学の教職員にくわえて学生の不始末なのだということをわかっている者はいるだろうか。探すだけ無駄だろう。なんといっても、国中の金融と政治のトップの機関で要職を占めて、経済危機の発生の責任を負っていたのは、この国の一流大学の優秀な卒業生だったのである。彼らは国内の経済秩序の中で権威と影響力のある地位を独占している。超一流大学の指導者は、ローズ奨学生やフルブライト奨学生を出したことを自分の手柄にすることができる。そうした卒業生の何が、金の亡者になる環境を作り、一攫千金の企みを促進させることになったのだろう。わたしたち教職員の思いこみのせいで、大学で学ぶべき教訓があまり身についていなかったせいではなかろうか。

もし文芸復興《ルネッサンス》が起こるとしたら、リベラルアーツの中で再構成された教育が発信源になるにちがいない。リベラルアーツ学部を置く大学はあちこちに結構残っているが、そのほとんどが見えないところで「新しい科学」の前提の影響を受けている。雇用と昇進はますます研究の生産性への要求に沿って行なわれるようになっている。教職員が研修を受けるのは、新しい科学の優先事項に支配されている一流研究機関が圧倒的に多い。そういった優先事項を多くの教授が、たとえ専攻するリベラルアーツの背景と噛みあわないとしても、自分のモットーにしている。その結果、研修者の教育機関はたいてい一流大学とみなされたいがために、研究機関のちぐはぐな真似をすることになる。教養学部をもつ「College」の名称を、教養学部のない「University」に変えることまでする大学も少なくない。[10]

それでも、大学の再建はまったく望みが薄いわけではない。「パリンプセスト」として昔からの伝統は残っている。「リベラルアーツ学部」を具体的に考えるとき、アメリカ人はいみじくも多種多様な大学の姿を思い浮かべる。その大半が（少なくてもかつては）宗教系か、外部とのさまざまな結びつきをもっていた。背景にある共同体との何らかの関連があって設立された例がほとんどなのだ。たとえば宗教的伝統や、地方経済を支える人材育成といったものへの関心、地域の「長老」との強いコネ、地域との強い一体感と近隣から入学希望者が集まる見込みなどである。その多くが目指した教養教育は、地域や「祖先」から学生を完全に解放しては**いなかった**。むしろ学生が帰属する伝統に深く根差していたのである。信念や信仰の源となる知識を深めて、それを強めることこそあれ対決はしなかった。また卒業後に、共同体の将来の福祉と存続に貢献してくれることを期待して、学生を出身の共同体に戻そうとした。

何よりも、教養教育は学生を生まれ育った環境の限界から「解放」したのではなく、背景にある文化的伝統に深く埋めこまれた基本的な教え、つまり限界にかんする教育を強化した。多くの場合この限界の概念は、モラルもしくは徳性にもとづいて考えられていると言っても過言ではなく、その大学特有の宗教的伝統をよりどころにした。典型的なリベラルアーツ校の大半は宗教的伝統の中で設立されており、学生に伝統的な偉大な文献——とくに聖書——にかんする知識を深めるだけでなく、それと関連して教室で学んだ徳性を、「習慣化」などの形で行動に取り入れることを求めた。礼拝やミサへの強制参加や寮での異性訪問者にかんする規制、大人が監視する課外活動、道徳哲学の必修科目（よく学長が教壇に立った）などで、人文科学と宗教の座学を学生の日常生活に融合させようとしたのである。

こうした形の教育は古典やキリスト教の自由の理解にもとづいており、当初から人の依存関係——自立ではなく——と自律の必要性に注意を向けることを目的とした。農業人で評論家のウェンデル・ベリーが述べているように、人間の行動とふるまいの基本的な制約を意識することは、思ったほどひどいことではない。むしろその逆で、わたしたちの実態と人間として受け継いだものに立ち戻ることになるのだ。限界のない動物という自己定義のために、人はあまりにも長くそうしたものから切り離されていた。わたしが知る文化的、宗教的な伝統はことごとく、獣性があることを完全に認めながらも、わたしたちを特別に人間として定義している。つまり、自然の限界だけでなく、みずからが課した文化的限界の中で生きることができる動物（という言葉がまだ適用できるなら）というわけだ。わたしたちが地上の生物として生きているのは、「地球」、「生態系」、「分水界」、「場所」といった名でも表される、自然の限界の中で生きる定めにあるからだ。だが人間であるわたしたちはこの必然的な配置に、近所づき合い、神の恵みへの責務《スチュワードシップ》、倹約、節制、寛大、配慮、親切、誠実、愛から導かれる自制をもって、対応してもよいのである。[11]

文化的条件に基礎を置く教育は、農業や工芸、礼拝、伝承、回想、伝統などの慣習を通じて自然から手がかりをつかみ自然を味方にした取り組みをする。新しい科学をまねて、自然に対する優位やその降伏を求めたりはしない。そうなると、教育の根本的な責任は文化の伝達となり、拒否や優越ではなくなる。文化とその伝達へのしかるべき敬意があれば、意図的で攻撃的な自然の経済的利用やグノーシス主義的な文化の軽視を防ぐ努力がなされる。またそれと同時に、一カ所に落ち着くことのない、一種の没場所的な根なし草哲学にも警告が送られることになる。このような哲学を推奨しているのは「批判的思考」の教育である。また現代のグローバル経済システムは場所にとらわれずに移動する人材を求めており、大学教職員は、この条件を満たしてはじめて得られる成功を成功の定義とするよう学生に勧めている。こういったことも、暗に根なし草の哲学を賞賛しているのである。

最後になるが、教養教育を、限界を設けながら世界と特定の地域と人々に配慮する訓練であると適切に理解すると、それは単なる「先人」や自然からの解放ではなく、やむをえずわたしたちに課せられる制限について学ぶ教育となる。そうした制限がなければ、誘惑に乗せられて生きる個人はプロメテウスのようにふるまい、世代はその世代だけの繁栄を追求し、人類は自然の限界や拘束からみずからを解放するために誤った努力をすることになる［ギリシャ神話のプロメテウスには、天界から火を盗んで人間に与えた、自然の征服者としての側面がある］。とくにわたしたちは現在のために現在だけを生きて、経済的にも環境的にも、分相応な生き方をすることへの「先人」のこだわりから離れて生きるとどうなるかを、知りすぎるほど知っている。このような時代だから、現代の極端な現在主義を乗り越えることに価値はあるのだろう。求めるべきなのはむしろ教養教育の理念の再活性化である。この理念で自由は、自然と文化によって適正に設けられる限界や制約を甘受する状態と理解される。古典古代と宗教の伝統が同様に教えているように、自由は制約からの解放ではなく、人間の欲望を抑制しそれにより真実に近い自由の形——欲望への隷属からの自由と世界の資源の枯渇の回避——を実現する人間の能力なのである。ひと言でいうと、必要なのはリベラリズムから教養教育を救うことなのだ。

第6章　新たな貴族制

現在アンチカルチャー戦争に参戦している左派・右派はいずれも、個人の自立を強化しベーコン的な自然征服プロジェクトを拡大することによって、リベラリズムによる国家主義、地域的背景からの市場の分離、さらには国教廃止にいたるプロジェクトを推進し実現している。そんな中、学生はすべてにおいてこの「解放」システムの部品となるべく方向づけられている。昨今は「実用的」な技能を身につけることだけを目的に、大学に入学する学生が増えている。「実用的」というのは経済的・技術的な現場で直接役立つ技能を意味するが、この言葉には、伴侶として、親、隣人、市民、人間としてどう生きるか、といった、もっと広い意味で理解する方法があることにはまったく気づかれていない。

エリート学生が根無し草になる放浪者の生活に備えられるように、世界じゅうからエリート学生を選抜する二段階のシステムが出現している。選抜された学生は、ウェンデル・ベリーが「上昇志向」と呼ぶ教科のみを専攻することになる。一流大学は、教育の露天採掘にも等しいことを行なっている。あらゆる村、町、都市で経済的に価値がありそうな原材料を識別し、そうした貴重な産物をはぎ取って、遠く離れた場所で加工し、他の場所での経済的生産性に貢献する商品に仕立てあげているのである。原材料を供給した場所は、採掘した石炭を輸出し尽くしてさびれた炭鉱の町のようになっている。このような学生は「アイデンティティ」政策と「多様性」を信奉して、自分の経済的利益を高め、一生涯約束されることになる「可能性」に磨きをかけ、どこにも根を張ることのない永続的な没場所性を促進させる。そうして確保されたアイデンティティと多様性は世界じゅうで均質であり、世界で通用する代替え可能なエリートになるための前提条件にもなる。世界的エリートにとって、文化が存在せず没場所的な世界で暮らせる仲間を見分けるのはたやすい。彼らの世界にはなんといっても、現実の隣人や共同体が共有する運命に関知しないという、グローバル化されたリベラリズムの規範が色濃く表れているからだ。おかげでこうしたことから誘発された無責任のグローバル化が経済的相互関係に反映されて、二〇〇八年の経済危機が引き起こされた。ただしこうした状況も、「社会正義」を求める声が上がるようになって緩和されているが、その実行は概して、非人格化された国家によって行なわれている。リベラリズムが推進する強力な手段とは、それ自体が善であるという浸透した確信を不滅なものに昇格させる一方で、ナルシシズムのグローバル化を暗黙のうちに促進することなのである。

村や町、都市に残っている人々は、総じて厳しい経済環境を強いられている。彼らは停滞したサービス産業で低賃金で働く運命にあり、一流大学の卒業生のために確保されている、超一流レベルの分析的で知的な仕事からは除外されている。そうして貧困地帯に根を下ろしているのでなければ、エリートが集中する地域の周辺部でなんとか食いつないでいる。だが住んだはいいものの、不動産価格の急騰にくわえて、都市部では標準以下の住宅の過密化、郊外では職場や娯楽施設への長距離移動で苦しむことになる。一般的にそうした人々は、増えつづける途方もない額の借金を負っている。主に大学費用と住宅のローンによるものだが、広範な経済に消費者として積極的に参加するようにたえず求められていることが、おそらくそれ以外の過剰債務の累積につながっているのだろう。そうした場所で育った子供が、とくに一流大学を経由して経済的なはしごを這い上がる可能性はつねにあるが、現在かなり固定化された階級間の区分が崩れる兆しはない。

ただし、上昇も下降もありえて、競争が世界規模になっているという事実から、あらゆる階級のあいだに共通の不安が広がっている。社会的地位はおおまかにいって、役職、収入、居住地の地理的位置の相関関係であるので、つねに相対的で不安定である。リベラリズムの推進で、生まれや人種、性別、地域といった偶然的要素から個人がこれまで以上に自由になる保障はされているが、今日の学生はほぼ例外なく経済的なゼロ・サム・ゲームにとらわれている。出世第一主義やよい履歴書作りばかりに熱心になることへの非難もあるが、どちらも現代の教育が悪いせいでそうなったのではない。学生が物心ついた頃から吸収してきた、深い教訓が影響しているのだ。つまり現代社会が経済的な勝者と敗者をつくり出しており、学歴が最終的地位を決めるほぼ唯一の要素であるという教訓である。今時の学生は、古代人なら「奴隷教育」と呼んだであろうものに取りつかれており、たいてい教養教育を避ける。ほとんどが親や社会のせいで履修を思いとどまっているのだ。リベラリズムはかつて自由人にふさわしいと思われていた教育に、消滅の呪文をかけている。

とくに一流大学で学ばれる重要な教訓がある。それは、非エリート階級の者と競って確実に有利になるためには、協調性が必要だということだ。ただしそうした協力的な関係でさえも、競争的なシステム次第でどうなるかわからないということは認識されている。友情だけでなく恋愛関係でさえも、国際同盟のように自分の得になるものとして理解される。チャールズ・マレーが著書『階級「断絶」社会アメリカ』(橘明美訳、草思社、二〇一三年)の中で述べているように、結婚生活の安定はさまざまな人生の成功の指標にプラスに働きやすいが、生涯にわたって安定した結婚生活を築く可能性がもっとも高いのは、エリート層に属する人々である。[1] その一方で下の階層に属する者は、家庭や社会で悲劇的な挫折を経験して、自分も子供も上の地位に昇ることは不可能も同然になる。エリートは思慮深く、自分たちが人より成功しているのは家庭の基盤のおかげだ、などとは口にしない。安定した結婚生活はいまや、上位階層にとっては競争上の優位性のようなものになっている。この優位性をさらに増幅させているのが、家族の形成は個人の選択の問題であり、自立の妨げにもなっているという主張である。ホッブズの自然状態のイメージに沿って形成されているとはいえ、強者によって選択された家族は、今や弱者の優位に立つための手段にくわえられている。

リベラリズムの道具と化した教育システムも、やはり、強者が弱者に君臨する新しい貴族制を生みだしている。リベラリズムの最終章は深層化が一般化した社会だ。リベラリストは、教育機関に代表される多様な方法でその保全に手を貸していながら、このような状態を嘆かわしいとしている。つまりリベラリズムの成功が、その失敗の条件を整えつつあるのである。強者が弱者を見下す貴族支配を崩壊させたと主張していたはずなのに、結局はそれ以上に強力で永続的でさえある新たな貴族階級を出現させている。そしてこの貴族階級が、リベラリズムの不公平な構造を維持するために日夜戦っているのである。

新しい貴族制のルーツとしての古典的リベラリズム

リベラリズムは旧来の貴族階級と敵対し、その代わりになるものとして正当化され大衆の支持を得ていた。また世襲の特権を攻撃し、定められていた経済的役割を覆し、固定化された社会的地位を廃止し、その代わりとなる選択や才能、機会、勤勉性にもとづく解放性を支持した。皮肉なことに新たに作られた貴族階級は、世襲の特権と、定められた経済的役割、固定化された社会的地位を享受している。リベラリズムの設計者は古い貴族階級を廃止する野心を率直に表明していながら、新たな貴族階級を作る抱負を隠そうとしなかった。古い貴族階級に対してだれもがいだいていた嫌悪のために多くの者が目がくらみ、リベラリズムの野望を黙認した。新しい貴族階級にくわわりそうだと予感する者は、手を叩いて喜びもした。アメリカの哲学者ジョン・ロールズは「原初状態」を「無知のヴェール」に覆われた、自分にも他人にも偏見をもたない状態と説明した。リベラリズムが立脚したのは、原初状態の先に勝者と敗者が確実に生まれることを約束する、その変形バージョンである。ロールズが仮定したような、他人の平等を侵さない経済的・社会的な平等を認めて促進したのではなかった。その代わりそのシナリオは、まさしく勝者になることを期待するリベラル志向の人々によって信奉された。要は故郷から離れて根無し草になり、物質主義を追求して危険を冒し、社会変革を頓挫させて不平等に傾いた者が、みずからの成功の達成を確実にしたのである。彼らはこのシステムの敗者になりそうな者に対して、貴族制秩序の不公平を強く訴えることまでした。

ジョン・ロックは、リベラリズムの礎となった『統治二論』の中で、自分が提案する新しい政治経済システムは、従来とは異なる支配階級を出現させるだろうと明言している。なかでも重要な「所有権について」の章で、彼は世界には「勤勉で理性的」な人間と「喧嘩好きで争いを好む」人間がいるとしている（加藤訳）。ロックは言う。有史以前の世界ではどちらの種類の人間もある程度存在していたかもしれないが、何よりも私有財産のないことを特徴とする自給自足経済のために、その違いは見分けられなかった。このような世界では、各々がただ日々を送るのに足る食物と必要なものを採集しているので、才能や能力、可能性の違いはまったく表れない。ロックはアメリカの先住民をそのような「有史以前」の例としてあげている。この自給自足社会では「勤勉で理性的」な人間も「喧嘩好きで争いを好む」人間も目立たない。また、ビル・ゲイツやスティーヴ・ジョブズになるかもしれない人間も、その日の食料を得るために狩りや釣りをしているので、潜在能力を開花させることはない。

だが世界がまだ本当に二種類の人間に分かれていないとしたら、ロックはその存在について書けなかったであろう。いや、彼が注意を向けているのは、どちらかの種類の人間が目立つどころの世界ではないのだ。むしろ彼が描いているのは、誤った人間、つまり「喧嘩好きで争いを好む」人間が支配する世界である。彼が描く特権的階級の怠惰で大雑把な支配者は、その地位を継承し、競争もなく挑戦を受けることもなく統治しているが、じきに何にもまして喧嘩好きな本性を現すことになる。ロックは、この集団を「勤勉で理性的」なことに生きがいを感じる別の集団と入れ替えてはどうかと提案する。そうした特徴の性格をもつ人々は、喧嘩好きな貴族が富や権力を掌握して完全に独占するので、本領を発揮することができない。

だが貴族制秩序のもとで権力の座にもなく富ももたない庶民が、体制が改まったあと支配的地位につく見込みが依然として低いとしたら、なぜ支配者の交替を支持するのだろうか。ロックは、世襲の地位と富にもとづいて支配する貴族制が、別の貴族制に移行する可能性を基本的に認めていた。ジェファーソンが後に「自然な貴族」と呼ぶことになる新たな地位は、一般人より高い「理性」と「勤勉性」をよりどころにしている。ところが貴族制社会で貴族の地位と身分をもたらしていたのと同じ恣意性が働いて、「理性」と「勤勉性」による経済的分配にも不平等が生じている。支配階級の特徴は変わったが、その経済的分配の恣意性は存続しているのだ。

ここでロックは新世界の例を引き合いに出しながら、「勤勉で理性的」な者によって支配される社会では、生産性と財産価値があがるのですべての者が富を増やすと論じている。

それに私が更につけくわえたいのは、そこにおいて、自分自身の労働によって自ら土地を占有する人間は、人類が共有する貯えを減少させるのではなく、むしろ増加させるということである。なぜならば、囲い込まれて開墾された一エーカーの土地が生産する人間生活の維持のための食料は、同じように肥沃でありながら、共有地として荒れるにまかせられている一エーカーの土地が産出するものの（少なく見積もっても）一〇倍にはなるであろうからである……［したがってアメリカでは］広大で実り多い領地をもつ王が、イングランドの日雇い労働者より貧しいものを食べ、貧弱な家に住み、粗末な服を着ているのである[2]（加藤訳）。

この一節でロックは、新しい経済的、社会的、政治的な仕組みのために格差が世に広がるであろうことを認めているが、「喧嘩好きで争いを好む」人間が支配する格差よりは好ましいのではないかとほのめかしている。なぜならだれもが物質的に上のランクの生活ができるからだ。下位の身分の市民もそれまで以上の富を享受するようになれば、格差にも耐えられる。ただしロックは、新たな体制のもとの不平等は、無限に近い分化を生じる可能性があるとも告げている。自足自給経済で注目すべきなのは、支配者と被支配者のあいだでほぼ完璧な物質的平等があることだ。

貴族制秩序の特徴は、階級と身分の違いによる格差が社会に根を下ろしていることにあるが、こうした違いは相対的に固定的である。それとは対照的に、合衆国建国の父が提案したリベラリズムの秩序は、柔軟で拡張する不平等な状況を前提にしており、その基盤となる経済繁栄が上下の階級差を生じさせる手立てとなる。そして物質的繁栄が拡大しつづけるという、社会のすべての成員への約束が、上位と下位、成功者と無能者、支配者と被支配者とのあいだで広がるギャップへの憤りや侮蔑、恨み、怒りを和らげる手段となっているのである。

これはリベラリズムの仕掛けた、根本にかかわる賭けである。というのも不平等で不当な体制の代わりに導入する別の体制も、不平等を奉ることになるからだ。この不平等は、抑圧や暴力ではなく民衆の完全な黙認をもって成立し、理論上の階級移動の可能性とともに拡大する物質的繁栄の成果を随時分配することを建前とする。

今日の古典的リベラリストは依然としてこの解決方法を、容認できるとするどころか賞賛に値するとして推進している。ロックの時代から数世紀後に、ジョン・F・ケネディがこの賭けを要約するとともに約束した「上げ潮になればすべての船が浮かぶ」という言葉——ロナルド・レーガンが再三引用した——は、どんなに安っぽくて粗雑な造りの船でも、つまり階層の上にいる者はもちろん下にいる者も、潮位が大きく上がれば恩恵を受ける、ということを意味している。この繁栄に欠かせない要素は自然の攻撃的な征服であり、なかでもとくに、利用可能な全資源の集中的採取とともに、その工程と手段を考案することが重要になる。将来の代償や影響がどうであれ、現時点での潮位を高めることになるからである。ロックの理論によると、停滞せず増大しつづける富と繁栄は、社会的結束と連帯感の代わりに機能することが可能である。オーストリアの自由意志論者《リバタリアン》、フリードリヒ・ハイエクが理解するように、「急速な経済の前進」を受け入れる社会は必然的に格差を助長することになる。「そのような急速な進歩はすべてに分け隔てのない状態で進行することはありえず、一部が他の部分よりはるかに先んじるような等差がある形態で生ずるにちがいない」[3]（『自由の条件』［I］、気賀健三・古賀勝次郎訳、春秋社）。ハイエクはロックの論そのままに、急速に発展して深刻な経済格差を生じる社会は、不満を和らげるために加速までする、進歩の勢いに頼らざるをえないことを認めている。「多数の人が個人的な成功を楽しめるのは、全体的にかなり急速に進歩する社会においてのみである。停滞的な社会では、下り坂にある人も上り坂にある人も同じような数になるであろう。大多数の人びとが個人的な生活において前進にくわわるためには、社会は相当の速さで進む必要がある」[4]（気賀・古賀訳）

ハイエクは、リベラルな社会は打破した古い秩序と同等、あるいはそれ以上の格差を生じるだろうが、変化と発展が続くと約束されているために、リベラルなシステムへの万人の支持は揺るがないだろうと見ている。格差がたとえ農民と王の格差をはるかにしのぐ、途方もない規模になる可能性があっても、このような政治経済システムがほぼ全世界的に支持されるであろうことを、彼は確信している。

現在は、成長の約束がはたしていつまでもかなえられるのか、という疑問が高まっている。気候変動が加速し、市場資本主義が社会全体のために繁栄を拡大させる可能性が減少しているという、二世紀にわたる経済成長の代償がますます目につくようになった今、人間は自然によって課せられた限界に直面している。近年になって、カート・ヴォネガット・ジュニアが処女小説『プレイヤー・ピアノ』（浅倉久志訳、早川書房、二〇〇五年）で描いた未来像が、正しかったことが明らかになってきた。いずれは市場資本主義の大原則――いうなれば新たな低賃金市場の開拓や、機械やコンピュータによる労働力の置き換えで賃金を抑えようとする際限のない努力――のために、ほんの数種類の仕事しか残らず、人は退屈や屈辱を覚えながら生きるようになるというのだ。そうした認識から、ロックの基本的な賭けが見直されている。格差がどれほど大きくても、そして成長と階級間の移動の見込みが薄そうでも、体制が物質的な充足を与えていれば社会のほとんどの人々は満足するのだろうか、という疑問が呈されているのだ。つい最近現れた洞察に富むロック派リベラリスト、アメリカの経済学者タイラー・コーエンは、著書『大格差』（池村千秋訳、NTT出版、二〇一四年）の中で、おおまかにロックの基本的議論を繰り返している。リベラリズムと市場資本主義が、古の侯爵や伯爵も赤面するような途方もない規模で恒久的な格差を永らえさせてきたことに言及しながらも、コーエンは、わたしたちはアメリカ史の、他に類のない時期の終わりにさしかかっていると論じる。相対的平等と市民の運命の共有が社会全体で信じられていた時期から、事実上のふたつの国の誕生を目撃する時代に足を踏み入れつつあるというのだ。それでも彼はいみじくも「新しい社会的契約」と題した最終章で、リベラリズムは広い支持を受けつづけるだろうと結論づけている。

私たちの社会は、だれもがまずまずの生活ができることを建前とする社会から、人々が自分の暮らしを守るためにもっと自衛しなくてはならない社会へと移行していく。おそらく、一〇～一五％の人はきわめて豊かになり、快適で刺激的な人生を送る。この人たちは、今日の大富豪並みの生活水準を享受できるだろう。しかも、受けられる医療の水準は今以上に高くなる……このように所得格差を能力差の産物と考えると、能力差が生みだす格差がますます拡大する結果を招く。好ましい資質の持ち主が次々と貧困を脱し、中・上流層に仲間入りすれば、貧困に取り残された人たちのことが忘れられがちになるのだ[5]（池村訳）。

この低賃金の多数派は、テキサスによく似た場所に落ち着くだろう、とコーエンは予測している。安普請の家に若干の雇用創出、行き届かない行政サービス、そんな場所だ。そして政治指導者は、都市全域に安い家賃のバラックを建てて、無料のインターネットを提供することを検討すべきではないかと問いかけている。市民の大半にとって、気の滅入る貧困と心の渇きは生涯生活から追い払えないだろう。インターネットがあれば、そんな現実から離れてバーチャルな世界で気晴らしができる。リベラリズムが打倒したはずの古い貴族制の条件をよみがえらせているのは、社会経済システムである。コーエンはこのディストピアがリベラリズムに終止符を打って、社会経済システムに対して革命を引き起こすとは予言していない。むしろ彼は本書を次のような希望に満ちた言葉で締めくくっている。「安価もしくは無料の娯楽がふんだんに登場し、カール・マルクスが思い描いたユートピアに少し似たような社会がいつか生まれるかもしれない。共産主義ではなく、資本主義がつくり出すユートピアである。それは、暗い時代の先に見える光明といえるだろう」[6]（池村訳）

強者の支配

近代初期のリベラリズムは、自立した個人が生みだす体制を構想したが、その体制がもたらしたのは構想とは根本的に異なる物質的な達成だった。ジェームズ・マディソンが世界初のリベラルな秩序について論じているように、政府の第一の目的は「人間の多様な才能」の保護である。マディソンは『ザ・フェデラリスト』第一〇篇の中で、「財産を獲得する多種多様な才能のどれをも等しく保護する結果、その程度と種類とを異にするさまざまの財産の所有がただちに生ずる」（斎藤・武則訳）と述べている。合衆国の憲法秩序に正式に記されている政府の第一の目的は「多様性」の保護であり、その差異は主に経済的な達成度の違いから顕在化する。ただしそれだけでなく「多様な才能」からはあらゆる違いも生じることになる。リベラルな政治はそうした不平等を守る仕組みとして考えられた。リベラリズムの第二波である革新派は、第一波のリベラリズムによって順調に拡大された格差が広範に定着したために、むしろ個人が真の自我を発現する妨げになっていると論じた。革新派は、リベラリズムの第一派が古い貴族制の政治経済形態に打撃を与えたことは認めたが、その成功そのものが新たな病弊を生じたためにリベラリズムの改革が必要となったと結論づけたのである。近代初期のリベラリズムは経済的自由とそれによる階層化を促進して、経済格差の是正を責務として強調しなかった。そのために今日のリベラリズムはその対極にあるというのが一般的な認識になっている。

しかしそのように経済的平等を容認したからといって、古典的リベラリズムと正反対の結果を実現しようとしたわけではない。むしろその逆で、中央集積強化を目的に、古典的リベラリズムがすでに手をつけていた社会形態と文化的伝統の弱体化を進めようとしたのである。古典的リベラリズムのもとでは、個人におよぼす政府の権限に歯止めをかけることがこの目標を達成する一番の方法だった。革新的リベラリズムにとっては、ますます繁栄する社会の成果を平等に分配するために国に権限を与えながら、教会や家族といった領域にくわえて人間の性的指向にまで積極介入する、というのがその理想的な達成方法となる。

それでも、革新的リベラリズムも古典的リベラリズムの先人と同じく、大衆に協力を求めていた。ただし、その時点の不当なシステムを正す手段——この場合は市場資本主義を推し進めて経済格差を生じさせること——を重視したせいで、大衆は苦しむことになるのだが。しかも、経済的正義に訴えた市場の操作——もちろん実現しなかった——は、結局格差の是正を名目にせずに、圧倒的多数の人々の繁栄を支えていた、社会組織と文化的慣習を瓦解させることによって進められた。型にはまらず文化規範の制約の外で生きる、少数者の自由を守るためである。革新派は、とりわけ共有される文化規範や制度、団体など、人々の運命をがんじがらめにする厄介な人間関係から個人を解放してその機会を均等にする、というリベラリズムのより重大な責務に駆り立てられて、経済格差の是正に（実際には実現したためしがない）取り組もうとする。目指すのは何よりもエリートの解放である。エリートが成功を収めるためには、国家と個人のあいだにある制度や規範、そして濃厚な人間関係のある共同体を解体する必要がある。だがこの破壊が成り立つためには、こうした共同体で定着している生活の形が犠牲になる。皮肉の最たるものは、アメリカの現代政治は古典的リベラリストと革新的リベラリストの衝突という様相を呈していながら、経済の解放も個人の解放も着実に進んでいるという現実である。なぜなら革新的リベラリズムが本気で古典的リベラリズムの敵にまわったことはないからだ。真の敵は息を吹き返したバーキアニズム［エドマンド・バークにちなむ。長年の慣行を重視する主義］のような、人間味あふれる生活様式なのである。

一九世紀の革新的リベラリズムの設計者は、古典的リベラリズムの中心的な野心を存続させた。それはつまり、個人を理不尽で選択していない人間関係から解放して、この世界をとくに表出的（自己実現的）個人主義に向いた者が成功するように再構築する、という責務である。リベラリストの中でもジョン・ステュアート・ミルほど率直に、完全に独立した人間による新たな支配階級を作るために、この解放は必要不可欠だと公言した者はいない。ミルは、こうした人物を不幸な偶然や環境から抜けださせるために、その利益になるように社会全体を改造すべきだと力説する。早い話が、そのために抑圧的な社会規範の中でもとくに、態度や行動を決定づける宗教的制約と社会規範に対抗して、その独特な個性を守る、ということである。別の言い方をすればミルは、このような規範がなくても自己の選択に従って生きようとする者が、できるかぎり自由に生きられるように「慣習」を打破しなければならない、と論じているのである。

アメリカの政治アナリスト、ユヴァル・レヴィンはエドマンド・バークと政治思想家のトマス・ペインとのあいだで、合衆国建国後の未来像をめぐる「大論争」があったと論じている。だが現代の「文化戦争」に大きく関わっているのは、それとは違って、むしろ直観的なバーク学派と歯に衣着せぬミル学派の見解の相違である。このことに驚く人もいるだろう。というのもミルは、ともすれば保守主義でも、とくにリバタリアニズムの味方であるように思われているからだ。だがミルは保守主義ではない。むしろ、とりわけ一八五九年の古典的著書『自由論』（山岡洋一訳、光文社、二〇〇六年）の中で進めた議論をとおして、近代リベラリズムの産婆役を務めたのである。ミルを崇拝するリバタリアンの多くは、その「危害原理」が、主に個人の自由を制限する政府の支配を指していると思いこみがちだが、ミルが危惧していたのはもっぱら世論が形成しうる抑制だった。この本の冒頭でミルは当時のイギリスについて次のように言及している。「ヨーロッパのほとんどの国と比較して、世論の束縛はおそらく強いだろうが、法の束縛は緩くなっている。議会や政府が個人の行動に直接に干渉することに対しては、国民の警戒心がかなり強い」[7]国民主権時代の夜明けに筆を執ったミルは、国民から統治を任せられた政府が、世論を直接反映して威圧的な権力をもつ日が来るのを見通していた。ただしその時点では「多数派はまだ、政府の権力とは自分たちの権力であり、政府の意見とは自分たちの意見だと感じるまでにはなっていない」（引用部分は山岡訳）。ミルの懸念は、強制的な法ではなく、抑圧的な世論にあったのである。

さまざまな抑圧的な「意見」の形は、主に毎日の道徳――ミルが「慣習」として酷評したもの――の中に表れた。ミルは折に触れて社会には「進歩」と「慣習」のバランスが必要だと論じながらも、本筋では慣習を人間の自由の敵、進歩を近代社会の基本的な目的であると考えていた。慣習に従うというのはそもそも、思慮が足りなく思考が停止しているのである。「人間の能力は知覚、判断力、違いを見分ける感覚、思考力のいずれも、道徳感情すらも、選択を行なうことによって鍛えられる。それが慣習だからという理由で行動する人は、選択を行なわない」[8]（山岡訳）

ミルは、慣習もかつては目的を果たしたことがあったと認めている。「体力や知力が強い人が「社会の原理」をないがしろにしていたような昔の時代には、「各国の皇帝と争っていた教皇がそうしたように、法律と規律によって全人格を支配するべきだと主張され、性格を管理するには生活のすべての面を管理する必要があると主張され」た。[9] ところが慣習の抑制は度を過ぎるようになった。そうなると「人間性を脅かしているのは、個人の衝動と好みの過剰ではなく、不足になった」[10]。ミルが目指したのは、自発的で創造的、予測不能で因習にとらわれず、しばしば攻撃的な形をとる個性の解放だったのである。最高の教育を受けて、創造性や冒険心、そして影響力までも最高レベルの非凡な個人が、慣習の支配から解き放たれれば社会に変革をもたらすかもしれない。ミルは認めている。「天才」は「たしかにごく少数だ」。だがそのような人々は「だれよりも個性的」で、「社会は……少数の型を用意しているが、だれよりも個性的な天才がこれに自分を当てはめようとすると、有害な圧迫を受けることになる」ので「自由な環境」を必要とする[11]（引用部分は山岡訳）。この少数だが、きわめて重要とミルが見る人々のために社会を改造しなくてはならない。慣習にもとづく社会は個性を抑制しており、その足かせからの解放を切望していたのは、「凡人」ではなく、社会を支配する慣習から逃げだすことで目標を達成する人々だった。ミルは「行動の実験」を基盤の中心とする社会を求めている。それが「より個性的な」天才のための試験管となるのである。

今日わたしたちは、ミルの提案した世界に住んでいる。いついかなる場所でも、わたしたちは生活の実験に参加しなければならない。慣習は完敗した。現代において文化として通用しているものの多く――「大衆」という言葉がついてもつかなくても――は、嘲笑的な当てこすりと皮肉で成り立っている。深夜のテレビ番組はこの儀式の特別な聖域だ。ミルの路線に沿って変革された社会では、物事を決めつけたがると思われる人間がとくに、中立主義にかこつけて嘲りの対象になっている。

ミルは、現代のミル学派より、こうした世界が「凡人」を支配する「天才」を必要とするであろうことを理解していた。慣習を拒絶したために、社会のもっとも「進んだ」要素が政治的な代表権を増強する必要が生じるからだ。ミルの考えでは、これは高度な教育を受ければそれだけ多くの票数が与えられるという、不公平な選挙権の配分によって実現することだった。発展途上の社会では、遅れている人々の進歩できる道筋がじゅうぶんつくまでは、そうした人々を完全に奴隷化するのはやむをえない。つまり、何よりもまず強制的に働かせて、礼拝や暇つぶしのような無駄なことよりも、経済的生産性を気にかけるよう仕向けるということだ。

アメリカ人は建国以来ほとんどバークの哲学には関心をもっていなかったが、現実にはバークの信奉者だった。大半が慣習に従って生きていた——よい暮らしにつきものの、根本的な規範にかんする基本的なモラルの前提とともに。権威者を敬わなくてはならない。まずは親を敬うべし。つつましく礼儀正しくふるまうこと。みだらなことや性的興奮をそそることを人前でしてはならない。性行為は絶対に結婚してから。結婚したら離婚は許されない。子供は作るべし——通常は大勢の。分相応の暮らしをすること。神に感謝し崇めるべし。年配者に敬意を払い、先祖に恩義があることを忘れずに感謝すること。

ミルはこうした行為を思慮の浅い慣習として否定した。一方バークは「偏見」の基本形として賞賛した。彼は著書の『フランス革命の省察』（半沢孝麿訳、みすず書房、一九九七年）の中で、次のように書いている。

私は、この啓蒙の時代にあってなおあえて次のように告白する程に途方もない人間です。即ち、我々は一般に無教育な感情の持ち主であって、我々の古い偏見を皆捨て去るどころかそれを大いにいつくしんでいること、……我々は、各人が自分だけで私的に蓄えた理性に頼って生活したり取り引きしたりせざるを得なくなるのを恐れています。というのも、各人のこうした蓄えは僅少であって、どの個人にとっても、諸国民や諸時代の共同の銀行や資本を利用する方がより良いと我々は考えるからです……偏見とは人の美徳をしてその習慣たらしめるもの、脈絡の無い行為の連続には終わらせないものなのです。正しい偏見を通して、彼の服従行為は天性の一部となるのです[12]（半沢訳）。

ミルは、慣習を通じて表される世論の専横を恐れたが、バークは専横的な衝動は「革新好み」な者のほうにはるかに多く認められ、偏見によって抑圧できる可能性があると論じた。怖れるべきは、束縛を受けていない実力者で、慣習に従う市井人ではない。バークは革命と専横的な衝動には密接な関係があると見ていた。この衝動はすぐれた者が人民の権威の正当性を主張できるときにとくに有害になる。「革新好みの精神は、一般的には利己的性格……の結果です……油断しているときの彼らは、社会の中でも貧しい方の部分を最大級に軽蔑的に扱いながら、しかも同時に、彼らを以てあらゆる権力の宿りとなすかの如き口吻りをするのです[13]」（半沢訳）

今日の社会は、少なくとも目に余る（主に身体的）危害をおよぼさなければ、「なんでも許される」というミル的な原則にもとづいて組織されている。ミルが評価したような、強者のために形成された社会である。それとは対照的に、バーク的な社会は一般人のために組織され、多数派は、強者と普通人がともに従うよう期待される社会規範から恩恵を受ける。非公式な規範と慣習により、ほとんどの人間が繁栄する道筋が確保されるので、そうしたものを重点的に強調すれば、大多数の人々が恩恵を受ける社会を形成することができる。もしくはすべての者を慣習の制約から解放することにより、非凡な実力者が恩恵を受けるように形成することも可能だ。わたしたちの社会はかつて、多数の一般人の利益になる基盤のうえに作られていた。だが今日はおおむね少数の強者が得をする仕組みになっている。

リベラリズムが生んだ貴族階級――リベラロクラシー

この文明の変革の結果は、いたるところで目につく。わたしたちの社会では次第に経済的な勝者と敗者の違いが明確になりつつある。勝者は富裕層が居住する都市とその周辺部の地域に集まり、敗者のほとんどはその場にとどまり――比喩的にも実際にも――なす術もなく世界経済に呑みこまれている。世界経済は、高学歴の知的エリートには報酬を出すが、片田舎に取り残された者にはパンくずしか与えない。「成功者の離脱」を非難したアメリカの経済学者ロバート・ライシュと、「エリートの反逆」を糾弾したアメリカの歴史学者クリストファー・ラッシュが、数十年前に気づいていた傾向は、今日家族や近隣、学校を介して制度に組みこまれ、世代間の継承により複製されている。[14] 成功者の子供は支配階級にくわわる準備をしてもらえるが、そうした教育が欠けている者は金銭的にかなり厳しく、子供を上の階級に押し上げるために必要な基本的条件をよく理解していない。

いずれもアメリカの政治学者のチャールズ・マレーとロバート・パットナムは、自己永続的な階級格差がアメリカの現代社会に広がっていることをたくみに立証した。[15] マレーはそのためにふたつの架空の町を登場させている。富裕層が集まるベルモントと貧乏人の町フィッシュタウンである。富裕で力をもつ者は今日、家族に恵まれ結婚生活が安定していて、離婚率も婚外子の誕生率も低めで、麻薬事件など犯罪にかかわる確率が低い。その一方でフィッシュタウンのこうした指標は、すべて社会的無秩序を指向している。マレーは、ベルモントで教え諭されていること——ミル的な「実験主義」と「価値相対主義」［価値は個人の感情、意欲、信念によって変わるという主張］ではなく、徳性のよい点をほめたたえること——を単に実行する必要があると論じている。そうすればフィッシュタウンの住民に成功のために必要なことを教えることができる。パットナムは経済的に取り残されつつある市民への政府の援助を増やすよう主張して、社会の退廃の鎖を断ち切るための計画を数多く提案している。

両者は、事例研究で示されていることを見落としている。この状況はリベラリズムが健全な状態から逸脱したのではなく、実現した結果もたらされているということだ。リベラリズムは当初から新たな貴族階級の出現を約束していた。歴史や伝統、自然、文化からの個人の解放、さらには自由の制限もしくは障害と再定義された、個人を支援する制度の解体・弱体化とともに、頭角を現す者から成る貴族階級である。旧来の制度による支援を奪われた世界でも、優れた素質(自然)

と養育（環境）にくわえて、成功する幸運に恵まれた者は自立を切望する。リベラルな家族が自立した個人の発射台としての役割をするよう再構成されたとしても、社会に広がるネットワークを奪われた状況では、成功する強みをもたない者はリベラルな社会の最下層階級にとどまるしかない。そうした不利な状況をさらに悪化させているのは、「成功者の離脱」、すなわち社会的・経済的なエリートが、それまでいた場所から地理的に撤退して限られた地域に集中していることだ。その際かつて地域の社会福祉事業や市民社会作りに取り組んでいたような者は、その外に吸いだされる。

マレーは、エリートが安定した家庭生活や、社会的地位の維持に役立つ個人的資質の利点を褒めたたえるのをやめさせられるのは、革新派の偏見から生まれる意図的な否定のみだと考える。彼の主張は、異なる原因を見落としている。リベラロクラシー（liberalocracy）、リベラリズムが生んだ貴族階級）は、安定した社会制度の恩恵を受けてその地位を維持していることを知っているのだ。その社会制度は皮肉なことに、ミル的な個人の発射台にもなっている。このような個人が活躍する世界は慣習を剝奪されている。さらには文化規範や責任の習慣化、一般的な徳育について教えていた制度の類いもはぎ取られている。かつてこのような制度は広範囲にわたって解体された。その結果まずはどの社会階層でも家庭が不安定になった。だが家族はリベラルな路線に従って組み立てなおすことができた。すでに社会的支援は失われていたが、金で解決できる支援システムが支えになったのだ。たとえば、子守りや庭師といった新しい形の使用人階級、さらには現代版の家庭教師（大学進学適性試験準備コース）に乳母（日中の保育）などだ。そうなると再建された家族は、リベラロクラシーがみずからを永続させる主要な手段となる。これはちょうどその昔、貴族の家族が富と身分の源だったことによく似ている。貴族の一族の身分は土地と領地に結びついていたが——そのため家系の存続と長子相続権が重視された——、リベラロクラシーの家族が基盤を置いているのは、世代間の緩い絆と、勤め先が変わっても有効な信用証明、代替え可能な形の相続財産、移動の可能性である。その一方でリベラロクラシーは、ロックなら「喧嘩好きで争いを好む」と呼んだであろう人々のあいだで、家族とそれに付随する社会規範が衰退していることについては、慎重に口をつぐんでいる。なぜならリベラリズムの成果である解放された個人のために、恵まれない人々も含めて、あらゆる家族を伝統的に支えていた社会的な形態や制度が解体されており、その代償を、いまや最下層階級に没落した人々が払うはめになっているからである。

古典的リベラリズムと革新的リベラリズムは、互いにいがみ合っていると主張しているとしても、実のところリベラリズムは、ロックの古典的で経済重視のリベラリズムとミルの革新的でライフスタイル重視のリベラリズムの両方の力によって、効率的に発展しているのである。社会規範や文化、個人を支援する制度・団体の社会生態学的な破壊は、市場と国によって進められている。マレーのような古典派の提唱者は、その結果生じる深刻な格差は、モラルを説くことで緩和できると主張する。その一方でパットナムのような革新派は、行政が市民社会になり代われば、リベラロクラシーが形骸化させた家族を再建できると考える。だがどちらの側にも共通しているのは、受け継がれている格差をリベラルな秩序のもたらした重大な結果としてではなく、逸脱とみなしていることである。

リベラロクラシーの自己欺瞞は概して、悪意から生じているのでもごまかしでもない。リベラリズムはおそらく、プラトンが『国家』の中で提案した「気高い嘘」の変形バージョンを実現した最初の政治体制だろう。プラトンは、被支配者に体制の本質について嘘を告げるだけでなく、支配階級もその嘘を信じることがそれ以上に重要だと主張する。たとえばソクラテスが提案する「理想的な体制」は「気高い嘘」である。その体制下で暮らす者は、同じ家族の一員としての基本的平等を信じるとともに、人間の資質にもとづく不平等も真実だと思っている。プラトンは「理想の体制」を哲学的実践として提案したが、リベラリズムは「気高い嘘」の応用形を取り入れて、同様の構造の秩序を打ち立てようとした。この秩序の中で人々は、格差の妥当性を信じるように仕向けられるが、その大前提にあるのは基本的平等の神話である。日雇い労働者が、リベラルな秩序が世に浸透すれば暮らし向きがよくなり、運も右肩上がりになると信じこまされるだけではない。それ以上に重要なこととして、リベラロクラッツ（リベラリズムが生んだ貴族層）も、自分らは新しい貴族階級ではなく貴族制秩序とは対極にいるという、自己欺瞞を心の奥底に植えつけられるのだ。その主な手段となってきたのは、見せかけの社会正義と恵まれない人々への懸念である。こうしたことは多くの場合、まさしくエリートへの昇格の重い責任を担う教育機関で、幼い頃からリベラロクラッツのあいだで熱心に推進されている。そうした同じ人物がたまたま『国家』の「気高い嘘」に議論が流れると、そのごまかしに嫌悪感を表すことも珍しくない。自分はずっと洞窟にいるのに、人工照明のごまかしで壁が見えなくなっていることに、まったく気づいていないのだ。

第7章　市民性《シティズンシップ》の没落

「リベラルデモクラシー」という言葉は、今日西洋の大部分において、統治機構で唯一正当と認められる体制を説明する際にひろく用いられている。「リベラリズム」の形容詞形が「デモクラシー」と同時に存在するこの形は、明らかに歴史的に古いほうの、国民主権の統治体制に敬意を表している。だが、このよく使われる言葉が成し遂げていることは、額面通りの意味とは大きく異なる。形容詞が「デモクラシー」を修正するだけでなく、古くからの体制を事実上正反対のものに再定義しようとしているのだ。いうなれば、国民は統治しない代わりに、自由な個人（*res idiotica*）として、物質的に恵まれ軍事的に有利である暮らしに満足するという体制である。「デモクラシー」という言葉は同時に、大衆が認める正当性をリベラリズム体制に与えている。ただし大衆が同意したとされているものは、市民性《シティズンシップ》より強固な形で代役を務めている。市民性の没落を生じさせているのは、公的な物事よりはプライベートを、公共心よりは私利私欲を、公益よりは個人の意見の集積を始終強調するリベラリズムなのだ。

今のこの時代、民主主義は腐敗して堕落した行政の形ではないかという古代の疑念は忘れられかけている。あるいはそうした疑念をぶつける者は、時代錯誤、権威主義、薄情者とみなされ忘れられかけている。リベラリズムの巧みさは、同意にもとづく正当性を主張していることと、定期的な選挙を制度化して運営していることにある。その一方でこのことは同時に、民主的なエネルギーを浪費させ、大衆のつながりを失わせてバラバラにし、選ばれたエリートに確実に行政を担わせる構造を作りあげてもいる。だがもしリベラリズムがそれ以外のことを達成しないとしたら、その正当性の光沢はたちまち色あせるだろう。主権は国民にあるという民主主義の大義と、国民が政治を掌握できない現状のギャップの広がりに、国民がいら立つことになるからだ。

むしろリベラリズムの妙技は、市民に「民主主義」とは、個人が自力で身を立て自分で物事を成し遂げる——表出的個人主義の——理想と同じだと、ひそやかにではあるが粘り強く教えこみ方向づけたことにあった。そうして民主政治の光沢を帯びれば、遠く離れて強権をふるう政府の姿は覆い隠され、政府の正当性はさらに踏みこんで、表出的個人主義の機会と経験の拡大に求められるようになる。リベラルデモクラシーが、権利や権力、富の拡大という形で「自由の王国」を拡張するかぎり、現実に国民の積極的で民主的な自己統治がないのは、容認できるだけでなく望ましい結果なのである。したがってリベラリズムは、体制が自制をともなう自己統治の修養を求める、という民主主義のごく一般的な挑戦を放棄している。その代わり選択したのは、物質的豊かさと束縛のない個人のアイデンティティの拡大を無限にもたらす政府を、恩恵は与えるとしても、切り離された存在とみなすことなのである。

反民主主義的なリベラリズム

リベラリズムの擁護者は、民主主義のもたらす危険性の中でも、抑制されていない多数派が少数派の自由の脅威になることをとくによく指摘する。アメリカを拠点とするファリード・ザカリアのような著名な政治評論家は、「非リベラルデモクラシー」の台頭は政局の安定や権利、リベラルな政治経済にとって大きな脅威であると述べている。[1] ヨーロッパ全土を揺るがした、EU（欧州連合）の基本的条件——とくに事実上の国境の解消——への反発に代表される、国粋主義的ポピュリズム運動の出現、またはイギリスのEU離脱を問う国民投票の結果、あるいはアメリカ大統領選挙でのドナルド・J・トランプの勝利を受けて、政治理論家でウォール・ストリート・ジャーナル紙のコラムニストであるウィリアム・ガルストンは、「リベラルデモクラシーの差し迫った脅威は専制政治ではなく、非リベラルデモクラシーだ」という警告でコラムを埋めた。[2] プラトンとアリストテレスは民主主義を脅威的で腐敗した体制であると考えていたが、評論の第一人者の目からすると、それは今も変わりないようだ。古代の哲学者はたいてい民主主義を「堕落」または「腐敗」した体制に分類したが、今日の有力な思想家は、リベラリズムなら多数派の力を制限して言論や出版の自由、政府の抑制手段となる憲法の役割を守れると論じて、リベラリズムの制約の中に押しこめてやっと、民主主義への観念的な忠誠を保っている。また彼らは一般的に、開放された市場と脱「国境」に好意的な傾向がある。こうした仕組みが国内の消費者を確実に繁栄させるとともに、経済的な流動性と機会のグローバル化の可能性を広げる、というのがその論である。

したがって民主主義が正当化の手段として受け入れられるのは、その実践がリベラリズムの前提の範囲内にあるとき、もしくはおおむねその支えになっているときにかぎられる。近年の西欧とアメリカの有権者の例に見られるように、民主主義の多数派がリベラリズム的な見解を拒絶すると、指導的立場の人間から一斉に民主主義と大衆の愚かさを非難する声があがる。アメリカのエリートは専門家がよいと思う政策を民主主義が損なうこともありえると考えて、民主主義に厳しい制限を設ける可能性を折に触れて検討している。とくに国家の枠を超えてリベラリズムを広げ、それにより経済統合を進めて事実上国境をなくす政策を好む者は、民主主義への抑圧を着々と推進しつつある。そうした権威のひとり、ジョージタウン大学の政治学者ジェーソン・ブレナンは、著書『民主主義に対抗して *Against Democracy*』の中で、有権者はつねに情報不足、もしくは無知でさえあるので、民主的な政府は結果的にこうした有権者の欠点を内包することになる、と論じている。[3] それ以外のアメリカの経済学者のブライアン・カプラン、アメリカの政治学者のジェフリー・フリードマン、アメリカの政治ジャーナリストのデーモン・ルートといった、リバタリアニズムに傾いたリベラリストは、民主主義がリベラリズムの重要な取り組みを脅かすようなら――無学で無知な有権者は非リベラリズム的なので、そうなるのは確実だと主張して――単純に民主主義を放棄する方法を考えたほうがよいと信じている。[4] ブレナンはそれとは違い、「知者の支配」(epistocracy)を求める。つまり現代のリベラルな資本主義国家と社会秩序を、効率的かつ効果的に統治するために必要な、確かで実証済みの知識をもつエリートによる施政である。

このような現代のリベラリストの見解は、そう目新しいものではない。二〇世紀の初頭に理論的指導者が起こした議論を踏襲しているのだ。当時は行政国家の政治手腕への信頼が高まり、選挙民の知的能力は懐疑的に見られていた。一九七三年にはアメリカの歴史学者のエドワード・A・パーセル・ジュニアが、著書『民主主義理論の危機 *The Crisis of Democratic Theory*』の中で、社会学の初期の発見から起こった、民主主義理論の危機の顛末をたくみにまとめあげている。新しい試みとして集められた膨大な量の社会学的データの中には、平均的市民の典型、もしくはそれより優秀とすらみなされる集団、つまり第一次世界大戦中の大人数の兵員を対象に実施した、初の大規模な知能テストの結果があった。それによると、アメリカ人のかなりの割合が一様に低い知能指数を示したのである。同様の証拠が続々と集まると、一九二〇年代、一九三〇年代には名だたる社会学者の多くが、行政の抜本的改革を求めるようになった。[5]

なんといっても、一九三四年当時の米国政治学会理事長のウォルター・J・シェパードからして、アメリカの伝統的な民主主義「信仰」を根本的に考え直すよう提案している。信頼できる証拠から、国民は知識や英知ではなく無知と浅慮に導かれているのがわかったのだ。「物の道理だけでなく、感傷や気まぐれ、感情も世論の大きな部分を占める要素である……われわれはもはや『民衆の声は神の声』とは思えない」[6]シェパードはブレナン、カプラン、フリードマンなどが示したのと同じ理由から、民主主義は擁護できないと結論づけて、同じ政治学を研究する者に、民衆への信頼の不当性に気づいてほしいと訴えた。選挙民を「聖者扱いするのはやめるべきだ……普通選挙権の原則を見直し、代わりに教養などを確かめるテストを実施して、これまでたびたび選挙を支配してきた無知や無学、反社会的要素を排除しなくてはならない」[7]。かつてはみずから「民主主義信仰」を宣言したジョン・デューイでさえも、アメリカのジャーナリスト、ウォルター・リップマンとの長時間におよぶ議論の中で、大衆の知識と能力が、複雑化しつつある時代に市民として求められる水準に達するのは無理そうだと認めたうえで、ウォルト・ホイットマンのような詩人が、複雑な現代社会の市民に必要な、込み入った政治や科学の情報を適切でわかりやすく「プレゼンテーション」する必要があるのではないかと問いかけた。[8]

一般市民の「民主的能力」への懸念から、他の場合なら民主主義の権威を主張する者でさえ、民主主義に対して明確な批判の声をあげるだけでなく、民主的統治に制約を設けようとしている。熱心に民主主義を支持する姿勢を見せる革新的リベラリストは、ひとつの方法として、直接的な民主的統治の形を増やすべく、多くの手段を導入してきた。より直接的な民衆統制に対する信仰は、国民発案、リコール、国民投票のような提案に見られ、一般大衆の分別に対する革新主義時代の信頼を表していた。デューイを中心とする教育の必要性の訴えは、「神の真の王国」がまさに実現しようとしているという主張と抱き合わせられていた。[9]

ところが同時に、同じ革新派の多くが一見矛盾した衝動を示している。さらなる民主化を、といいながら、政策決定への民衆の影響力を弱めようとしているのだ。革新派は行政の専門職化を進める動きを後押ししていた。とくに力を入れた公共サービス改革では、行政機関内で猟官制の実態を調査して政府任用官を減らした（そのため革新派が他の分野でできるかぎり獲得しようとしていた、選挙でのメリットが損なわれた）が、その一方では政府の近代的官僚機構の拡張――政治の専門職化――と行政の「科学」を積極的に促進した。さらには社会（科）学の推進の先頭にも立った。その代表例が政治（科）学である。こうした学問は公共政策を健全で合理的な決定と実施に導くことのできる、理想的できわめて客観性のある方法であり、有権者の一時の気まぐれよりは好ましいとされた。ウッドロー・ウィルソンのようなこの分野の重要人物が、二〇世紀初期に進めようとした、政治の科学的研究が下地になって、社会学の方法論は誕生している。こうした方法論は、価値観にもとづく政策に代わるものとして必要とされた。チャールズ・E・メリアム、ハロルド・D・ラスウェル、ジョージ・E・G・カトリンといった、アメリカ政治学の先駆的な学究の徒も、客観的な公共政策に不可欠であるとして政治の科学的研究を呼びかけた。コロンビア大学の政治学者A・ゴードン・デューイは次のように述べている。「本質的にモラルと無関係な事実関係の調査に道義的な考慮をさしはさむことほど、判断に混乱を生じやすくすることはない[10]」世論は政策作成を担う者に、方向性を与えるものであると理解された。そうなると民主主義のおよぶ範囲は好みの表明にかぎられる。そうした個人の意見をまとめたものを比較研究して専門家に知らせれば、行政のプロは適切な政策を作ることができる。一九二〇年代の社会学の重鎮、エルトン・メイヨーは次のように宣言している。「世界は終わった。われわれは行政のエリートを切実に必要としている[11]」社会学の客観的データで武装して信任された官僚エリートが、非合理的で無知で民主的な大衆から手がかりを得ながら、大衆が客観的にすぐれた公共政策を受け入れるよう、折に触れて導き方向づけることを期待されたのである。

建国時からの制約

市民の無知や無能、無関心、デマ情報について、社会学者は過去も現在も、水の分子構造や物理の法則のように首尾一貫した事実であると考えている。つまり、物事の尺度となりほぼ不変の現実としているのだ。皮肉なことに、人間の行動が自然界の基本的前提――とくに気候変動――をどう変えつつあるかに科学の関心が集まっている時代に、社会学は、政治的「能力」のレベルは既成の事実に表れるということを基本的前提にしている。リベラリズムの目的に深く関与すると、このような社会学者も理解できなくなってしまうのだ。リベラリズム自体がまさしくこのような「市民」を育んでおり、またその主要な目的は、自己の利益と目的への献身を第一とする、リベラルな一般大衆の形成であるという事実に。社会学者が、市民の無知や無関心のひどさから民主主義を放棄すべきと結論を出そうが、「市民教育」にさらに力を入れるべきと結論を出そうが、基本的前提は変わらない。すなわち、現代のリベラリストの大半が気づいていないリベラリズム自体がつくり出したものを、リベラリズムは修正できるということだ。リベラリズムは市民を悲惨な目にあわせるような状況をつくり出しておきながら、その治療にはさらにリベラリズムによる手立てを講じなければならないと主張する。その歴史と目的の無視――リベラリストの「現在主義」――は、この矛盾を見抜かれまいとする、リベラリズムの鉄壁の防御なのである。

市民の教養《リテラシー》、投票、公共心の慢性的な欠落は、リベラリズムが治せるような偶発的な病ではない。むしろリベラリズムの比類なき成功の産物である。リベラリズムの「OS」に組みこまれた目的でもあり、これまで社会学者が見出した市民の一般的な無関心と政治的無知《イリテラシー》の事実は、リベラリズムの秩序が浸透すれば当然ありえることとして予測されているのだ。

革新派と憲法の起草者との見解の相違は数あれど、その根本には両者とも共通のリベラリズムに献身している、という顕著な連続性がある。古典派、革新派ともに、政策を成功させる名目で、選挙の影響を最小限にする行政の制度的特徴を強化しようとしているとしても、選挙民による統治を讃える思想家の影響を強く受けているのは変わりない。実際の話、憲法の起草者が明確に設計した政府の仕組みが、民主的になるはずもなかったことを考えると、アメリカの民衆の「民主的能力」を論じるのは、興味深いがおそらく間違っているのだろう。憲法の作成者と擁護者は、憲法が民主主義をもたらすという考えをきっぱりと否定することによって、この基本法規を支持する議論を展開した。彼らが確立しようとしたのは共和国であって民主主義ではなかったのである。それはジェームズ・マディソンが『ザ・フェデラリスト』第一〇篇に残した、次のような有名な論述を見ても明らかである。「このゆえに、直接民主制はこれまでつねに混乱と激論との光景を繰り広げてきたのであり、個人の安全や財産の権利とは両立しがたいものだとみなされてきたのであり、また一般的にいって、その生命は短く、しかもその死滅に際しては暴力をともなうものとなってきたのである。民主政治形体を支持する理論好きな政治家は、人間をその政治的諸権利において完全に平等なものとすれば、ただちにその財産、思想、感情においても完全に平等なものとなり、かつ相互に同一化されるであろうと考える誤りを犯しているわけである[12]」（斎藤・武則訳）

マディソンはとくに、市民参加の水準が高い小規模な直接民主制を念頭に、民主主義の危険性について論じている（おそらくはアメリカの最小の州に相当する規模を考えたのだろう）。これはふた通りの方法で回避できる。ひとつは、新しい政治学にもとづく「代表制度」である。そしてふたつめは「領域の拡大」、すなわち大規模な政体を作ることである。それにより市民の連合体（党派）ができる可能性が抑えられ、その一方で利害の数は増えるので、市民の手による政治への信頼や政治的活動はくじかれる。究極の主権を国民に預ける選挙との関連性を保ちつつも、マディソンは代表が国民の意志によって過度に導かれてはならないと言明している。それでも代表を設ければ「世論が、選ばれた一団の市民たちの手を経ることによって洗練され、かつその視野が広げられるのである。その一団の市民たちは、**その賢明さゆえに、自国の真の利益を最もよく認識**することになるのである[13]」（斎藤・武則訳）

『ザ・フェデラリスト』第一〇篇でマディソンは、国家の最優先事項は政府の第一の目的を守ること、つまりは「人間の多様な才能」の保護であるとしている。公的領域は、個人の多様性のためにあったのである。一八世紀のマディソンの考えでは、そうして個人が多様であれば、とくに獲得される財産に違いと格差が生じるために、政府は個人の追求とそうした追求の結果を「保護」するために存在していた。政府は、個人の自由の領域を最大限に拡大する可能性を守るためにある。そのための手立てとして、国民と公務員に、自己の利益の追求を奨励するのである。「野望には、野望をもって対抗させなければならない」というのは、権力を分離・分割すれば特定の人物が権力を掌握し中央集権化するのを妨げるだろう、という意味合いの言葉である。だが同時に政府自体もあらたにかなりの権限を与えられなければ、直接個人に働きかけて、特定の地域の制約から解放することはできない。商業の拡大や「有益な技芸と学術」の促進などはなおさら難しくなる。

こうしたリベラリストの政治技術が目的としていたのは、特定の人間や場所に対する偏った忠誠心から個人を解放して、その代わりに何をさしおいても自分の個人的な野心や欲望を達成するために奮闘する人間にすることである。この近代的共和制の新しい技術の中には、マディソンが「軌道の拡大」と呼んだものがある。これは「適材」の政治的指導者を登場させるだけでなく、市民のあいだに無関心と私生活主義を植えつける可能性のある技術である。マディソンは軌道を拡大した結果、市民相互の不信感が高まれば、特定の利益が促進される傾向が強まり、市民同士の結束や意思の疎通が難しくなることも予測していたのだろう。「不正の意識や不正直な目的のあるところでは、一致協同が必要な人びとの数が増すにつれて、相互の意思の疎通が相互の不信によって阻まれてゆくということにも目を向けてよいと思われるのである」（斎藤・武則訳）。その様子が目に浮かぶようだ。互いに向き合っている大勢の市民は、人を容易に信じられなくなっている。そしてその市民に選ばれた代表者階級が、自分たちなりに国家のために最善と考えることにもとづいて、統治を引き受けるのだ。

マディソンは、いったん公共の領域で代表者ほどの力がないことを悟った民衆が、達成可能な個人的な目的や目標に関心を集中させることを望んでいた。政治的領域には野心家と権力志向の者が魅了されるだろう。だが中央政府の拡大する権力は、各個人の私的な野心が達成する可能性を高めることに向けられる。同時に、人間関係の絆やしがらみからの解放も進められて、人間関係が薄っぺらくてはかなく、代替え可能になるように、他人に対する不信感が助長される。現代の共和制が昔の派閥の問題を解決するだろうと期待されたとき、用いられたのは公共心を賞賛する方法ではない。共和国の著しい拡大から芽生えた「動機への疑念」を増幅する、政治力学をひっきりなしに変える、「多元主義」を奨励しデフォルトの選好として多様性を拡大する、そしてそのために市民の関与を弱める、といった方法がとられたのである。古代の徳性の賞賛と公益の実現への切望がなくなり、近代的共和制の基本的な動機、つまり自己利益の追求が入れ替わったのだ。自己の利益を追求すれば、全体的な力も増強することになり、それによって欲望の充足もしやすくなるというわけだ。

そのためリベラルな政体は結果的にリベラルな社会を育てることになる——束縛を受けない個人の野心や利己主義が賞賛され、公益への配慮より個人的な追求が優先され、さらには個人的な自由の本質的な境界となるすべての人間関係の再考など、他の人間との心理的距離を維持する後天的な能力が重視される社会である。マディソンがこのような個人の差異は主として獲得される財産の差に表れると考えていたなら、そうした「外部的」な差異の形態が、やがて「内面化」されて、個人のアイデンティティを形成したことは容易に理解できる。同様にこうした個人のアイデンティティも——あるいはその人物がどんなアイデンティティを装いたいとしても——政府の積極的かつ拡張的な「人間の多様な才能の保護」を必要とする。個人のアイデンティティという形をとる「多様性」への妄信的崇拝は、リベラリズムのプロジェクトの生地の奥の奥まで織りこまれているために、市民の共有部分は縮小されて公益の増進は難しくなった。最後まで残って唯一共通の忠誠心を捧げられた政治プロジェクトは、さらなる個人主義と分裂、「多様な才能」の拡大を助長したのである。

個人的な目的となる公共の世界での偉業

そうなると大衆民主主義はその発生当初から、政治に熱心な民主的な市民の出現を最小限にする努力と密接に関わっているのではないかと思えてくる。建国から革新主義時代、さらには現在にいたるまで、アメリカ政治には一貫して、民主的ガヴァナンスのトーンを一定に抑えると同時に、国民からの過度の影響から政府を防護する構造を考案する風潮があった。たとえば最近では、有識者が諮問を受けて答申する「ブルーリボン委員会」の設置や、連邦準備制度理事会のような、ほぼ直接国民と向き合うことのない準政府機関の影響力の増大などが、国民の声の沈静化とガヴァナンスの抑制の方策となっている。

古典派・革新派のリベラリストはともに、民主的実践と能動的な市民性を抑圧しようとするだけでなく、「よい政策」の構成要素について現実的な考え方をもっていた。建国者にとっても革新派にとってもよい政策は同じである。アメリカ共和国の政治経済力を増大し、それにともない民間や公的な機関にその影響力を拡大する政策である。リベラリズムは権力を手なずけたり統制したりしようとはせず、それに付随して倹約や節制のような公的・個人的な徳性を養おうともしなかった。むしろ追求したのは、国の力やエネルギー、活力の増強という目的に向かって、権力を操る制度的な形態である。プブリウスというのは、『ザ・フェデラリスト』の筆者であるマディソンやアレクサンダー・ハミルトン、ジョン・ジェイが、新聞の掲載記事に使ったペンネームである。そのプブリウスは、憲法が中央政府に柔軟な権限を与えるのは、将来の予測できない状況の中でもとくに外交の領域において、中央政府が不確定、つまり無限の権力をふるう必要性がでてくるかもしれないためだ、と説明している。ハミルトンは『ザ・フェデラリスト』第三四篇でこう述べている。「将来発生するかもしれない不慮の事態に備えられるだけの『能力』があるべきだし、不慮の事態はその性質上、制限することはできないものであるから、それに備えるための能力を制限するようなことはまったく不可能だといってよい……将来生ずるかもしれない緊急事態に備える無制限の権限を、われわれはどの点でとどまることができるだろうか[14]」構想されつつあった体制の本質はそれどころか――具体的には商業的共和国――外国の野心を引きつけるものになるだろう。そのために「無制限の権限」をそなえる必要があるのだ。ハミルトンはさらに述べている。「もしわれわれが通商国民になろうとするのならば、通商を守ることが、いつの日か、われわれの政策の一部とならなければならない[15]」（引用部分は斎藤・武則訳）。これは、国家の防御にあたる君主には無限の権力を与えるべきとする、マキアヴェッリの主張の繰り返しである。束縛されない野心から国家は、富と偉大さを手に入れるだろうが、そうすると他国が横取りしようとして侵攻してくる可能性が高まる。それゆえに、いかにも隙のない三段論法的な理屈によれば、国家を偉大にして富ませようとする野心のために、無限の力を累積することが必要かつ不可避になるのである。

建国者は気づいていたのだ。自分たちが構築するものの構想がすぐれているなら、人々の忠誠心は自然な愛着を覚えている地元や人物から離れて、資本の力と偉大さのもとに集まるだろうということに。それが現実になるためには、自由についての自律の実践という直観的理解を払拭するべく、「多様な才能」を拡大した結果としての自由を人々に経験させるしかない。財産や富を無制限に増やすのでも、哲学者のリチャード・ローティが、リベラルデモクラシーが発展した結果そうなると述べた「より上の存在」（more Being）になるのでもよい。現代型の私的で、物質的で、個人的で、表出的な自由に適合した民衆は、市民としての自由や地域への忠誠心を捨てて、あらゆる関心と注目を表出的自由の源で保証人であるワシントンDCに向けている。そうした様子を見ても、建国者は驚かないだろう。

この目的をさらに進めたのは選挙制度だろう。憲法の起草者は、選挙制度によって国の重要ポストに必ず特定の特徴をもつ人間が選ばれることを期待した。すると案の定、国家の「軌道の拡大」と連邦レベルで偉業を成し遂げる可能性が、まれなる野心をもつ人間を引きつけた。そうした人間の関心がアメリカ国家を偉大にするというプロジェクトの目的と、ぴったり一致したのである。中央政府に州の機能を奪われるのではないかという、反連邦主義への恐れを払拭しようとした議論で、ハミルトンは実のところ新連邦政府の目的はまさしくそれであると肯定している。またそのために、中央政府に引きつけられると考えるタイプの人間の性格を明らかにしてもいる。

私が告白するのは、中央政府の運営をまかされた人びとが、このような権限まで諸邦から剝奪しようという気持ちにさせうる誘惑とは、いったいどのような誘惑なのかを見つけようと努力してみたが、発見できずに当惑しているということである。邦の治安警察を単に統制するだけなら、野心をとらえる誘惑としては薄弱なように私には思える。商業、財政、外交、戦争こそ、権力欲の情熱に支配される人々にとっての魅力ある対象をすべて包括するもののように思えるのであり、これらの目的に必要な全権限こそ、まず第一に中央政府に委託されなければならない……したがって、連邦議会側に、本来邦議会のもつべき権限を奪い取るおそれがある、というようなことは考えられない……こうした権限を有していても、中央政府の威厳とか、重要性とか、優越性に何ら貢献しないからである。[16]（斎藤・武則訳）

ハミルトンの議論は新しい憲法秩序のもとで予想される傾向を暗示している。つまり時間の経過とともに十分ありえるのは、中央政府が、特別な庇護を通じて個人の自由の領域を増大させる役割を果たすようになること、そして民衆はやがて中央政府を自由の擁護者とみなすだけでなく、身近で地域的な自治の形態を、そうした自由の妨げになると見るようになる、ということである。

今日保守派の多くは、地域的な特性への強い帰属意識を守る連邦主義を、憲法は存続させようとしたと主張するが、『ザ・フェデラリスト』の根本的な議論はそれを否定している。ここで説明されているのは、民衆が最終的に地方や州の政府より中央政府への帰属意識を確実に高めるようになる状況である。マディソンもハミルトンも、人間は、どんなに有益な警告を受けたとしても、生来自分に身近なものに愛着をいだきやすいことを承知していた。マディソンは『ザ・フェデラリスト』第四六篇の中で「人民の第一の、そして最も自然的な愛着というものが、彼らの州政府に向けられる」と述べており、第一七篇でハミルトンも、「人間の愛着心というものは、その対象とのへだたりと拡散の程度に応じて、一般的に愛着が弱まっていくことは、人間性についての周知の事実である」と論じている[17]（引用部分は斎藤・武則訳）。両者とも、遠くて親しみのないものより身近で「自分自身」と直接関係あるものを好むのは、人間性の不変的な面であると認めているのだ。

だが両者とも、こうしたストレートな主張に重要な修正をくわえている。ハミルトンは第一七篇で、この身近なものを好むという自然な性向の説明に、重要な例外をつけ加えている。「この同じ原理に立てば、人は、近隣よりも自分の家族に対し、社会一般よりも自分の近隣に対し、いっそうの親しみを感ずるもので、**この原理の力が、連邦政府のとび抜けてすぐれた行政によって破られない限り**、各邦の人民は、連邦政府よりも自分たちの地方政府に対していっそう強い愛着を感じがちなものである[18]」マディソンもこうした付帯条件について第四六篇で述べている。「したがって、他の箇所［第二七篇］で指摘したように、もし、人民が将来州政府よりも連邦政府に好意的になるように変化することがあるとすれば、その変化は、過去における傾向をすっかり克服するだけのいっそうよい行政の明白で確固とした証明からのみ生じうるのである[19]」（引用部分は斎藤・武則訳）。いっそうよい「行政」が行なわれれば、身近で、地元の、親しみのあるものへの自然な忠誠心が「破られ」ることになるのだ。またいっそうよい行政というのは、有能で見識があり、適切な指導者による行政を意味する。そうした指導者が体制の主要な誓約を達成できるのだ。

当然のことながら、ハミルトンは、憲法によって作られる全国的なシステムが整備されれば、もともと身近なものにほど関心を向けやすい人間の傾向に、例外が生じる可能性があることを認めている。州政府の活動をただ「魅力に欠けるもの」としか認めたがらない人間が中央政府に集中する。このこともハミルトンが、時間が経てばとくに邦政府、つまり州政府より、連邦政府のほうがすぐれた統治をすると期待できるという結論に達した理由だった。第二七篇で彼は、「これまでの一連の論説で、**全国的政府が、部分的［州］政府よりも行政的にまさっている**可能性を説得するための理由を、いろいろのべてきたが、その理由の主なもの」（斎藤・武則訳）は選挙区の拡大と「選出された有権者の代表」の関心を引く可能性であると述べている。[20]第二七篇の結論のあとに第一七篇、第四六篇で述べられている警告を読むと、プブリウスは連邦レベルでのよりすぐれた統治のために、地方への忠誠心や関わりが放棄されて、中央政府に愛着が向けられるようになることを確信し、またそれを意図していたのがわかる。

国民がどこに関心を向けるかについて、だれが正しかったかは疑いの余地もない。『ザ・フェデラリスト』の執筆者たちは、つまるところ国の力で「才能の多様性」を豊かにして、保持し追求する価値があるのはこの自由の定義のみだ、と断言すれば、地方への執着にうち勝つことができると理解していたのだ。民主的な市民になれば、個人的な野心や経験を拡大する権利が与えられ、ある種の表出的個人主義をつねに推進しつづける政府を支持すれば、市民としての義務は果たされた。そのため「革新派」は、財産と経済力の獲得に傾注される、私的領域の拡大に歯止めをかけようとしても、成果をあげられないでいるのである。「保守派」も同様に、個人の表出主義でも、とくに性革命の進展を阻止しようとして苦戦している。共和党がなぜ小さな政府を実現できず、意味のある形で州に権限を戻せていないのかを知りたいなら（フランクリン・D・ルーズヴェルトの時代からではなく、少なくとも一九六四年にゴールドウォーターが大統領候補になったときから取り組んでいると共和党は主張するが）、このような逆行はリベラリズム体制の論理にも性質にも反していることを認めなくてはならない。この体制は権力が中央に集積するように設計されており、とりわけ逞しい野心の持ち主を中央に引き寄せる仕組みになっている。そしてそうした者が憲法で認められた野心をテコにして、中央に権力を確実に集めつづけるべく努力するのである。商業と戦争は何よりもどこが中心になるのかを規定する行為であり、それゆえにこうした行為がますます国を特徴づけるようになっている。

建国期のリベラリズムの思想家と革新主義時代の指導的思想家の違いは多々あるが、驚くほどよく似ているのは、どちらも「軌道」、つまりアメリカの経済秩序の規模の拡大とともに中央政府の権限のおよぶ範囲を広げようとしたことだ。まだ「よい政策」が存在しない時点で、基本的な前提になりえたのは、背景となるこのような政治の基本的目的についての仮定のみだった。しかもその政策にはいずれにしても、国家の富と権力を増大させる傾向があった。この意味においてーーやはりここでも多くの違いにもかかわらずーー建国者はもちろん、革新派も近代のプロジェクトの視点を受け継いでいるのである。近代のプロジェクトで政治は、自然征服や国力拡大の手段でもあり、能動的で民主的な市民性にともなう責務といった、人間関係のしがらみや義務から個人を解放する手段でもあると捉えられていた。

建国者と革新派は同様に、交通通信などのインフラストラクチャーへの投資によって経済の効率化と活性化を図る一方で、この国の本質的に異なる部分への中央政府の影響力を強化しようとした。建国者は憲法に課せられた使命として「有益な技芸と学術」を推進できた。それとまったく同じように、革新派のジョン・デューイは、「近代思想の真の創始者」としてのフランシス・ベーコンへの賞賛を、民主主義自体がもたらした進歩といってもよい、技術の進歩への賞賛の中にたびたび折りこんだ。[21] デューイは「民主主義」に価値付与をしている。だが、その民主主義の定義が、いずれにせよ最終的に「成長」を促す結果と密接に結びついていることを見逃してはならない。建国者にとっても革新派にとっても同様に、もっとも優先されるべきなのは、マディソンが「理性の帝国」と表現したものの拡大となる。それを踏まえると、民衆の統治に対して表明された信頼は、何よりも個人（*res idiotica*）の育成によって弱まるはずだった。またそうした民衆の共和国に対する献身は、個人的な目的と表出的個人主義の拡大を前提にしていたのである。

非リベラルデモクラシーの正しい理解

一八三〇年代初期に訪米したアレクシス・ド・トクヴィルは、タウンシップ民主主義についての文章の中で、アメリカ人が地域の市民生活に熱心に関与していることに驚きを表明している［タウンシップはトクヴィルの考えるアメリカの基層的な自治単位］。「合衆国の市民の生活の中で政治への関わりがどれほど大きな場所を占めているか、言うのは難しい。社会の統治に関与し、それについて論ずることは、アメリカ人の最大の仕事であり、いわば彼の知る唯一の楽しみである」[22]トクヴィルはアメリカの民主主義が進めば「個人主義」や孤立、市民の消極性につながると予言することになるのだが、実際に目の当たりにしたのはそれとほぼ正反対の現象だった。「アメリカ人が万一、自分自身の仕事以外に没頭するものがないという事態におかれたならば、その瞬間から彼の生命の半ばは奪われたも同然であろう。彼は毎日限りない空白を感じ、信じられぬほどの不幸を味わうであろう」[23]（引用部分は『アメリカのデモクラシー』、松本訳）

トクヴィルは、民主的市民性《シティズンシップ》は、アメリカのリベラリズムが確立する前から発揮されていたと見ていた。また、その根源と原点は、かつてアメリカに入植した清教徒がよりどころとしたもので、とくに自由にかんしてはキリスト教徒がひろく共有していた理解に由来するとしている。彼はそうしたアメリカ人の自由への理解から発想を得て民主主義が実践されたのではないかと考えた。トクヴィルは『アメリカのデモクラシー』のはじめの部分で、アメリカの清教徒神学者コットン・メイザーの著書『アメリカでのキリストの大いなる業 ニューイングランド教会史 *Magnalia Christi Americana: or The Ecclesiastical History of New-England*』からの引用である、「素晴らしき自由の定義」について説明している。

> われわれの独立というとき、それで何を理解すべきか見誤ってはならぬ。実際、ある種の堕落した自由も存在するのであり、それは動物も人間も共通に行使する、何でも好きなことを行な

う自由である。この種の自由はあらゆる**権威**の敵であり、いかなる規則も受けつけない。この自由とともにあるとき、われわれは人間以下の存在と化するであろう。それは真理と平和の敵である。そして神はこれに対して立つべきことを信ぜられた。しかしながら、団結を力とする市民的、道徳的自由もあり、この自由を守ることは権力それ自体の使命なのである。それはすべて正しきこと、よきことを臆することなく行なう自由である。この神聖な自由こそわれわれがいかなる状況におかれても守るべきものであり、必要ならそのために生命も投げ出すべきものに他ならない[24]（松本訳）。

トクヴィルはここで、古典時代にもさかのぼれる自由の区別について肯定的に言及している。つまり勝手気ままさとして理解される自由――「何でも好きなことを行なう」自由――と自己規律でもとくに、善のための自由選択の結果として理解される自由との区別である。称賛しているのは、「正しきこと、よきこと」と調和することを行なう自由という、その時代を反映して言明された古典的・キリスト教的な概念で、人の体を傷つけないかぎり好きなことをしてよいという、リベラリズムの自由の理解ではない。このような形の自由は、メイザーの言葉の引用からもわかるように、権威と密接に結びついている。この権威がいまや社会に命じようとしていたのは、市民が「正しきこと、よきこと」を目指す決断のみをして行動を起こすよう、奨励することである。

リベラリストはこのような権威主義的な社会への命令を自由の正反対――「清教徒的」――で

あるとみなすようになるが、トクヴィルは逆にこのような形の自由を政治に転換すると、当然ある種の民主的な活動をともなうことになる、と考えた。この「素晴らしき自由の定義」から発想を得た民主主義は、自己統治の修養でもとくに、政治的・個人的な自制という、困難な実践を要した。民主主義はとりわけ公益の意識に照らして、個人の欲望と好みを抑えることを必要とした。だがこうした公益が何かは、同じ立場にある市民との交流を通じてのみ識別できるようになる。それどころかトクヴィルは、「個人」としての自己像そのものが、こうした交流を通じて根本的に変わると考えていた。「感情と思想があらたまり、心が広がり、人間精神が発展するのは、すべて人々相互の働きかけによってのみ起こる」[25]（松本訳）

トクヴィルにとって、このような主張は単なる理論にとどまらなかった。北東の州を旅したときに目撃した、ニューイングランドのタウンシップで実践される民主主義は、清教徒の自由の理解から直接的な影響を受けていると思われた。人々が自分に直接掟を課す自己統治を実践するのを見て、トクヴィルはこう結論づけた。「自由な人民の力が住まうのは地域共同体の中なのである。地域自治の制度が自由にとってもつ意味は、学問に対する小学校のそれに当たる。この制度によって自由は人民の手の届くところにおかれる。それによって人民は自由の平穏な行使の味を知り、自由の利用に慣れる」[26]（松本訳）。市民が自分の運命だけでなく仲間の市民にもかかわる運命を気にかけて積極的に関心をもとうとするのは、タウンシップの近さと直接性のためである、と強調しているのだ。トクヴィルはまた、それとは対照的に、州やそれ以上に遠い存在でさえある連邦政府を含めて、政治権力の中枢が遠くなると関心が著しく低下すると指摘している。そうなると統治するのはひと握りの野心家だけになるだろう。だがそれ以外のタウンシップ内で活動する市民にとっては、あずかり知らぬことになるのだ。トクヴィルは、地域の自治を気に留めない市民の存在に気づいていたのだろう。そうした野心家はむしろ、民主主義の積み重ねではなく民主主義への裏切りとして、遠方の国家権力による謀略に関心とエネルギーのすべてを注いだのである。

トクヴィルは、自己統治は訓練と習慣化の賜物であり、このような自己統治がなければ自由は栄えず、遠方の統治に隷属することになると論じている。その考えでは、民主主義は選挙権を行使するしないで定義されるのではない。特定の土地で親しい人々とともに長期にわたり自己統治の議論と論争、実践が行なわれる過程によって定義されるのである。このような統治を、理想郷めいている、完璧すぎるとは思わなかった。「疑いもなく、人民による公共の問題の処理はしばしばきわめて稚拙《ちせつ》である。だが公共の問題に関わることで、人民の思考範囲は間違いなく拡がり、精神は確実に日常の経験の外に出る」（松本訳）。民主主義は単なる自己利益の表明ではなく、狭い利益であったはずのものを、公益に広がる関心事に変換することなのだ。それは統治する側にもされる側にもなる市民が実践しなければ、達成されない。民主主義は「法律によって作られてはいないが、人民が法律を制定することによりその実現の仕方を学ぶのである」[27]

今の時代に民主主義——とくにわたしたちが民主主義と呼んでいる見世物政治の衰弱した姿——を批判するリベラリストは、実際には没落した市民の、変形して短絡的な庶民的行動を責めている。だがそうした市民をつくり出したのはリベラリズム自体なのだ。リベラリストの主導者はこのような没落ぶりをさらに民衆のエネルギーを吸い上げるべき証拠としてあげ、エネルギーを向ける代わりのものとして、個人的領域の充足を提供している。そうした充足は、リベラルな国家の選挙で選ばれた金権政治家と官僚機構の小役人による遠隔操作でさらに保障される。[28]今日のリベラリストの中には、国政に焦点を当てた市民教育をさらに発展させることによって、市民の民主主義への参加を促そうとする者もいる。だがそういった人々は、リベラリズムの治療が、どれほど改善しようとしている病の元凶になっているかについては気に留めない。市民の無関心の改善のためには、地方が実際の自己統治の機会を広げられるように中央政府の権力を大幅に制限する必要があるのだが、そのことはまともに考えられたためしがない。だが市民の無関心や無知を、市民の政治参加の制限もしくは教育の必要性の証拠としてすぐもちだす者は、政治とリベラルな国家の活動の一体化を強化するという、より深い動機からやむをえずそうしているのである。そしてそれにより、市民性はさらに没落させられているのだ。

とくにそうした秩序の成功自体が市民の病弊を生じるにつれて、没落した市民であっても、政府や経済、技術、グローバル化の勢いの前に無力であると感じるようになり、ついにはリベラルな秩序の啓蒙の足かせをかなぐり捨てる日が来たとしても、驚くに値しない。ただし、いったんこのように没落した市民は、トクヴィルの自制にこだわることはなさそうだ。その反応は予想にたがわず、遠くて制御不能な国と市場の力を御する絶対的指導者を不明瞭な声で求めるという形を取るだろう。庶民はリベラリズムの政治的奇想から人々を守ると約束する、非リベラル的な専制君主を求めることになりそうだ。そしてこのことがリベラリズム自体に端を発しているのである。リベラリストがこの不測の事態を恐れるのも無理はない。だが彼らはそれでもリベラルな秩序そのものが、非リベラル的な所産をもたらしていることには、強情にも知らぬそぶりを貫いているのである。

結論　リベラリズム後の自由

リベラリズムは成功したがゆえに失敗した。完成形に近づくのにつれて、特有の症状が生じる範囲と速さは、それを覆い隠すバンドエイドやヴェールを作る能力を上まわってきている。その結果起こっているのが選挙政治や統治、経済における「計画停電」、そして市民相互の正当性の危惧であり、不信感ですらある。そうしたものが、リベラリズムの枠内で解決されるバラバラで無関係の問題としてではなく、互いに深くつながった正当性の危機、もしくはリベラリズムの終焉の前触れとして積み重なっている。

政治的視野が狭まると、わたしたちは現在直面しているものがリベラリズムの手段を用いて解決できる個別の問題ではなく、目に見えないイデオロギーが普及したことから生じた、システム上の課題であるとは考えられなくなる。問題はただひとつの計画やその適用にあるのではなく、オペレーティング・システム自体にある。渦中の人間が、自分は正当性の危機のさなかにあり、システムの根本を成す仮定が崩壊を余儀なくしていると想像するのは、ほとんど不可能なのだ。

リベラリズムの「気高い嘘」は破綻しかけている。メリットを受ける側は信じて擁護しつづけてはいるが、リベラリズムから生じた新しい使用人階級が、次第に嘘と見破りつつあるからだ。その本質について考える最適の立場にあるはずの者にとって、リベラリズムが熱心な信仰の対象であるのは変わりない。ただ、指導的立場にある者からリベラルな政策で得をすると聞いていた者のあいだで不満が高まりつつあるのだ。だが、リベラリズムの弁護者は、不満、政治の機能不全、経済格差、市民間の断絶、ポピュリズムによる拒否行動の蔓延を、システム上の原因から離れた偶発的な問題と見ている。なぜならそうした者の自己欺瞞を生じさせている膨大な量の自己利益は、現行のシステムの維持から得られているからだ。この格差は広がるばかりで、危機はさらに顕著になる。政治の補修テープや経済の塗料スプレーでは、家の屋台骨を支えるのは難しくなるだろう。リベラリズムの最期は目に見えている。

この終局は次のふたつのいずれかの形をとるだろう。ひとつめは、「リベラリズム」と呼ばれる政治システムが存続しつづけるという予想である。リベラリズムは完成形に近づくにつれて、自由、平等、正義、機会について表明された主張と正反対の形で機能するようになる。現代のリベラリズムは、命令によってリベラルな秩序を押しつけるという手段にますます訴えるようになるだろう――とくにごく一部の少数派によって運営される行政国家として。この少数派は次第に民主主義を見下すようになる。民主主義者またはポピュリストの不満の回避策が規範となり、監視や法的規制、警察力、行政統制の広範におよぶ権威とともに、ますます可視化する巨大な「闇の国家」の力がリベラルな秩序の後ろ盾となる。同意と民衆の支持にもとづくというリベラリズムの主張とは裏腹に、こうした手段の配備は続くだろう。このような結論は自己矛盾しており、トクヴィルが『アメリカのデモクラシー』で、民主主義は最終的に新しい形の独裁制になると予見した結論と一致している。

だがそうした結果にまちがいなく付随するであろう不安定性のために、ふたつめの終局の可能性が見えてくる。リベラリズムに終止符が打たれてその代わりに別の体制が出現するのである。このようなシナリオを予測する人の大半が、どのような後継体制が来ようと物騒なものになりそうだと、的確な警告をしている。そうした手近な例には、ワイマール共和国の崩壊とファシズムの台頭、ロシアの短期間のリベラリズムとの蜜月後の共産主義の強制導入などがある。こうした例が残忍な体制であり失敗に終わったことから、ポストリベラリズムの時代であっても、このような可能性がひろく熱狂的に受け入れられるとは考えにくい。だが、リベラリズム瓦解後の市民の怒りや恐怖への答えとしては、ポピュリズム的な国家主義独裁政治か軍事独裁政治のような形も、おおいにありえるのではないかと予想できる。

西洋のリベラルデモクラシーに対する不満の高まりから、どちらの結果も現実的にありえそうではあるが、どちらもそうなってほしいと望まれる形ではないだろう。たしかにリベラリズムの擁護者が、同胞の市民のあいだで不満が募り広がっているのは自分のせいでもあると認めたがらないために、このような悲しむべき結果が起こる可能性はいよいよ高まっている。だとしても、その結果を招いているのはリベラリズム自体の失敗である。今日のリベラリズムの擁護者は不満をいだく同国人を、後ろ向きな不満分子とみなして、その時々の問題によって人種差別、狭量な派閥主義、偏屈など、ひどく悪質な動機と結びつけたがる。リベラリズムがみずからを自己修復が可能で永続する政治機構であるとみなすかぎり、その弁護者は、リベラリズムの失敗のために残酷でよこしまな後継者に権力の座を奪われかねないことを、いつまで経っても理解しようとしない。没落しつつある体制の後衛の守りからは、ポストリベラルの血の通った政権について真剣に考えようとする努力は生まれそうもないのだ。

リベラリズムに続くもの

リベラリズムの後継として可能性があるのは、リベラロクラシー的な独裁制、もしくは厳格で残酷にもなりえる権威主義的な体制である。したがってそれに代わる人情味のある体制を想像するのは、現実的ではないのかもしれない。それでもリベラリズム後に今以上に厳しい生活になるというシナリオを避けられるなら、そして今以上によくなる可能性を秘めたものが生まれるなら、かつて政治哲学で中心的だった活動を行なうこと――プラトンが『国家』の中で始めた、ユートピアと現実主義の折り合いをつけること――は、依然としてその重要性を失っていない。今日、リベラリズムの時代によって完璧に作りあげられた景色の中で、その輪郭がほんのわずかしか見えないなら、試しに一歩踏みだすことが必要になる。どちらに行けばよいのかも、何があるのかもわからない。またこの旅を終えるまで、数世代にわたる時間がかかる可能性もある。

ここでは、そうした最初の三歩を進んで結びとしたいと思う。

・第一に、リベラリズムの功績を認めて、リベラリズム以前の時代への「回帰」願望をもつことは避けるべきである。そうした功績を土台にする一方で、失敗の根源的な原因を捨てなければならない。戻ってはならない。前進あるのみだ。

・第二に、わたしたちはイデオロギーの時代から脱却しなくてはならない。近代の三大イデオロギーのうち、もっとも古く回復力に富むもののみが残っている。ところがリベラリストは、実際には多大な犠牲を払って得た勝利であるのにもかかわらず、競合者が失敗したのは「歴史の終わり」であったからだと誤解した。リベラリズムのそれ自体についての主張と市民が生活する現実とのギャップは、もはや嘘を受け入れられないほど広がっている。代わりになるイデオロギーを考えようとするのではなく(あるいは復活しつつあるマルクス主義のような、別のイデオロギーの更新バージョンに立ち返るのでもなく)、わたしたちは、新しい形の文化や生活経済、ポリス的な生活を育む慣習を進展させることに集中すべきなのだ。

・第三は、このような経験と慣習の大釜から、最終的によりよい政策論と社会が出現するかもしれないということである。その際には、リベラリズムのイデオロギー的な次元を回避すべきだが、リベラリズムの功績にくわえて、その正当な要求の中でも、とくに正義と尊厳への希求を意識する必要がある。そうした理論の輪郭はすでに見えている。指針となるのは、リベラリズム自体がそれ以前の時代から受け継いでいる本質的概念――とくに自由にかんする概念――で、それを補強するのは、人間の生活に欠かせない経験と慣習である。新しい理論への最初の一歩はなかなか踏みだしにくい。だが古代から西洋の伝統の中に存在しつづけて、絶えることなく訴えられている基本的な政治的理想を考えると、自信のもてる方向にその一歩を踏みだすことができるのである。

後戻りはできない

人間の企図するものの例にもれず、リベラリズムは功績をあげていないわけではない。洞窟に住むリベラルな人間は、その成功に自己満足しすぎている。本書が、表面下で犠牲になっているものを見せる必要があるのはそのためである。だがわたしたちがリベラリズムのあとに人を思いやる未来を作りたいと思うなら、リベラリズムの時代はなかったようなふりをし、その基本的な概要をただ放棄してリベラリズム以前の牧歌的な時代を復活させるわけにはいかない。そんな時代はなかった――しかも、新しい可能性に向かって前進する際に、過去から教訓は得られるし、また教訓は汲み取るべきでもあるのだ。ポストリベラル時代への歩みは、必ずリベラリズムの魅力を好意的に認めて、多くは口約束に終わったその素晴らしい理想を実現させようと努力するところから始めるべきである。

リベラリズムはまったく新しい体系であるかのように装って、それ以前の全時代の政治構造を拒絶したが、当然のことながら古代から中世末期までの長い年月をかけて発達してきたものを断ち切ってはいなかった。その魅力のかなりの部分は、完全な目新しさにあったのではなく、深く蓄積された信念と誓約を利用したことにあった。とりわけ古典古代の政治哲学は、専制政治の出現を避けるためにはどうすべきか、政治的自由と自律を達成するためにはどうすべきか、といった問いを中心に据えている。自由、平等、尊厳、正義、立憲主義といった、政治的伝統を特徴づける基本的な用語は古代の系譜にある。キリスト教の出現と、現在はほとんど無視されている中世の政治哲学の発達の中で強調されたのは、個人の尊厳、人格の概念、権利とそれにともなう義務の存在、市民社会と多様な結社の何にも勝る重要性、人間なら当然覚える専制政治への誘惑を未然に防ぐための、最良の手段としての小さな政府の概念である。リベラリズムの魅力の本質は過去の拒絶にあるのではない。西洋の政治的アイデンティティの基盤をなす基本的概念に依拠したことにあるのだ。

リベラリズムの設計者は古典古代やキリスト教の伝統にある言葉や用語を取り入れた。とはいえその意味も使い方も変えてはいるが。とくに否定したのは、人間は基本的に他との関わりをもつ生き物、つまり「社会的、政治的な動物」であるという、古典古代とキリスト教の理解である。そして人間の本性の根本的な再定義を通じて、自由、権利、正義の達成の可能性を高めることを提案した。その結果、西洋知識人の憧れる政治がぐっと庶民の手の届くものになるという進歩をもたらしたが、その代償にそうした理想を踏みにじる政界も確立された。リベラリズムは誤った人類学にもとづいて過去と断絶した。だがそれと同時に、理想を実現できないリベラリズムに不満が高まっているからこそ、こうした理想はますます普遍性を帯び揺るぎないものになりつつあるのだ。

かつて西洋の哲学と実践とのあいだには、大きな断絶が存在した。自由、平等、正義の理想は、社会に広がる奴隷制、農奴制、不平等、女性の貢献の軽視、根拠のないヒエラルキー、法の適用と共存していた。リベラリズムは西洋の根幹をなす哲学が関与した重大な成功の証しであり、日常の行ないを理想に近づけるべきだという、一般的な要求の表れでもあった。

だがこうした理想を推進しながらリベラリズムは結局のところ、人間の本性や政治、経済、教育の概念を歪め、またリベラリズムから生じた技術を適用することによって、理想を裏切ったのである。過去数世紀と変わらず今日も、表明された理想と実践のあいだには巨大な断絶が存在している。ただしこれまでの時代とは異なり、リベラリズムのイデオロギー的な性質から現時点の断絶に気づくのは難しくなっている。なぜならいまやこうした理想を達成できないことが、リベラリズム自体の特徴になっているからである。「自由」という言葉は、現代の根本的な誓約であると捉えられている。だが、人生のかなりの部分で自由は後退しているのではないか。たとえば多くの市民は、政府を実際にはコントロールできないし、政治に自分の声は届かないと感じている。先進民主主義において多くの有権者の投票行動の動機となっているのは、自分らの声が聞かれているという確信ではなく、もはや自己統制の主張を認めないシステムに、反対投票をしたいという思いなのだ。と同時に、消費者の選択といった領域の自由は飛躍的に拡大して、いつまでも充足できない渇望を満たすために、多くの者が身に余る負債をかかえるはめになっている。人は事実上、小さな自治政府をもっている。指導者に対する市民として、あるいは自分の欲望に対する個人としての自治政府である。リベラリズムの支配下の市民は、市民としての潜在能力を保証されているが、政治的弱者の立場に置かれて、果てしない選択行動にくわわっている。それはただ深い意味での隷属状態を表しているのにすぎない。わたしたちには運転する車の種類については無限の選択肢があるが、そうした選択をしながらも人生の大部分を死ぬほど退屈しながら過ごすかどうかについて選択する余地はほとんどない。その間もリベラリズムが、人は自由だといいつづけるので、疑念が広がり不満が高まっているのにもかかわらず、わたしたちはその言葉が実現することを信じている。

リベラリズムの当初の訴えは称賛すべき大志を前提にしていたが、多くの場合その成功は、当初の大志をゆがめた形で得られている、と認めることも、ポストリベラル時代への移行につながる道である。その擁護者はしばしば、女性を不平等な状態から解放したのはリベラリズムの重要な成功例であると指摘して、リベラリズムへの批判は女性をそれ以前の隷属状態に押し戻す提案とみなす。だが、こうした女性解放の現実的な主要な成果は、女性の多くを市場資本主義の労働力に組み入れたことにあったのだ。こうした状況を、アメリカのナンシー・フレイザーのようなマルクス主義の政治学者はもちろん、ウェンデル・ベリーのような伝統主義者も、解放かどうかは非常に疑わしいと考えている。[1] アメリカ建国当初にあった、ほとんど忘れられかけている議論に、自由は王のみならず雇用主の恣意から独立しなければ成立しない、といったものがあった。今日わたしたちは、生物学的限界から解放されつつあることを女性解放のこの上ない証しであると考える。だがそれで自由になった女性は、異なる実態のない組織体――「企業国家」アメリカ――に従属し経済秩序にくわわることによって、実質的に本当の意味での政治的自由を回避している。リベラリズムは女性を家庭から自由にすることが解放であると仮定するが、実際には女も男ももっと包括的なものへの隷属状態に置かれているのである。

リベラリズムは高尚な政治的理想を訴えることによって世に現れたが、それまでにない広範囲におよぶ没落も生じさせた。少し意地の悪い見方をすると、リベラリズムの設計者はひろく受け入れられている政治的理想を意図的に利用して、自由と民主主義、共和主義の新たな定義のおかげで多大な利益を得る可能性がある者に有利になるように、理想を踏みにじったのである。[2] リベラリズムの成功を踏まえるなら、当初の訴えの正当性と失敗の真の理由を認識する必要がある。つまり、市民と個人の自己統治というふたつの形で、本物の人間の自由を提供するのである。システムに由来する無力感と個人の自立の幻想とを組み合わせた、自由の代用バージョンではない。このまがい物の自由は大量消費や性の解放でごまかされている。リベラリズムは、西洋の理想にとって恩恵でも災厄でもあった。ひょっとするとその失敗や偽りの約束、実現しなかった憧れも、よりよい未来にわたしたちを導くために必要なステップだったのかもしれない。

イデオロギーの最期

リベラリズムは「ありのままの人間を受け入れる」という主張とともに世に送りだされた。その土台にあるのは人間の本性にかんする明確な現実主義《リアリズム》にもとづく新しい政治である。ただし「ありのまま」の人間という主張は、「自然状態」の徹底的に自立した人間という理想論を踏まえていた。この人間の本性の歪んだ見方を軸に作られた政治的、社会的、経済的な秩序は、そうしたイメージに沿って人々を改造するのに成功した。ところがこのプロジェクトは案にたがわず、人々を現実生活の人とのつながりから解放する効果ももたらした。リベラリズムは、人間がどう生きる「べき」かという理想像につねに駆り立てられてきたが、中立を装ってこうした規範への関与を隠している。競合したイデオロギーと同じく、理想をかなえるために誕生させたのは、巨大な政治経済機構だった。そしてその過程で人間性を作り替えると同時に傷つけた。人を思いやる政治を実現するなら、イデオロギーをすげ替える誘惑を避けなければならない。政治と人間社会は、下から上へ沸きあがった経験と慣習を抽出するべきなのだ。

リベラリズムの有害な理想論の代表的なものに、同意理論がある。この仮想シナリオでは、自立して合理的で打算的な人間が抽象的な契約を結んで、「権利の保障」だけを目的とする政府を樹立する。こうした同意にかんする考え方のために、あらゆる「選択されていない」形態の社会と人間関係に「恣意的」というレッテルが貼られて、不法とはいわないまでも疑わしいものとされている。今日のリベラリズムは順調に政治的プロジェクトから社会的、そして家族的プロジェクトにいたるまで拡張しており、ほとんどの場面であらゆる社会的絆に対する溶剤として働いている。だが、困難な未開拓地——とくに基本的にリベラルな前提条件を受けつけない宗教組織など——に直面するにつれて、宗教や家族にかんする慣習や信念を操ろうとしており、そうした中で政府が積極的にプロジェクトを進めようとする姿が目につくようになっている。[3]

リベラリズムは基本的に、人間関係もしくは絆にかんする「同意」は人々がどこから見ても完全に自立し主体性をもっているときのみに与えられる、という見解を示している。すると功利主義的な人間関係を形式化した契約は、意識的に決意をもって結ぶ以外になくなる。したがって満足できないとわかれば、このような絆を再構築することも可能になる。そういえばわたしがプリンストン大学で教えていた頃に、アンマン派について書かれた近刊本について話し合っていたときに、ぞっとする発言があった。そのとき議論されていたのは、ラムスプリンガという風習だった。これは「走りまわる」という意味で、一〇代後半の若者が一定の期間共同体から離れて、現代のリベラルな社会が提供するもののお相伴にあずかるというものである。[4]この独り立ちの期間は通常一年程度で、若者は最後にふたつの世界のうちのどちらかを選ばなくてはならない。九〇パーセント近くが戻って洗礼を受け、共同体の規範や制限を受け入れることを選択する。するとリベラルな社会の快楽をそれ以上享受することは禁じられる。わたしの元同僚の中には、それを若者が実際には自由な個人として「選択」していない証拠であると見る者もいた。ひとりがこう発言した。「彼らを解放する手立てを考えなくては」完全に自由な同意が得られるためには、個人が完全に解放されていなければならない。そのためアンマン派の若者が家族や共同体、伝統を魅力的と考えたことが、自由でない状態を示す証しとなったのである。

リベラリズムはこのようなつながりをうさん臭いものにし、そのくせ自分の世界に属する若者に特定の生活様式、信念、世界観を取り入れるよう方向づけてきたやり口を取り繕う。こうしたものは、リベラリズム以外の基準で称賛されることはない。アンマン派の伝統文化は（他の例でもよいが）その文化にとどまるかどうかを若者に選択させている。ところが選択したとみなされるのは、ひとつの選択肢のみなのである。リベラリズムへの妥協は、どんなに考えが足りなくても「黙認」になるが、伝統的共同体にくわわることは「圧迫」もしくは「虚偽意識」になる。

こうしたダブル・スタンダードのもとで、宗教、文化、家族の一員であるのは、たまたまそこに生まれただけということになる。だが先進的な西洋社会にくわえてますます他の世界でも、現代人にとってリベラリズムは一様に故意ではない継承物となっており、代わりに採用されるものは非常に疑わしく、リベラリズムの干渉が必要になるだろうと見られている。リベラリズムはさらに、文化そのものが深い同意の表れであることを見逃している。文化と伝統は、何世代もの人々が未来世代への贈り物として、みずから望んでつけくわえ手渡した慣習と経験が積み重なったものだ。この継承物は表面的ではない自由から生じている。つまり世界とも世代間でも交流する自由である。これは慣習をまとめた結果で、次世代の経験や実践が異なる結果に行き着いたときには変わることもありえる。

現存する文化や宗教の慣習を維持してあらたな共同体を築くためには、現在リベラリズムに対して示している受動的な黙認より、はるかに意志的な姿勢が必要になるだろう。皮肉な（そしておそらくはリベラリズムの時代のメリットでもある）ことに、今日ひそかに民衆の思慮を浅くしているのはリベラリズム自体なのだが、新しい文化を育てるためには意識的な努力や熟慮、思慮深さ、同意を必要とする。リベラリズムが、自主的に課される制限や拘束をますます敵視しつつある時代において、現代の宗教的共同体はとくに、個人的自立と性の自己決定を中心に他のさまざまな領域に対しても、大きな抵抗を感じているというのが実情である。このような姿勢をリベラリズムの成就というより本性の表れと見る者は多い。しかしながらこの軋轢こそが、リベラリズムが世界をどの程度までそのイメージに合わせて改造するつもりなのかを表しており、また臨終間際のリベラリズムが山積させる残骸物から離れて暮らすために、代わりとなる共同体と新しい文化が必要であることを示しているのである。

ポストリベラリズムの慣習の出現と新たな理論の誕生

リベラリズムがもたらす冷淡で官僚的で機械化された世界に代わって、有機的な世界を切望する声はすでに年々高まっている。それがとくに顕著なのは、残存している正統派の宗教的伝統においてで、アンマン派のような自給自足的な共同体だけでなく、カトリック教徒、プロテスタント教徒、ユダヤ教徒などのあいだでは、そうした動きが国際的に広がりつつある。またその一方で、「ベネディクトの選択」〔六世紀のヌルシアの聖ベネディクトの修道院作りにならって、地域の共同体作りを呼びかける運動〕といった提案にも関心が集まっている。この非常に興味をそそる提案をして可能性を探求しているのは、同名の著書を出版している、アメリカの作家で雑誌論説委員のロッド・ドリーハである。[5] 特定の宗教的信仰がない、農場所有者や「過激な家事従事者」（radical homemakers）のあいだでも、気配りや忍耐、謙遜、敬意、尊敬、節度といったものの実践は明らかに確立されている。こうした人々は宗教の取り組みと同様に、家庭や地域の共同体、市場の中に古い慣習を再発見して、新しい慣習を作り、場合によってはリベラリズムが骨抜きにしたがるような新しい文化を育もうとしている。[6]

このような取り組みはともするとカウンターカルチャーと呼ばれるが、対抗しているのは単なる文化ではなくアンチカルチャーであると自己理解するのが適当だろう。今日のアンチカルチャーに囲まれながら文化を築くのは大変な挑戦である。なぜなら、現代のリベラリズムはフラット化した文化の不毛地帯を作っただけでなく、競合者に油断なく敵意を向けてくるからだ。文化は社会の底辺から構築され、有機体と同様に、次世代にそれ自体のＤＮＡを手渡すことによって維持される。自覚をもって新しい文化を作る取り組みは、かつてのより有機的な起源から発展した文化的慣習とは基本的に反するところに存在する。しかしそれでも、リベラリズムの文化の荒廃した風景という特異的な状況には、何かしら新しいものが必要になる。皮肉なことに、いつか非主意主義者の文化的風景となるかもしれないものは、リベラリズムがわたしたちに残した、選択を基盤にするデフォルトの哲学からすると、主意主義者の意図や計画、行動からしか生まれないのである。

このような取り組みで力を注ぐべきなのは、共同体の中で文化を支える慣習の構築、生活経済の普及、そして「ポリスの生活」、つまり市民の共同参加から生じる自律の形である。実践の場となる地域の環境は、リベラリズムの抽象化と非人格化を拒む。また、習慣が記憶され相互義務が生じるのもこうした場所からである。文化が直接的に養われ伝達されるのは家庭だが、文化が発展するのは家庭の集まる共同体の中、あるいは共同体を通じてであり、とくにその中心となるのは誕生や成人、結婚、死にかんする儀式である。地域の環境を考慮する文化は、多くの場合その土地の地形や歴史にかんする事実に支えられて着想を得ている。その記憶は世代間で、物語や歌をとおして語り継がれる。映画や広告として製作される類いではないが、特定の場所の肉声から生まれている。また英語の「カルチャー」という言葉が示すように、文化にはほぼ確実に「カルト」(崇拝)との関連がある。これはつまり、その土地が宇宙と永遠、神と崇高なものとつながっており、つまるところはその表れである、という理解である。このような慣習こそが、本物の多様性の形であるさまざまな文化を生じさせる。またそうした文化は多面的である一方で、各文化に共通であるがために、多くの民族に祝福されうる人間の真実に根を下ろしている。

アンチカルチャーもやはり経済状況を発達させる必要があるが、その中心は「生活経済」となる。

生活経済とは、いわば家庭の繁栄を支えるために形成される経済的な習慣だが、結果として家庭を節約の場に変えようとする。その実践においては、土地の知識と職人技の活用を優先させて、有用性と手軽さを敬遠する。自分で行ない、作る能力――自分と子供の手作業で、家庭をまかなうこと――が、消費と浪費より高く評価されるのだ。大工仕事や修理、料理、栽培、保存、堆肥作りの技能は家庭の一体感と独立を強化するだけでなく、共通の市民生活と文化の根本的な源となる、慣習と技能を発達させる。こういったものからどの世代も学ぶのは、自然の要求するものや恵み、限界、そして自然のリズムとパターンに人間もくわわり賛美すること、さらには現代市場のもたらす作り物の自由に乗じて、文化を破壊する無知や怠惰さと一線を画することである。

生活経済の技もさることながら、それ以上に困難なのは、抽象的で人を人とみなさない現代の経済にできるかぎり関わらないようにすることだ。家庭で習得された技能や習性は、生活経済へと発展させなくてはならない。そうであれば、友情や土地、歴史も経済取引の中で考慮すべき対象となる。匿名性を評価する経済が育てる市民は、互いの顔を見たり声を聞いたりすることはおろか、人間同士あるいは世界にとって欠かせない人間関係について、まともに話すこともできない。わたしたちの経済は、購入し使用する商品がどこから来てどのような運命を背負っているかについて、世間一般が無知になる傾向を助長する。そしてこの無知が今度は底抜けの消費への無関心を増幅させるのである。リベラルな政治と同様に、経済は短期のみの利害関係の拡大を図る。このそのためわたしたちの時間的視野は狭められて、過去の知識や未来への懸念が排除される。このような経済が出現させた、現在のために生きる負債者は、未来は未来に面倒を見させればよいと独り決めして、今日の地球から得られた商品を、未来など存在しないかのように消費する。地域の市場はそれとは対照的に、その場所で時間をかけて人間関係を育み、個人の計算を超えるものに必ず目を向けさせる。売り手も買い手も取引をしながら、自分たちの関係がよりよい共同体を築くために役立っていることを実感し、友人や隣人、これから生まれてくる世代のために利益の一部が家庭で再投資されるであろうことを承知している。

　生活経済と地域的な経済取引を重視するなら、同時に政治的自律も重視しなければならない。今日、わたしたちは政治的健全性を、全有権者数に対する投票者数の割合で判定している。たしかに過去数回の選挙でそうした投票率は上昇している。それでもこの民主主義の健全性を表すとされる数字は、五〇～六〇パーセントのあたりをうろうろしているのだ。しかも、大統領選挙が国民的ブームになっているわりに、政治談議や連邦政府内で生じている問題についての議論が下火になっているのは、健全性より病弊の兆候といえる。政治は観戦スポーツも同然になり下がって、受動的な民衆の気晴らしとして市場に出されて見栄えよく陳列されている。選挙は自律らしきものをもたらすが、主な役割はまだ市民の心にくすぶっている衝動的欲求を発散させて、被雇用者や消費者としての生活に戻すことにあるのだ。

　一八二〇年代末にアメリカを訪れたトクヴィルは、アメリカ人の政治版「自分のことは《ドゥー・イット・》自分でやる《ユアセルフ》」精神に驚いた。同国のフランス人は、中央集権化した貴族制秩序に従順に従っていたが、アメリカ人は問題を解決するためにすぐに自治体に集まった。そうするうちに「組織や結社を自主的に形成し協力しあえる能力」(arts of association)も身につけた。遠い中央政府にはたいてい無関心だった。当時の中央政府は今ほど権力を行使していなかったのだ。トクヴィルは、地方のタウンシップ自治体を「民主主義の校舎」と呼んで、共通の暮らしのよさを守ろうとみずから関与する市民を賞賛したが、それは成し遂げた結果だけでなく、市民が育んだ習慣と慣習、そしてみずからにもたらした好ましい変化を評価したからだった。市民参加の最大のメリットは、世におよぼす影響ではなく、市民生活にかかわる人々の関係におよぼす影響であると彼は論じている。「公共の仕事に関与せざるを得ないとき、市民は否応なく個人の利害の世界から引き離され、時には、我を忘れさせられる。共通の仕事に一緒に取り組んだその瞬間から、だれもがそれまで思っていたほど仲間から独立しているわけではなく、仲間の助けを得るためには、自分もしばしばこれに協力しなければならぬと気づく」[7](松本訳)

このような慣習が形成されるのは当面、理想の実現のために人々が共同生活をするインテンショナル・コミュニティの中になるだろう。こうした目的共同体はリベラルな社会の寛大さの恩恵を受ける。リベラリズムの枠内の「選択肢」とみなされ、文化全体の中ではうさん臭いと見られても、リベラルな秩序の本分を脅かさないかぎり、よほどのことがなければ存在するのを許される。だがこうした共同体の中で得られる教訓から、実用に耐えるポストリベラルの政治理論が生まれる可能性はおおいにある。そうした政治理論が前提とするのは、リベラリズムとは根本的に異なる人類学的な仮定である。机上の自然状態を根拠にするのでもなく、あるいは世界にまたがる国家と市場を最終目標にするのでもない。むしろ土台にするのは、実際の人間関係や人づき合い、他の人間のために自分の狭い個人的利益を犠牲する後天的能力である。人間の抽象化などはしない。リベラルな秩序が消滅すれば、このようなカウンターカルチャーは、「選択肢」ではなく必然とみなされるだろう。

それでもリベラリズムの勝利でもある終焉に際すれば、つい新しくよりよい政治理論を考えたくなるが、その誘惑には耐えねばならない。そもそも包括的理論の探求から、リベラリズムとそれに続くイデオロギーは出現したのである。文化とリベラルアーツの復活や、個人主義と国家主義の抑制、リベラリズムの技術の制限を求めれば、まずまちがいなく警戒心から疑念をあおることになる。人種的、性差的、民族的な偏見から生じる不平等と不公平を先手を打って防ぐ、あるいは地域的な専制政治や神政政治を法律で阻止する、といったことを、すべて確約するよう要求されることにもなりかねない。このような要求がこれまでもずっとリベラリズムの覇権拡張に貢献してきたのである。と同時にわたしたちは、拡張する国家と市場にますます従属し、自分の運命が意のままにならなくなったとしても、かつてなく平等で自由になったと自画自賛しているのである。

わたしたちは今では、リベラリズムが理想を保障すると謳いながら、逆に格差を広げて自由を抑制することによって、世界への支配を拡大しつづける可能性を歓迎すべきである。いや、おそらく別の方法はあるのだろう。まずは何よりもリベラリズムが促進した、孤立し非人格化された生活とは異なるように、善意の人々の努力で他にないカウンターカルチャーの共同体を作るところからスタートする。栄華の極に達したリベラリズムの全体像がますます見えてくるにつれて、その病的失敗のために経済的、社会的、家庭的に不安定かつ不確実な状態に陥る人々が増えるにつれて、個人の解放の名のもとにますます市民社会の制度の形骸化が目立つようになるにつれて、そしてトクヴィルが予言したように、かつてなく完成された自由な状態がわたしたちを「独立して弱く」している事実に気づくにつれて、こうした実践にもとづく共同体は、かつてはそれを奇異でうさん臭いと思ったことのある者にとって、次第に灯台か野戦病院のように見えてくるだろう。リベラリズムに代わる共同体の活動と例から、いつかは異なる政治生活を体験できるようになるかもしれない。その基軸となるのは、共通の自己統治の実践と相互教育である。

今のわたしたちが必要としているのは、新しく現実的な文化の創造に目を向けて地域の環境で育まれる慣習、家庭内の高度な技術に根差した経済、ポリスでの市民生活の実現である。よりよい理論ではなく、よりよい実践。このような状態と、そこから形成される異なる哲学は、最終的に「リベラル」の名にふさわしいものになるだろう。五〇〇年におよぶ哲学の実験が自然消滅しようとしている今、新しくよりよいものを築く方法は見えている。今日の人間の自由を最大限に証明するのは、リベラリズム後の自由を想像し築きあげるわたしたちの能力なのだ。

謝辞

この小論は、数十年間の熟考を重ねたあとに短期間で書き上げている。したがって、多くの方々にお世話になっており、はるか昔に謝辞で感謝を捧げるべきだった方もいる。

わが師で友人だった故ウィルソン・ケアリー・ウィリアムズには、返しきれない恩義がある。その影響は本書の随所に表れているはずである。ウィリアムズがリベラリズムの苦境についての本を書いたら、これよりはるかにすぐれたものになったかもしれないが、わたしはもう一度だけ彼と談笑しながらバーボンをすすり、世界情勢について意見を交換できるのなら、そのような本に換える価値があると思っている。

そもそも本書の構想をいだいたのは、ラトガーズ大学で学びプリンストン大学で教壇に立っていた時期だった。ジョージ・カテブ、ロバート・P・ジョージ、故ポール・シグマンドには、当時快く問題点の洗いだしにつき合ってくれたことに感謝の意を伝えたい。またジェームズ・マディソン・プログラム・イン・アメリカン・アイディアル・アンド・インスティテューションズと、同機関事務局長のブラッド・ウィルソンには、二〇〇八年から翌年にかけてタイミングよくフェローシップを認めていただいたことにお礼申し上げる。

構想の大部分を練り上げたのは、ジョージタウン大学で過ごした時期だった。ここではジョシュア・ミッチェル、ジェームズ・V・シャール神父（イエズス会）、スティーヴン・フィールズ神父（イエズス会）そして今は亡きふたりの友人、ジョーン・ヒーツケ・エルシュテインとジョージ・ケアリーにお世話になった。とくにビル・ムンマには、その友情と励ましに感謝したい。また同大学のトクヴィル・フォーラムが栄光に輝いていた時期に、ともにかけがえのない場を作ってくれた学生諸君に、わたしはいまだに畏敬の念をいだいている。

ノートルダム大学での生活は、いつも変わらぬ友情にあふれていた。フィリップ・ムニョス、スーザン・コリンズ、ジョン・オキャラハン、ショーン&クリステル・ケルシー、デーヴ・オコナー、フィリップ・ベス、ジョン&アリシア・ナジ、フランチェスカ・マーフィ、ジョン・ベッツ、ジョン・キャヴァディニ、ジェラルド・ブラッドリー、リック&ニコール・ガーネット、ジェフ・ポジャノフウスキー、マルテイン・クリーマーズ、ビル・ミスキャンブル神父、デヴィッド・ソロモン、カーター・スニード、グラッデン・パピン、ダン・フィルポット、マイク・グリフィン、アンナ&マイケル・モアランド、ブラッド・グレゴリー。以上の方々に感謝の言葉を捧げたい。また本書は、ノートルダム大学のふたつのきわめて重要なプログラム、倫理文化センターと宗教・市民生活トクヴィル研究プログラムの協力を得て完成している。関係者のご厚意に深く感謝するものである。本原稿の準備でお世話になったミミ・テイシェイラにもお礼申し上げたい。

残念ながらここで名前を掲載できなかった友人にも、数えきれない場面で力になってもらっている。私の心からの感謝とともにわたしたちの会話が本書で実を結んでいることに気づいてもらえればと思う。チャッド・ペクノルド、フランシス・X・マイヤー、ロッド・ドレーアー、ビル・マッケイ、ジェレミー・ビーア（表題についてのアドバイスをくれた）、マーク・ヘンリー、ジェーソン・ピーターズ、ジェフ・ポレット、マーク・ミッチェル、ブラッド・ビルツァー、フィリップ・ブロンド、シンディ・サーシー、ダン・マホニー、ジョン・シーリー、スーザン・マクウィリアムズ、ブラッド・クリンゲレ、マイケル・ハンビーにお礼申し上げる。ラスティ・リノ、デヴィッド・ミルズ、ダン・マッカーシー、ジョン・レオ、スコット・スティーヴンズには、本完成稿に収録する前にその一部を出版してくださったことに、謝意を捧げたい。スティーヴ・リンにはとくに、長年にわたる友情と賢明な助言に感謝する。

ヴァージニア大学では文化高等研究所にお世話になったが、とくにジェームズ・デーヴィソン・ハンターとジョン・オーエン四世には、早い時期からこの企画に興味を示していただいた。ビル・フルーフトには、簡潔な文章についてご教示いただき、さらに大胆にもイェール大学出版局で本書をバックアップしていただいたことにお礼申し上げる。

本書が出版される直前に、旧来の友人であるベンジャミン・バーバーとピーター・ローラーが他界した。わが師ベンジャミンと、友人でかけがえのない話し相手だったピーターには、これまでの多くの会話と議論の成果である本書を読んでほしかった。ふたりの肉声と思考はたしかにここにあり、ふたりの影響を受けた多くの人々の記憶にもとどまっているが、それでもわたしは寂しさを禁じえない。

妻のインジと子供たちのフランシス、エードリアン、アレクサンドラには、感謝の気持ちで胸が一杯で言葉が見つからない。

また本書のおぼろげな企画が頭をよぎりはじめてから長い年月が経っているので、名前はあげてはいないものの、多くの方々にまちがいなくお世話になっていると思う。そうした恩人に、いつまでも変わらぬ感謝の気持ちを衷心から捧げたい。

解説

宇野重規

昨今、リベラリズムやデモクラシーの衰退を説く本は多い。無理もないだろう。これまでリベラル・デモクラシーを牽引してきたとみられたイギリスやアメリカでブレグジットやトランプ現象が生じる一方、世界各地で独裁的・権威主義的な指導者の台頭が目立っているからである。あるいはリベラリズムやデモクラシーも普遍的な理念ではないかもしれない。そのような思いが、世界の各地で拡大している。世界価値観調査などをみても、リベラル・デモクラシーを信頼すると回答する人は急激に低下している。特に若者のリベラル・デモクラシーへの幻滅は著しい。それを思えば、悲観論の続出もやむをえないのかもしれない。

ある意味で象徴的なのは、本書でも触れられているように、アメリカの政治学者フランシス・フクヤマであろう。冷戦終焉に際して「歴史の終わり」を説き、リベラル・デモクラシーの最終的な勝利を高らかに宣言したフクヤマであるが、そのわずか一〇年後にはバイオテクノロジーと「ポストヒューマン的未来」を論じた著作の中で、科学技術の進展による人間環境の変化、そしてそれがリベラル・デモクラシーにもたらす危機を認めている。さらに近年、『政治の衰退』を刊行し、アメリカにおけるガバナンスの危機に警鐘を鳴らしている。この鋭敏な知性の関心の推移だけをみても、リベラル・デモクラシーに何らかの地殻変動が起きていることがわかる。

本書もまたリベラリズムの失敗を説く本である。ただし、著者の主張の特徴の一つは、現代の危機がリベラリズムを実現できなかったことによって生じたのではなく、むしろリベラリズムが成功したからこそ起きたとしている点にある。その意味で、本書は近代リベラリズムを総体として批判する政治哲学の書である。

著者によれば、リベラリズムの論理は、個人を伝統的な社会や組織の束縛から解放することを目指すものであった。個人は抽象的な自由と権利の担い手とされ、伝統的規範ではなく、自らの理性によってすべてを判断することを期待された。しかしながら、結果として何が生じたか。伝統的な社会や組織から解放されたと思った個人は、実は国家と市場という、より大きな機構に自らの運命を委ねてしまっただけではないか。個人は自由になったのではなく、より脆弱になり、依存的になったのではないか。著者は本書の中で、繰り返しリベラリズムの個人主義が、けっして国家の大きな役割と矛盾するものではないこと、むしろ両者が強く結びついていることを強調する。

かつてフランスの政治思想家アレクシ・ド・トクヴィルが『アメリカのデモクラシー』で指摘したように、伝統的な社会から解放され、他者との結びつきを失った個人は、むしろ民主的権力や集権的国家に依存するようになる。身近な近隣の住民と協力して、地域の諸課題を自分たちの力で解決する習慣を失った個人は、もはや中央権力にすがるしか生活の用をはたす方法を知らないからである。この民主的社会における個人主義と国家主義の結びつきについて、著者はトクヴィルを導き手として議論を進める。

本書のもう一つの特徴は、このような分析をとくに文化の領域に即して進めていることだ。著者はリベラリズムが「アンチカルチャー」の側面を持つとさえ主張する。すでに触れたように、リベラリズムは個人を伝統的な社会や組織から解放するために、むしろ個人を抽象的な存在として扱った。社会契約論が象徴であるが、リベラリズムが想定する世界で、人間は自然と切り離され、過去を持たず現在を生きる存在とされ、さらに土地との結びつきを失った。これらはまさに、個人の自由な選択を阻む束縛とみなされたのである。

しかし、そのことの代償もまた大きかった。自然とも、時間とも、場所とも切り離された個人は、結果的に文化を生み出す力とも切り離されたのではないかと著者は問う。「文化（カルチャー）」は語源から言っても、土地の耕作と深く結びついている。土地を開拓し、耕作し、世代を超えて継承していくことは、文化の創出と継承とまったく同型である。具体的な自然との接触をなくした個人は、はたしてその本性を開花することができるのか。身近な人々と協働の経験なくして、人々はそのコモンセンスを発展させることができるのか。アリストテレス以来の哲学を重視する著者は、このことに疑問を呈する。

リベラリズムとリベラル・アーツの関係をめぐる考察も興味深い。リベラル・アーツは現在では「教養」を意味するが、この言葉の本来の意味は、人々を自由にするための技術（アート）であった。古代ギリシア以来の古典は、個人にいかに自らの欲望をコントロールし、生を統御するかを教えた。いわば、その目的は人々に自制するための技術を授けることにあった。その背景には、自由は人間が生まれながらに持つ能力ではなく、時間をかけて修養を積むことでようやく手にするものであるという考え方があった。

これに対し、近代のリベラリズムは、ひたすら個人の欲望の解放を推し進める一方で、それをコントロールするための術を教えなかった。結果として個人の欲望に歯止めがかからなくなる一方で、けっして人々は満足することを知らず、つねに欲求不満と不安を抱えて生きることになった。その意味で、今求められているのは、古典が教えてくれる、自らの生を統御する技術を学ぶことにほかならないと著者は説く。

本書が最終的なゴールとして示すのは「ポリスの生活」である。ポリスとは古代ギリシアの都市国家であり、そこへの回帰を説く本書は、ひどく反時代なものに映るかもしれない。しかしながら、著者が再び参照するのはトクヴィルであり、トクヴィルはアメリカのタウンシップと呼ばれる地域共同体に強い印象を受けている。人々は近隣の住民とともに地域の問題を解決し、自制と自律の習慣を身につける。そのことは人々の政治的判断力の養成にも繋がっている。著者はその延長線上に、人々が身近な地域との結びつきを取り戻し、そこから世代を超えた知恵や文化の継承と創出に参加していく姿を描き出す。それはいわば、時代を超えた人々の自由な知的・社会的営みとの交流に他ならない。

本書は現代政治哲学で言えば、コミュニタリアン（共同体主義）やリパブリカニズム（共和主義）に近い発想の持ち主と言えるかもしれない。しかしながら、大切なのはそのようなラベルではなく、そこから何を学ぶかである。かつてアメリカの大統領だったバラク・オバマはこの書を高く評価したという。日本においても、この本をどのように読んでいくべきか。大いに知的刺激を受ける一冊であろう。

原注

はしがき

1. Václav Havel, "The Power of the Powerless," in *Open Letters: Selected Writings, 1965-1990* (New York: Vintage, 1992), 162.
2. Wilson Carey McWilliams, "Democracy and the Citizen: Community, Dignity, and the Crisis of Contemporary Politics in America," in *Redeeming Democracy in America*, ed. Patrick J. Deneen and Susan J. McWilliams (Lawrence: University Press of Kansas, 2011), 27.

序

1. Adrian Vermeule, *Law's Abnegation: From Law's Empire to the Administrative State* (Cambridge: Harvard University Press, 2016).
2. Thomas L. Friedman, *The Lexus and the Olive Tree* (New York: Anchor, 2000), 7.(トーマス・L・フリードマン『レクサスとオリーブの木』[東江一紀・服部清美訳。草思社。2000 年])
3. 2018 年にノートルダム大学でわたしが受けもっていた政治哲学・教育講座の受講生による、デヴィッド・ブルックスの論説「組織化された子供 Organization Kid」の感想文（2016 年 8 月 29 日）。原稿は著者所蔵。
4. Wendell Berry, "Agriculture from the Roots Up," in *The Way of Ignorance and Other Essays* (Emelyville, CA: Shoemaker and Hoard, 2005), 107-8.
5. Nicholas Carr, *The Shallows: What the Internet Is Doing to Our Brains* (New York: Norton, 2010).(ニコラス・G・カー『ネット・バカ : インターネットがわたしたちの脳にしていること』[篠儀直子訳。青土社。2010 年])
6. Sherry Turkle, *Alone Together: Why We Expect More from Technology and Less from Each Other* (New York: Basic, 2011).(シェリー・タークル『つながっているのに孤独』[渡会圭子訳。ダイヤモンド社。2018 年])
7. Lee Silver, *Remaking Eden: How Genetic Engineering and Cloning Will Transform the Family* (New York: HarperPerennial, 1998)(リー・シルヴァー『複製されるヒト』[東江一紀他訳。翔泳社。1998 年]) ; Mark Shiffman, "Humanity 4.5," *First Things*, November 2015.

第 1 章　持続不可能なリベラリズム

本章は、2012 年 8 月の *First Things* 誌に掲載された論説「Unsustainable Liberalism」に加筆・改訂したものである。論説を再掲載する許可をいただいたことに感謝

を申し上げたい。

1. 一般的に近代初期のリベラルな伝統に起源があるとされている制度であっても、近代以前に起源をもつ例は多い。このことをテーマにした入門書としては、いまだに Charles Howard McIlwain の *The Growth of Political Thought in the West: From the Greeks to the End of the Middle Ages* (New York: Macmillan, 1932) に並ぶものはない。同著者の *Constitutionalism. Ancient and Modern* (Ithaca, NY Cornell University Press, 1940) も参照のこと。他にも John Neville Figgis の *Studies of Political Thought: From Gerson to Grotius* (Cambridge: Cambridge University Press, 1907) が参考になる。
2. Brian Tierney, *The Idea of Natural Rights: Studies on Natural Rights, Natural Law, and Church Law, 1150-1625* (Grand Rapids, MI: Eerdmans, 1997); Paul E. Sigmund, *Natural Law in Political Thought* (Lanham, MD: University Press of America, 1981); Richard Tuck, *Natural Rights Theories: Their Origins and Development*(Cambridge: Cambridge University Press, 1982); Larry Siedentop, *Inventing the Individual: The Origins of Western Liberalism* (Cambridge: Harvard University Press, 2014).
3. Niccolò Machiavelli , *The Prince, ed. and* trans David W Wooton (Indianapolis: Hackett, 1995), 48. (ニッコロ・マキアヴェッリ『君主論』[河島英昭訳。岩波書店。1998 年])
4. Francis Bacon, *Of the Advancement of Learning,* in *The Works of Francis Bacon*, 14 vols., ed. James Spedding, Robert Leslie Ellis, and Douglas Denon Heath (London: Longmans, 1879), 3: 294-95.(フランシス・ベーコン『学問の進歩』[服部英次郎・多田英次訳。岩波書店。1974 年])
5. Francis Fukuyama, "The End of History," *The National Interest*, Summer 1989.
6. Thomas Hobbes, *Leviathan*, ed. Edwin Curley (Indianapolis: Hackett, 1994), 229.(トマス・ホッブズ『リヴァイアサン』[水田洋訳。岩波書店。1982 年])
7. 同書、143 ページ。
8. John Locke, *Second Treatise of Government,* ed. C. B. MacPherson (Indianapolis: Hackett, 1980), 40.(ジョン・ロック『統治二論』[加藤節訳。岩波書店。2010 年])
9. Francis Bacon, *Valerius Terminus, Of the Interpretation of Nature*, in Spedding, Ellis, and Heath, *The Works of Francis Bacon*, 3: 218.

第 2 章　個人主義と国家主義の結合

1. Bill Bishop, *The Big Sort: Why the Clustering of Like-Minded America Is Tearing Us Apart*(New York: Houghton Mifflin Harcourt, 2008); Marc J. Dunkelman, *The Vanishing Neighbor: The Transformation of American Community*(New York: Norton, 2014); Charles A. Murray, *Coming Apart: The State of White America, 1960-2010* (New York Crown Forum, 2012)(チャールズ・A・マレー『階級「断絶」社会アメリカ』[橘明美訳。草思社 。2013 年]); Robert D. Putnam and David E. Campbell, *American*

Grace: How Religion Divides and Unites Us(New York: Simon and Schuster, 2010).(ロバート・D・パットナム、デヴィッド・E・キャンベル『アメリカの恩寵 宗教は社会をいかに分かち、結びつけるのか』[柴内康文訳。柏書房。2019 年])

2. Bertrand de Jouvenel, *The Pure Theory of Politics* (Indianapolis: Liberty Fund, 2000), 60.(ベルトラン・ド・ジュヴネル『純粋政治理論』[中金聡・関口佐紀訳。風行社。2014 年])
3. Locke, *Second Treatise of Government*, ed. C. B. McPherson (Indianapolis: Hackett, 1980), 32.(ロック『統治二論』[加藤節訳。岩波書店。2010 年])
4. そのために憲法は議会に対し「学術と有用な技芸の進歩を奨励」する責任を明確に課しているのである。
5. John Stuart Mill, "Considerations on Representative Government," in *On Liberty and Other Essays*, ed. John Gray (Oxford: Oxford University Press, 2008), 232.
6. Karl Polanyi, *The Great Transformation: The Political Origins of Our Time* (Boston: Beacon, 2001).(カール・ポランニー『大転換』[野口建彦・栖原学訳。東洋経済新報社。2009 年]) 最近ではブラッド・グレゴリーが権威ある著書 *The Unintended Reformation: How a Religious Revolution Secularized Society* (Cambridge: Belknap Press of Harvard University Press, 2012) で同様の議論をしている。
7. とくに Polanyi, *The Great Transformation* (ポランニー『大転換』) を参照。45-58 ページ。
8. 同書、147 ページ。
9. 産業主義への痛烈な非難を書いているのは南部人なので、多くの場合不当な経済秩序の擁護論として片づけられている。そうした例に The Twelve Southerners, *I'll Take My Stand: The South and the Agrarian Tradition* (New York: Harper, 1930) と Wendell Berry のこの非難への返答になる *The Hidden Wound* (Boston: Houghton Mifflin, 1970) がある。
10. E. F. Schumacher, *Small Is Beautiful: Economics as if People Mattered* (New York: Harper and Row, 1975)(E・F・シューマッハー『スモール イズ ビューティフル』[小島慶三・酒井懋訳。講談社。1986 年]); Stephen Marglin. *The Dismal Science: How Thinking Like an Economist Undermines Community* (Cambridge: Harvard University Press, 2008).
11. John M. Broder and Felicity Barringer, "The E.P.A. Says 17 States Can't Set Emission Rules, *New York Times*, December 20, 2007, http://www.nytimes.com/2007/12/20/washington/20epa.html?_r=0.
12. John Dewey, *Individualism, Old and New* (Prometheus. 1999), 37, 39.
13. Herbert Croly, *The Promise of American Life* (Cambridge: Harvard University Press, 1965), 280.
14. Walter Rauschenbusch, *Theology for the Social Gospel* (Louisville, KY: Westminster

John Knox Press, 1997).(ウォルター・ラウシェンブッシュ『キリスト教と社会の危機 : 教会を覚醒させた社会的福音』[山下慶親訳。新教出版社。2013 年])

15. オバマの大統領選で実際に使われた「ジュリアの一生」の広告は、キャンペーンのウェブサイト (https://www.barackobama.com/life-of-julia/) から削除されている。現在検索してヒットするのは、たいていオリジナルのパロディか批判を加えたバージョンである。この広告にまつわる話と宣伝の概要は、今でも次のようなサイトで紹介されている。http://www.newyorker.com/news/daily-comment/oh-julia-from-birth-to-death-left-and-right
16. Marglin, *The Dismal Science*.
17. Hannah Arendt, *Origins of Totalitarianism*(New York: Harcourt, Brace, 1951)(ハンナ・アーレント『全体主義の起源』[仲正昌樹訳。NHK 出版。2017 年]); Erich Fromm, *Escape from Freedom* (New York: Farrar and Rinehatt, 1941)(エーリッヒ・フロム『自由からの逃走』[日高六郎訳。東京創元社。1952 年]); Robert A. Nisbet, *The Quest for Community: A Study in the Ethics of Order and Freedom* (Wilmington, DE: ISI, 2010). (ロバート・A・ニスベット『共同体の探求』[安江孝司他訳。梓出版社。1986 年])『自由からの逃走』の出版実績からはさまざまな事実が読み取れる。1953 年にオクスフォード大学出版局から初版が出たあとは絶版になっていた。ところが 1960 年代末になって再版され、この本はニューレフトのあいだでもてはやされるようになった。その後ふたたび絶版となり、2010 年になってまたもや再版された。このときは、ニューヨークタイムズ紙の保守派のコラムニスト、ロス・ダウザットが新たに序文を冠して、保守的な Intercollegiate Studies Institute press 社から刊行されている。ニスベットの議論は、ニューレフトと右派の社会保守主義のあいだを行き来して、アメリカでは真の政治的な拠点を見出すことはできなかった。それでもこの本が読者を獲得しつづけているという事実が、ニスベットの分析は、ファシズムと共産主義が失墜し崩壊したとしても、意義を失っていないことを示している。E. J. Dionne, *Why Americans Hate Politics* (New York: Simon and Schuster, 1992), 36. も参照。
18. Nisbet, *The Quest for Community*, 145.(ニスベット『共同体の探求』)
19. Alexis de Tocqueville, *Democracy in America*, trans. George Lawrence (New York: Harper and Row, 1969), 672.(アレクシス・ド・トクヴィル『アメリカのデモクラシー』[松本礼二訳。岩波書店。2008 年])

第３章　アンチカルチャーとしてのリベラリズム

1. Mario Vargas Llosa, *Notes on the Death of Culture: Essays on Spectacle and Society* (New York: Farrar, Straus and Giroux, 2015), 58.
2. Polanyi, *The Great Transformation*. (ポランニー『大転換』)William T. Cavanaugh, "'Killing for the Telephone Company': Why the Nation-State Is Not the Keeper of the

Common Good," in *Migrations of the Holy: God, State, and the Political Meaning of the Church* (Grand Rapids, MI: Eerdmans, 2011) も参照。

3. 文化の消滅後の感慨として、こうした見解を穏やかに美しく表現しているのが、本業はヴァーモント州人で、副業が政治哲学者のチャールズ・フィッシュである。フィッシュは農民だった祖母たちについてこう書いている。「祖母と伯父たちの想像の世界では、自然の営みは神の手とともにあり、自然は神と力学的法則の作用の仲立ちをしていた。この両者の関係についての説明を強いられたり、そんな関連はないと認めろと言われたりしたら、いたたまれない気持ちになっただろう。天候や病気のために被害が出たら、責められるのは自然であって神ではない。だが自然は邪悪な力であるだけではなかった。人の役に立つように巧みにまとめていたものを、バラバラにしようとする自然と戦わなくてはならないとしても、祖母たちは同時に自然の再生と成長の力を利用しながら、自然と連携していると感じていた。『自然の力を利用する』という言葉を聞いても異論はなかっただろうが、内心、極端な方法でそうする以外にないと考えていたとは思えない。自然のおかげで素晴らしいことを成し遂げられても、自然を制御してやろうという考えは、冒瀆的とはいわないまでも、間違っていておそらくはおこがましいと感じられただろう。多くのことから、自分らは万物の霊長ではないと思い知らされていた……自分の手でやらなければならないことには、精一杯の力と技術をもって取り組んだが、祖母たちは神秘に囲まれながら働いているのを知っていた。そうした活動に、影響をおよぼし予測するのは不可能だったのだ」Charles Fish, *In Good Hands: The Keeping of a Family Farm* (New York: Farrar, Straus and Giroux, 1995), 102-3.
4. John Dewey, *Reconstruction in Philosophy* (1920; New York: New American Library, 1950), 46.(正しい出典はジョン・デューイ『民主主義と教育』[松野安男訳。岩波書店。1988 年)
5. John Dewey, *Reconstruction in Philosophy* (1920; New York: New American Library, 1950), 48.(ジョン･デューイ『哲学の改造』[清水幾太郎･清水禮子訳。岩波書店。1979 年])
6. Tocqueville, *Democracy in America*, 508. 7. Ibid., 548.(トクヴィル『アメリカのデモクラシー』)
7. 同書、548 ページ。
8. 同書、557-58 ページ。
9. Thomas Hobbes, *On the Citizen*, ed. and trans. Richard Tuck and Michael Silverthorne (Cambridge: Cambridge University Press, 1998).(トマス・ホッブズ『市民論』[本田裕志訳。京都大学学術出版会。2008 年])
10. Thomas Jefferson, *A Summary View of the Rights of British America. Set Forth in Some Resolutions Intended for the Inspection of the Present Delegates of the People of Virgin-*

ia. Now in Convention. By a Native, and Member of the House of Burgesses. (Williamsburg: Clementina Rind, 1774).

11. ベリーの解釈は、随筆よりも小説を読んだほうがわかりやすい。ポートウィリアムの架空の場所に、ベリーは完璧ではないが牧歌的な共同社会を設定している。ここでは住民と場所、土地とのあいだの強い結びつきが際立った特徴となっている。ベリーが小説の中で書いているように、「想像上の場所を登場させることによって …… 自分の生まれ故郷の風景と近隣が世界にふたつとない場所で、神の御業であり、人にどのように評価されようと冒されない神聖さを宿していることを知った」Berry, "Imagination in Place," in *The Way of Ignorance*, 50-51.
12. Wendell Berry, "Sex, Economy, Freedom, and Community," in *Sex Economy, Freedom, and Community: Eight Essays* (New York: Pantheon, 1994), 120.
13. 同書、120-21 ページ。
14. 同書、157 ページ。
15. このリベラリズムの「標準化」はほとんどの場合、法律の押しつけという形で国内から国外へと広がりつつある。その批判にあたり、推進したのは左翼、つまり民主党のみであるかのような印象を避けるために、2006 年 7 月 5 日のニューヨークタイムズ紙で、反例をあげているニーナ・メンデルソンの記事、「Bullies along the Potomac」を紹介しておこう (http://www.nytimes.com/2006/07/05/opinion/05mendelson.html)。それによると、共和党が優勢な国会は——州権などどこ吹く風で——2001 年からの 5 年間に、27 の法律を成立させた。そうして「大気汚染から消費者保護にいたるまで国家権力を私物化したのである」。そのひとつ、全国統一食品法では国以外が食品の安全性についての警告や情報を与えることを禁じた。あるいは教育の分野において、ジョージ・ブッシュ大統領の歴史的業績となった「どの子も置きざりにしない」プログラムで学力の格差是正がもたらした効果を思い浮かべてほしい。高等教育の領域では、ブッシュ政権下の教育長官 Margaret Spellings の「高等教育の将来について話し合う」委員会が、標準化を謳って高等教育を脅かした。
16. ベリーの見方は、聡明な歴史学者クリストファー・ラッシュの批判や懸念と重なる部分が多い。ラッシュの *The True and Only Heaven: Progress and Its Critics* (New York: Norton, 1991) と *The Revolt of the Elites and the Betrayal of Democracy* (New York: Norton, 1994)(『エリートの反逆 現代民主主義の病い』[森下伸也訳。新曜社。1997 年]) を参照。
17. 地域の多様性の擁護は農業の多様性から始まるが、それで終わるわけではない。このような多様性が必要なのは、農業を豊かにするという理由だけでなく、それ以上にシステムが同質になって大災害 —— 自然災害でも、テロなどのような人災でも —— への脆弱性を生じさせないためでもある。ベリーの "Some Notes for the Kerry Campaign, If Wanted," *The Way of Ignorance*, 18 を参照。ベリーはケリー

が自分の忠告に留意するなどという幻想はいだいていない。その判断は正しいようだ。

18. この意味において、ベリーの外部から押しつけられる「論理」への批判は Michael Oakeshott の批判とよく似ている。"Rationalism in Politics," in *Rationalism in Politics and Other Essays* (New York: Basic, 1962)(マイケル・オークショット『政治における合理主義』[嶋津格訳。勁草書房。2013 年]) と、*The Politics of Faith and the Politics of Scepticism* (New Haven: Yale University Press, 1996) を参照。
19 Aleksandr Solzhemtsyn, "A World Split Apart," in *Solzhenitsyn at Harvard*, ed. Ronald Berman (Washington, DC: Ethics and Public Policy Center, 1980), 7. (アレクサンドル・ソルジェニーツィン「引き裂かれた世界」、クリス・アボット『世界を動かした 21 の演説』［清川幸美訳。英治出版。2011 年］所収)
20. Stephen Gardner, "The Eros and Ambitions of Psychological Man," in Philip Rieff, *The Triumph of the Therapeutic: Uses of Faith after Freud* (Wilmington, DE: ISI, 2006), 244.
21. Simone Polillo, "Structuring Financial Elites: Conservative Banking and the Local Sources of Reputation in Italy and the United States, 1850-1914," 学位論文 , University of Pennsylvania, 2008, 157. この研究論文 Matthew Crawford, *Shop Class as Saul Craft: An Inquiry into the Value of Work* (New York: Penguin, 2010) をきっかけに興味をもった。
22. Polillo の "Structuring Financial Elites" 159 ページで引用されている。
23. "No Longer the Heart of the Home, the Piano Industry Quietly Declines," *New York Public Radio*, January 6, 2015, http://www.thetakeaway.org/story/despite-gradual-decline-piano-indusny-stays-alive/.

第 4 章　技術と自由の喪失

1. Brett T. Robinson, *Appletopia* (Waco, TX: Baylor University Press, 2013).
2. Nicholas Carr, *The Shallows: What the Internet Is Doing to our Brains* (New York: Norton, 2010).(ニコラス・カー『ネット・バカ インターネットがわたしたちの脳にしていること』[篠儀直子訳。青土社。2010 年])
3. Sherry Turkle, *Alone Together: Why We Expect More from Technology and Less from Each Other* (New York: Basic, 2011)．（シェリー・タークル『つながっているのに孤独』[渡会圭子訳。ダイヤモンド社。2018 年])
4. Neil Postman, *Technopoly: The Surrender of Culture to Technology* (New York: Vintage, 1993).(ニール・ポストマン『技術 vs 人間』[GS 研究会訳。新潮社。1994 年])
5. 同書、28 ページ。
6. Francis Fukuyama, *The End of History and the Last Man* (New York: Free Press, 1992) (フランシス・フクヤマ『歴史の終わり 歴史の「終点」に立つ最後の人間』[渡部昇一訳。三笠書房。2005 年]); Francis Fukuyama, *Our Posthuman Future: Conse-*

quences of the Biotechnology Revolution (New York: Farrar, Straus and Giroux, 2002)(フランシス・フクヤマ『人間の終わり　バイオテクノロジーはなぜ危険か』[鈴木淑美訳。ダイヤモンド。2002 年])
7. Daniel J. Boorstin, *The Republic of Technology: Reflections on Our Future Community* (New York: Harper and Row, 1978), 5.
8. Stephen Marche, "Is Facebook Making Us Lonely?" *Atlanttc*, May, 2012.
9. Richard H. Thomas, "From Porch to Patio", *Palimpsest*, August 1975.
10. この風習は、ジョン・ウィンスロップの、よく引用されるがめったに読まれることがない説教「キリスト教徒の慈みの模範 A Model of Christian Charity」の呼びかけを反映している。彼は新大陸に移住する清教徒に、キリスト教徒の慈みの絆で緊密に結ばれる共同体のようなものを作るよう、次のように呼びかけている。「これから難破を逃れて子孫が立ち行けるようにするためには、ミカの勧めに従って正義をなし、慈みを愛し、神とともに謙虚に歩むしかない。目的のために、今後の務めにおいてわれらはひとりの人間のごとく団結せねばならない。兄弟愛をもって互いを楽しませなければならない。他の者が必要とするものを与えるために、みずからの余分なものを喜捨せねばならない。温和さと、優しさと、辛抱強さと、気前のよさの限りを尽くして、馴染みのある商業をともに守らなければならない。互いに喜び合い、他の者の境遇をわがものとしなければならない。ともに喜び、ともに悲しみ、ともに働き、苦しみ、同じ組織に属する者として、つねに責務と共同体を視野に捉えることを務めとしなければならない」John Winthrop, "A Model of Christian Charity," in *The American Puritans: Their Prose and Poetry, ed. Perry Miller* (New York: Columbia University Press, 1982), 83.
11. Stephen Marglin, *The Dismal Science: How Thinking Like an Economist Undermines Community* (Cambridge: Harvard University Press, 2008), 18.
12. Boorstin, The Republic of Technology, 9.

第 5 章　リベラリズム VS リベラルアーツ

1. Clark Kerr, *The Uses of the University,* 5th ed. (Cambridge: Harvard University Press, 2001), 199.(クラーク・カー『大学経営と社会環境　大学の効用』[箕輪成男・鈴木一郎訳。玉川大学出版部。1994 年])
2. https://www:.utexas.edu/about/mission-and-values.
3. C・P・スノーは『二つの文化と科学革命』での型どおりの主張で、人文科学者が科学を学ぶべき理由は容易に説明できているが、科学者が人文科学を学ぶべき根拠をあげるのに苦労している。C. P. Snow, *The Two Cultures* (Cambridge: Cambridge University Press, 1965).(C・P・スノー『二つの文化と科学革命』[松井巻之助・増田珠子訳。みすず書房。2011 年])

4. Ruthellen Josselson(ルセラン・ジョスルソン)による「信仰の論理的解釈法と懐疑の解釈学」の対照を参照。"The Hermeneutics of Faith and the Hermeneutics of Suspicion," *Narrative Inquiry* 14, no. 1 (2004): 1-28.
5. その歴史についてさらに議論を展開している、Anthony Kronman, *Education's End: Why Our Colleges and Universities Have Given Up on the Meaning of Life* (New Haven: Yale University Press, 2006) のとくに第 3、4 章を参照。
6. 過激なフェミニズムに、技術は人間の本性を変えられるという楽観的な信念を結びつけ、Shulamith Firestone, *The Dialectic of Sex* (New York: Morrow, 1970) (シュラミス・ファイアストーン『性の弁証法』[林弘子訳。評論社。1972 年]) は、今も古典的名作でありつづけている。
7. Steven Levy, "GU NAACP President Discusses Diversity Issues," *Hoya,* October 19, 2010.「金がないことにくわえて、この大量消費の資本主義の社会・経済に参加する機会がないことが、困難さを物語っていると思う。多くの少数派は、他の国民と同じ競技の場に立っていないのを思い知るのだ」http://www.thehoya.com/gu-naacp-president-discusses-diversity-issues/#. ある研究は「資本主義社会」において期待されない領域でリーダー的立場にあった生徒は、エリート大学の入学ではなはだしく不利になっている事実を明らかにしている。ラッセル・ニエリはそうした研究結果を次のように要約している。「レッド・ステート［訳注：共和党支持者の多い州］の高校で ROTC(予備役将校訓練課程) や 4-H クラブ、アメリカ農業クラブ連盟 (Future Farmers of America) といったものに所属していた生徒は、他のあらゆる条件を加味しても、NSCE データベース［訳注：National Study of College Experience。代表的な公立・私立大学 10 校の入学者データベース］に登録されている、難関私立大学に入学を許可される確率が低い。入学にもっとも不利だったのは、そうした活動でリーダーであった者か、名誉や賞を勝ち取った者だった。将校になったり「高校の ROTC、4-H、アメリカ農業クラブ連盟といった、職業志向の活動で」名誉を与えられたりすると、「選抜の厳しい大学では、入学にかなりマイナスの関連性が生じる」と Espenshade と Radford は述べている。こうした活動でずば抜けた才能を示すと「入学の可能性は 60~65% 下がる」。Russell Nieli, "How Diversity Punishes Asians, Poor Whites, and Lots of Others," Minding the Campus, July 12, 2010.
   https://www.princeton.edu/~tje/files/Pub_Minding%20the%20campus%20combined%20files.pdf.
8. Wilson Carey McWilliams, "Politics," *American Quarterly* 35 nos. 1-2 (1983): 27. 最近のこのような見解は、政治学者 James Stimson の次のような言葉に表れている。「貧しい地域に住む者の行動を観察すると、見えてくるのは労働階級が衰退している影響ではない。素質的に恵まれた人々のグループが経済的逆境にありながら、家から出ずにそれを受け入れている実態である。他の者が外で機会を探しても

のにしてもお構いなしだ…… 臆病で、社会的な意味で保守的で野心に欠ける者は、家にいて落ちぶれる運命に身を任せている」換言すれば、白人労働階級は自分のまいた種のせいで貧しい境遇にいることになる。Thomas B. Edsall が "The Closing of the Republican Mind," *New York Times*, July 13 2017 の中で引用。https://www.nytimes.com/2017/07/13/opinion/republicans-elites-trump.html.

9. コミュニティ・カレッジ(地域大学)の学長 Matt Reed は、1980 年代の Allan Bloom のような、西洋の名著を高く評価する者とは相容れないことを認めていた。それでも保守的な議員によって人文科学の予算がバッサリ削減されたというのに、このような保守的な人文科学の擁護者は何をしているのだろうと彼は不審がっている。「Allan Bloom だったらフロリダの法案に対してどう出たろう、ということしか思い浮かばない。保守的な文化の戦士の名にふさわしい者は議員にカリキュラムを変えろと頭ごなしに指図されると思ったら、必ず怒り心頭に発するはずだ。この時点で保守派は知的伝統を継続するという考えを捨てて、コスト削減はよいことだと同意している。エドマンド・バークをかばうよりは、ビジネス・オンラインに合流してさっさと終わりにしたほうがよいと決めたのだろう」"Remember the Canon Wars?" Inside Higher Ed, April 11, 2013, https//www.insidehighered.com/blogs/confessions-community-college-dean/remember-canon-wars. 次のウェブサトも参照。Jonathan Marks, "Conservatives and the Higher Ed 'Bubble,'" Inside Higher Ed, November 15, 2012, https://www.insidehighered.com/views/2012/11/15/conservative-focus-higher-ed-bubble-undermines-liberal-education-essay.
10. 大学の名称の変遷の歴史は、さまざまな事実を伝えている。https://en.wikipedia.org/wiki/List_of_university_and_college_name_changes_in_the_United_States.
11. Wendell Berry, "Faustian Economics: Hell Hath No Limits," *Harper's*, May 2008, 37-38.

第 6 章　新たな貴族制

1. Murray, *Coming Apart*.(マレー『階級「断絶」社会アメリカ』)
2. Locke, *Second Treatise of Government*, 23, 26.(ロック『統治二論』)
3. F. A. Hayek, *The Constitution of Liberty,* ed. Ronald Hamowy (Chicago: University of Chicago Press, 2011), 96.(F・A・ハイエク『自由の条件』[気賀健三・古賀勝次郎訳。春秋社。2010 年])
4. 同書、95-96 ページ。
5. Tyler Cowen, *Average Is Over: Powering America Past the Age of the Great Stagnation* (New York: Dutton, 2013), 258.(タイラー・コーエン『大格差』[池村千秋訳。エヌティティ出版。2014 年])
6. 同書。
7. John Stuart Mill, *On Liberty*, in Gray, *On Liberty and Other Essays*, 12-13.(ジョン・ス

テュアート・ミル『自由論』[山岡洋一訳。光文社。2006 年])
8. 同書、65 ページ。
9. 同書、67 ページ。
10. 同書、68 ページ。
11. 同書、72 ページ。
12. Edmund Burke, *Reflections on the Revolution in France*, ed. J. G. A. Pocock (Indianapolis: Hackett, 1987), 76.(エドマンド・バーク『フランス革命の省察』[半沢孝麿訳。みすず書房。1997 年])
13. 同書、29、49 ページ。
14. Robert B. Reich, "Secession of the Successful," *New York Times*, January 20, 1991; Christopher Lasch, *The Revolt of the Elite and the Betrayal of Democracy* (New York: Norton, 1994).(クリストファー・ラッシュ『エリートの反逆 現代民主主義の病い』[森下伸也訳。新曜社。1997 年])
15. Murray, *Coming Apart*(マレー『階級「断絶」社会アメリカ』); Robert D. Putnam, *Our Kids: The American Dream in Crisis* (New York: Simon and Schuster, 2015).(ロバート・D・パットナム『われらの子ども：米国における機会格差の拡大』[柴内康文訳。創元社。2017 年])

第７章　市民性の没落
1. Fareed Zakaria. "The Rise of Illiberal Democracy," *Foreign Affairs*, November-December, 1997, 22-43. ザカリアはその後この論説を膨らませて *The Future of Freedom: Illiberal Democracy of at Home and Abroad* (New York: Norton, 2007). として出版している。
2. William Galston, "The Growing Threat of Illiberal Democracy," *Wall Street Journal*, January 3, 2017, http://www.wsj.com/articles/the-growing-threat-of-illiberal-democracy-1483488245.
3. Jason Brennan, *Against Democracy* (Princeton: Princeton University Press, 2016). 2016 年のドナルド・トランプの大統領選を受けて、ブレナンはワシントン・ポスト紙にこう書いている。「有権者の大半は、選挙に関連する基本的な事実について意図的に誤った情報を伝えられている。そして多くの者がもっと正確な情報があれば受けつけないような政策を支持している。政府の質が悪くなるのは、有権者が自分で何をしているかを知らないからである」"The Problem with Our Government Is Democracy"
4. Bryan Caplan, *The Myth of the Rational Voter: Why Democracies Choose Bad Policies* (Princeton: Princeton University Press, 2007)(ブライアン・カプラン『選挙の経済学』[奥井克美監修・長峯純一訳。日経 BP。2009 年]); Jeffrey Friedman, "Democratic Incompetence in Normative and Positive Theory: Neglected Implications of 'The Nature

of Belief Systems in Mass Publics,'" *Critical Review* 18, nos. 1-3 (2006): i-xliii; Damon Root, *Overruled: The Long War over Control of the U.S. Supreme Court* (New York: St. Martin's, 2014).

5. Edward A. Purcell, *The Crisis of Democratic Theory: Scientific Naturalism and the Problem of Value* (Lexington: University Press of Kentucky, 1973), 98.
6. Walter J. Shepard, "Democracy in Transition,"*American Political Science Review* 29 (1935): 9
7. 同書、18 ページ。
8. John Dewey, *The Public and Its Problems* (1927; Athens, Ohio Swallow, 1954), 183-84. (ジョン・デューイ『公衆とその諸問題』[阿部齊訳。筑摩書房。2014 年])
9. John Dewey; "My Pedagogic Creed," in *The Early Works of John Dewey, 1882-1898*, ed. Jo Ann Boydston, vol. 5 (Carbondale: Southern Illinois University Press, 1967-72).
10. パーセルが *The Crisis of Democratic Theory*, 95. で引用。
11. 同書、103 ページで引用。
12. James Madison, Alexander Hamilton, and John Jay, *The Federalist*, ed. George W. Carey and James McClellan (Indianapolis: Liberty Fund, 2001), no. 10, p. 46.(ジェームズ・マディソン、アレクサンダー・ハミルトン、ジョン・ジェイ『ザ・フェデラリスト』他 10 篇 [斉藤眞・武則忠見訳。福村出版。1999 年])
13. 同書、強調は本著者。
14. 同書、第 34 篇、163 ページ。
15. 同書、第 34 篇、164 ページ。
16. 同書、第 17 篇、80 ページ。
17. 同書、第 46 篇、243 ページ ; 同書、第 17 篇、81 ページ
18. 同書、第 17 篇、81 ページ。強調は本著者。
19. 同書、第 46 篇、244 ページ。
20. 同書、第 27 篇、133 ページ。強調は本著者。
21. 「民主主義の組織の拡大と時を同じくして科学が進歩し、真実を伝達する機械である電信や機関車などの科学が出現したのは偶然の一致ではない。ただしあるのはたったひとつの事実でしかない――人生の真実の実現による、同胞との絆をより完全にするための進展である」ジョン・デューイ "Christianity and Democracy,"in Boydston, *Early Works*, 4: 9.
22. Tocqueville, *Democracy in America*, 243.(トクヴィル『アメリカのデモクラシー』)
23. 同書。
24. 同書、46 ページで引用。
25. 同書、515 ページ。
26. 同書、57 ページ。
27. 同書、243-44 ページ。

28. ジェーソン・ブレナンは次のように書いている。「政治的関与が弱まるのはよいスタートだ。だが先はまだ長い。関与を強化するのではなく、大幅に低下させることを望むべきなのだ。平均的人間が政治に向ける関心が、ほんのわずかになれば理想的である。人々のほとんどが、毎日絵を描くことや、詩、音楽、大工仕事、彫刻、手芸、陶芸、あるいは 人によってはアメリカン・フットボール、NASCAR（大排気量改造車のカーレース）、トラクター・プリング（改造トラクターでそりを引くレース）、セレブのゴシップ、ファミレス通い、といったことにうつつを抜かすのであれば申し分ない。人々の大半が、政治にまったく心を煩わせなくなるのが理想なのである」Brennan, *Against Democracy*, 3.

結論

1. Wendell Berry, "Feminism, the Body and the Machine," in *What Are People For?* (New York: North Point, 1990); Nancy Fraser, *Fortunes of Feminism: From State-Managed Capitalism to Neo-Liberal Crisis* (New York: Verso, 2013).
2. Cavanaugh, "'Killing for the Telephone Company.'"
3. オバマ政権下で、宗教の自由の定義を「礼拝の自由」に狭めようとした積極的な努力にくわえて、親と子の関係をリベラルな政治用語で定義し、それにより子供を国の管理下に置こうとした取り組みを考えるとよい。たとえばこの点については Samantha Goldwin, "Against Parental Rights," *Columbia Law Review* 47, no. I (2015) が詳しい。
4. Tom Shachtman, *Rumspringa: To Be or Not to Be Amish* (New York: North Point, 2007).
5. Rod Dreher, *The Benedict Option:'A Strategy for Christians in a Post-Christian Nation* (New York: Sentinel, 2017).
6. Shannon Hayes, *Radical Homemakers: Reclaiming Domesticity from a Consumer Culture* (Left to Right, 2010).
7. Tocqueville, *Democracy in America*, 510.（トクヴィル『アメリカのデモクラシー』）

参考文献

Arendt, Hannah. *The Origins of Totalitarianism*. New York: Harcourt, Brace, 1951.(アーレント、ハンナ『全体主義の起源』[仲正昌樹訳。NHK 出版。2017 年])

Bacon, Francis.*Of the Advancement of Learning*. In *The Works of Francis Bacon*, 14 vol, ed. James Spedding, Robert Leslie Ellis and Douglas Denon Heath. London: Longmans. 1879.(ベーコン、フランシス『学問の進歩』[服部英次郎·多田英次訳。岩波書店。1974 年])

——. *Valerius Terminus, "Of the Interpretation of Nature."* In Spedding, Ellis and Heath, *The Works of Francis Bacon*.

Barringer, Felicity; and John M. Broder. "E.P.A. Says 17 States Can't Set Emission Rules." *New York Times*, December 20, 2007.

Berry, Wendell. "Agriculrure from the Roots Up." In *The Way of Ignorance: And Other Essays*. Emeryville, CA: Shoemaker and Hoard, 2005.

——. "Faustian Economics: Hell Hath No Limits." *Harper's*, May 2008, 37-38.

——. "Feminism, the Body and the Machine." In *What Are People For?* Berkeley; CA: Counterpoint. 1990.

——. *The Hidden Wound*. Boston: Houghton Mifflin, 1970

——. *Sex, Economy, Freedom, and Community: Eight Essays*, New York: Pantheon, 1994.

Bishop, Bill. *The Big Sort: Why the Clustering of Like-Minded America Is Tearing Us Apart*. New York: Houghton Mifflin Harcourt, 2008.

Bloom. Allan. *The Closing of the American Mind: How Higher Education Has Failed Democracy and Impoverished the Soul, of Today's Students*. New York: Simon and Schuster, 1987.(ブルーム、アラン『アメリカン・マインドの終焉 —— 文化と教育の危機』[菅野盾樹訳。みすず書房。2016 年])

Boorstin, Daniel J. *The Republic of Technology: Reflections on Our Future Community*. New York: Harper and Row, 1978.(ブアスティン、ダニエル・J『技術社会の未来 — 予測不能の時代に向けて』[伊東俊太郎訳。サイマル出版会。1987 年])

Brennan, Jason. *Against Democracy*. Princeton: Princeton University Press, 2016.

——. "The Problem with Our Government Is Democracy!" *Washington Post*, November 10, 2016.

Burke, Edmund. *Reflections on the Revolution in France*, ed. J. G. A. Pocock. 1790; Indianapolis: Hackett, 1987.(バーク、エドマンド『フランス革命の省察』[半沢孝麿訳。みすず書房。1997 年])

Caplan, Bryan. *The Myth of the Rational Voter: Why Democracies Choose Bad Policies*. Princeton: Princeton University Press, 2007.(カプラン、ブライアン『選挙の経済学』[奥井克美監修・長峯純一訳。日経 BP。2009 年])

Carr, Nicholas G. *The Shallows: What the Internet Is Doing to our Brains*. New York: Norton, 2010.(カー、ニコラス・G『ネット・バカ：インターネットがわたしたちの脳にしていること』[篠儀直子訳。青土社。2010 年])

Cavanaugh, William T. "'Killing for the Telephone Company'": Why the Nation-State Is Not the Keeper of the Common Good." In *Migrations of the Holy: God, State, and the Political Meaning of the Church*. Grand Rapids, MI: Eerdmans, 2011.

Cowen, Tyler. *Average Is Over: Powering America Past the Age of the Great Stagnation*. New York: Dutton, 2013.(コーエン、タイラー『大格差』[池村千秋訳。エヌティティ出版。2014 年])

Crawford, Matthew. *Shop Class as Soul Craft: An Inquiry into the Value of Work*. New York: Penguin, 2010.

Croly, Herbert. *The Promise of American Life*. 1909; Cambridge: Harvard University Press, 1965.

Deneen, Patrick. "Against Great Books: Questioning our Approach to the Western Canon." *First Things*, January 2013'

Dewey, John. *The Early Works of John Dewey, 1882-1898*. Vol. 5, ed. Jo Ann Boydston. Carbondale: Southern Illinois University Press, 1967-72.

——. *Individualism, Old and New*. 1930; Amherst, NY: Prometheus, 1999.

——. *The Public and Its Problems*. 1927; Athens, Ohio: Swallow, 1954(デューイ、ジョン『公衆とその諸問題』[阿部齊訳。筑摩書房。2014 年])

——. *Reconstruction in Philosophy*. London: University of London Press, 1921.(デューイ、ジョン『哲学の改造』[清水幾太郎・清水禮子訳。岩波書店。1979 年])

Dionne, E. J., Jr. *Why Americans Hate Politics*. New York: Simon and Schuster, 1992.

Dreher, Rod. *The Benedict Option: A Strategy for Christians in a Post-Christian Nation*. New York: Sentinel, 2017.

Dunkelman, Marc J. *The Vanishing Neighbor: The Transformation of American Community*. New York: Norton, 2014.

Figgis, John Neville. *Studies of Political Thought: From Gerson to Grotius*. Cambridge: Cambridge University Press. 1907.

Firestone, Shulamith. *The Dialectic of Sex: The Case for Feminist Revolution*. New York: Bantam. 1971.(シュラミス・ファイアストーン『性の弁証法：女性解放革命の場合』[林弘子訳。評論社。1972 年])

Fish, Charles. *In Good Hands: The Keeping of a Family Farm*. New York: Farrar, Straus and

Giroux, 1995.

Foucault, Michel. *The Order of Things: An Archaeology of the Human Sciences*. New York: Vintage, 1994.(フーコー、ミシェル『言葉と物 — 人文科学の考古学』[渡辺一民・佐々木明訳。新潮社。1974 年)

Fraser, Nancy. *Fortunes of Feminism: From State-Managed Capitalism to Neo-Liberal Crisis*. New York: Verso, 2013.

Friedman, Jeffrey "Democratic Incompetence in Normative and Positive Theory: Neglected Implications of 'The Nature of Belief Systems in Mass Publics.'"*Critical Review* 18, nos. 1-3 (2006): i-xliii.

Friedman, Thomas L. *The Lexus and the Olive Tree*. New York: Farrar, Straus and Giroux, 1999.(フリードマン、トーマス『レクサスとオリーブの木』[東江一紀・服部清美訳。草思社。2000 年])

Fromm, Erich. *Escape from Freedom*. New York: Farrar and Rinehart, 1941.(フロム、エーリッヒ『自由からの逃走』[日高六郎訳。東京創元社。1952 年])

Fukuyama, Francis. "The End of History?" *National Interest*, Summer 1989.

——. *The End of History and the Last Man*. New York: Free Press, 1992.(フクヤマ、フランシス『歴史の終わり——歴史の「終点」に立つ最後の人間』[渡部昇一訳。三笠書房。2005 年])

——. *Our Posthuman Future: Consequences of the Biotechnology Revolution*. New York: Farrar. Straus and Giroux, 2002.(『人間の終わり — バイオテクノロジーはなぜ危険か』[鈴木淑美訳。ダイヤモンド。2002 年])

Galston, William. "The Growing Threat of Illiberal Democracy." *Wall Street Journal*, January 3, 2017.

Gardner, Stephen. "The Eros and Ambitions of Psychological Man." In Philip Rieff, *The Triumph of the Therapeutic: Uses of Faith after Freud*, 40th anniversary ed. Wilmington, DE: ISI, 2006.

Goldwin, Samantha. "Against Parental Rights." *Columbia Law Review* 47, no. I (2015).

Gregory, Brad S. *The Unintended Reformation: How a Religious Revolution Secularized Society*. Cambridge: Belknap Press of Harvard University Press, 2012.

Habermas, Jürgen. *Legitimation Crisis*, trans. Thomas McCarthy Boston: Beacon, 1975.

Hanson, Victor Davis, and John Heath. *Who Killed Homer: The Demise of Classical Education and the Recovery of Greek Wisdom*. New York: Free Press, 1998.

Havel, Vaclav. "The Power of the Powerless." In *Open Letters: Selected Writings. 1965-1990*. New York: Vintage, 1992.

Hayek, F. A. *The Constitution of Liberty*, ed. Ronald Hamowy. Chicago University of Chicago Press, 2011.(ハイエク、F・A『自由の条件』[気賀健三・古賀勝次郎訳。春秋社。

2010 年])
Hayes, Shannon. *Radical Homemakers: Reclaiming Domesticity from a Consumer Culture*. Left to Right, 2010.
Hobbes, Thomas. *Leviathan*, ed. Edwin Curley 1651; Indianapolis: Hackett, 1994.(ホッブズ、トマス『リヴァイアサン』[（水田洋訳。岩波書店。1982 年])
——. *On the Citizen*, ed. and trans. Richard Tuck and Michael Silverthorne. 1642 Cambridge: Cambridge University Press. 1998.(『市民論』[本田裕志訳。京都大学学術出版会。2008 年])
Jefferson, Thomas. *A Summary View of the Rights of British America. Set Forth in Some Resolutions Intended for the Inspection of the Present Delegates of the People of Virginia. Now in Convention. By a Native, and Member of the House of Burgesses*. Williamsburg: Clementina Rind, 1774.
Josselson, Ruthellen. "The Hermeneutics of Faith and the Hermeneutics of Suspiption" *Narrative Inquiry* 14 no I (2004): 1-28.
Jouvenel, Bertrand de. *The Pure Theory of Politics*. Indianapolis: Liberty Fund, 2000.(ジュヴネル、ベルトラン・ド『純粋政治理論』[中金聡・関口佐紀訳。風行社。2014 年])
c, Clark. *The Uses of the University*, 5th ed. Cambridge: Harvard University Press, 2001.(カー、クラーク『大学経営と社会環境——大学の効用』[箕輪成男・鈴木一郎訳。玉川大学出版部。1994 年])
Korn, Sandra Y. L. "The Doctrine of Academic Freedom." *Harvard Crimson*, February 18, 2014.
Kronman, Anthony *Education's End: Why Our Colleges and Universities Have Given Up on the Meaning of Life*. New Haven: Yale University Press, 2006.
Lasch, Christopher. *The Revolt of the Elites and the Betrayal of Democracy*. New York: Norton, 1994.
——. *The True and Only Heaven: Progress and Its Critics*. New York: Norton, 1991.
Lepore, Jill. "Oh, Julia: From Birth to Death, Left and Right." *New Yorker*, May 7, 2012.
Levin, Yuval. *The Great Debate: Edmund Burke, Thomas Paine, and the Birth of Right and Left*. New York: Basic, 2014.
Levy, Stephen, "GU NAACP President Discusses Diversity Issues." *Hoya*, October 19, 2010.
Lipset, Seymour M. *Political Man: The Social Bases of Politics*. Garden City, NY Doubleday, 1960.
Locke, John. *Second Treatise of Government*, ed. C. B. MacPherson. 1689; Indianapolis: Hackett, 1980.(ロック、ジョン『統治二論』[加藤節訳。岩波書店。2010 年])
Lukianoff Greg and Jonathan Haidt "The Coddling of the American Mind."*Atlantic*, July 2015.

Machiavelli, Niccolò. *The Prince*, ed. and trans. David Wooton. Indianapolis: Hackett, 1995. (マキアヴェッリ、ニッコロ『君主論』[河島英昭訳。岩波書店。1998年])

Marche Stephen "Is Facebook Making Us Lonely?" *Atlantic*, May 2012.

Marglin, Stephen. *The Dismal Science: How Thinking Like an Economist Undermines Community*. Cambridge: Harvard University Press, 2008.

Marks, Jonathan. "Conservatives and the Higher Ed 'Bubble.'"Inside Higher Ed, November 15, 2012.

Mcllwain, Charles Howard. *Constitutionalism, Ancient and Modern*. Ithaca, NY Cornell University Press, 1940.

——. *The Growth of Political Thought in the West: From the Greeks to the End of the Middle Ages*. New York: Macmillan, 1932.

McWilliams, Wilson Carey. "Democracy and the Citizen: Community, Dignity, and the Crisis of Contemporary Politics in America." In *Redeeming Democracy in America*, ed. Patrick J. Deneen and Susan J. McWilliams. Lawrence: University Press of Kansas, 2011.

——. "Politics." *American Quarterly* 35, nos. 1-2 (1983): 19-38.

Mendelson, Nina. "Bullies along the Potomac." *New York Times*, July 5, 2006.

Mill, John Stuart. "Considerations on Representative Government" In *On Liberty and Other Essays*, ed. John Gray. Oxford: Oxford University Press, 2008.

Murray, Charles *A. Coming Apart: The State of White America, 1960-2010*. New York: Crown Forum, 2012.(マレー、チャールズ『階級「断絶」社会アメリカ』[橘明美訳。草思社 。2013年])

Nieli, Russell K. "How Diversity Punishes Asians, Poor Whites, and Lots of Others." Minding the Campus, July 12, 2010.

Nisbet, Robert A. *The Quest for Community: A Study in the Ethics of Order and Freedom*. Wilmington, DE: ISI, 2010.(ニスベット、ロバート『共同体の探求』[安江孝司他訳。梓出版社。1986年])

"No Longer the Heart of the Home, the Piano Industry Quietly Declines." New York Public Radio, January 6, 2015.

Oakeshott, Michael. *The Politics of Faith and the Politics of Scepticism*. New Haven: Yale University Press, 1996.

——. *Rationalism in Politics and Other Essays*. New York: Basic, 1962.(オークショット、マイケル『保守的であること ― 政治的合理主義批判』[渋谷浩訳。昭和堂(京都)。1988年])

Polanyi, Karl. *The Great Transformation: The Political Origins of Our Time*. 1944; Boston: Beacon, 2001.(ポランニー、カール『大転換』[野口建彦・栖原学訳。東洋経済新報社。2009年])

Polillo, Simone. “Structuring Financial Elites: Conservative Banking and the Local Sources of Reputation in Italy and the United States, 1850-1914.” Ph.D. diss., University of Pennsylvania, 2008.

Postman, Neil. *Technopoly: The Surrender of Culture to Technology*. New York: Vintage, 1993.(ポストマン、ニール『技術 vs 人間』[GS 研究会訳。新潮社。1994 年])

Purcell, Edward A. *The Crisis of Democratic Theory: Scientific Naturalism and the Problem of Value*. Lexington: University Press of Kentucky, 1973.

Putnam, Robert D. *Our Kids: The American Dream in Crisis*. New York: Simon and Schuster, 2015.(パットナム、ロバート・D『われらの子ども：米国における機会格差の拡大』[柴内康文訳。創元社。2017 年])

Putnam. Robert D., and David E. Campbell. *American Grace: Haw Religion Divides and Unites Us*. New York: Simon and Schuster, 2010.(パットナム、ロバート・D& キャンベル、デヴィッド・E『アメリカの恩寵 —— 宗教は社会をいかに分かち、結びつけるのか』[柴内康文訳。柏書房。2019 年])

Rauschenbusch. Walter. *Theology for the Social Gospel*. 1917; Louisville, KY: Westminster John Knox Press. 1997.(ラウシェンブッシュ、ウォルター『キリスト教と社会の危機：教会を覚醒させた社会的福音』[山下慶親訳。新教出版社。2013 年])

Reed, Matt. “Remember the Canon Wars?” Inside Higher Ed, April II, 20l3.

Reich, Robert B. “Secession of the Successful.” *New York Times*, January 20, 1991.

Robinson, Brett T. *Appletopia: Media Technology and the Religious Imagination of Steve Jobs*. Waco. TX: Baylor University Press, 2013.

Root, Damon. *Overruled: The Long War for Control of the U.S. Supreme Court*. New York: St. Martin’s, 2014.

Schumacher, E. F. *Small Is Beautiful: Economics as if People Mattered*. New York: Harper and Row, 1975.(シューマッハー、E･F『スモール イズ ビューティフル』[小島慶三・酒井懋訳。講談社。1986 年])

Shachtman, Tom. *Rumspringa: To Be or Not to Be Amish*. New York: North Point, 2007.

Shepard Walter J. “Democracy in Transition.” *American Political Science Review 29* (1935).

Shiffrnan, Mark “Humanity 4.5,” *First Things*, November, 2015.

Siedentop, Lany *Inventing the Individual: The Origins of Western Liberalism*. Cambridge: Harvard University Press, 2014.

Signund, Paul E. *Natural Law in Political Thought*. Lanham. MD: University Press of America. 1981.

Silver, Lee M. *Remaking Eden: Cloning and beyond in a Brave New World*. New York: Avon, 1997.(シルヴァ、リー『複製されるヒト』[東江一紀訳。翔泳社。1998 年])

Snow, C. P. *The Two Cultures*. Cambridge: Cambridge University Press, 1965.(スノー、C・

P『二つの文化と科学革命 (始まりの本)』[松井巻之助·増田珠子訳。みすず書房。2011 年])

Solzhenitsyn, Aleksandr. "A World Split Apart." In *Solzhenitsyn at Harvard*, ed. Ronald Berman. Washington, DC: Ethics and Public Policy Center, 1980.

Thomas, Richard H. "From Porch to Patio." *Palimpsest*, August 1975.

Tierney, Brian. *The Idea of Natural Rights: Studies on Natural Rights, Natural Law, and Church Law, 1150-1625*. Grand Rapids, MI: Eerdmans, 1997.

Tocqueville, Alexis de. *Democracy in America*, trans. George Lawrence. New York: Harper and Row, 1969.(トクヴィル、アレクシス・ド『アメリカのデモクラシー』[松本礼二訳。岩波書店。2008 年])

Tuck, Richard. *Natural Rights Theories: Their Origins and Development*. Cambridge: Cambridge University Press, 1982.

Turkle, Sherry. *Alone Together: Why We Expect More from Technology and Less from Each Other*. New York: Basic, 2011.(シェリー、タークル『つながっているのに孤独』[渡会圭子訳。ダイヤモンド社。2018 年])

Twelve Southerners. *I'll Take My Stand: The South and the Agrarian Tradition*. New York: Harper, 1930.

Vargas Llosa, Mario. *Notes on the Death of Culture: Essays on Spectacle and Society*. New York: Farrar, Straus and Giroux, 2015.

Vermuele, Adrian. *Law's Abnegation: From Law's Empire to the Administrative State*. Cambridge: Harvard University Press, 2016.

Winthrop, John. "A Model of Christian Charity:" In *The American Puritans: Their Prose and Poetry*, ed. Perry Miller. New York: Columbia University Press, 1982.

Zakaria, Fareed. *The Future of Freedom: Illiberal Democracy at Home and Abroad*. New York: Norton, 2007.

——. "The Rise of Illiberal Democracy."*Foreign Affairs*, November-December. 1997.

◆著者
パトリック・J・デニーン（Patrick J. Deneen）
米国ノートルダム大学政治科学部教授。過去にプリンストン大学やジョージタウン大学でも教鞭を取る。著書に *The Odyssey of Political Theory, Democratic Faith, Conserving America?* など。

◆訳者
角敦子（すみ あつこ）
福島県会津若松市に生まれる。津田塾大学英文科卒。軍事、歴史、政治など、ノンフィクションの多様なジャンルの翻訳に携わっている。おもな訳書に、メグ・マッケンハウプト『キャベツと白菜の歴史』、ジョン・D・ライト『[図説]ヴィクトリア朝時代』、ビョルン・ベルゲ『世界から消えた50の国』、エリザベス・ウィルハイド編『デザイン歴史百科図鑑』、イアン・グラハム『図説世界史を変えた50の船』、マーティン・ドアティ他『銃と戦闘の歴史図鑑 :1914 →現在』（以上、原書房）、デイヴィッド・ブロー『アッバース大王』（中央公論新社）などがある。

リベラリズムはなぜ失敗《しっぱい》したのか

●

2019 年 11 月 27 日　第 1 刷
2025 年 7 月 24 日　第 2 刷

著者……………パトリック・J・デニーン
訳者……………角敦子《すみあつこ》
装幀……………村松道代
発行者……………成瀬雅人
発行所……………株式会社原書房
〒 160-0022 東京都新宿区新宿 1-25-13
電話・代表　03(3354)0685
http://www.harashobo.co.jp/
振替・00150-6-151594
印刷……………新灯印刷株式会社
製本……………小髙製本工業株式会社

ISBN 978-4-562-05710-8, printed in Japan